KB260292

그대를
꿈꾸다

그 대 를 꿈 꾸 다 1

초판 1쇄 찍은 날 § 2009년 4월 17일
초판 1쇄 펴낸 날 § 2009년 4월 24일

지은이 § 원주희
펴낸이 § 서경석

편집장 § 문혜영
편집책임 § 유경화
편집 § 조수희

펴낸곳 § 도서출판 청어람
등록번호 § 제1081-1-89호
등록일자 § 1999. 5. 31
어람번호 § 제5-0226호

주소 § 경기도 부천시 원미구 심곡 2동 163-2 서경B/D 3F (우) 420-822
전화 § 032-656-4452 팩스 § 032-656-4453
http://www.chungeoram.com
E-mail § eoram99@chollian.net

ⓒ 원주희, 2009

ISBN 978-89-251-1769-0 04810
ISBN 978-89-251-1768-3 (SET)

Chungeoram herstory novel

그대를 꿈꾸다

1

원주희 지음

 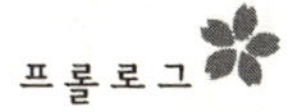

첫사랑을 떠올리면 생각나는 것들이 있습니다. 복도를 뛰어다니는 아이들의 소음, 알록달록 색연필로 꾸민 다이어리, 과학실습실 앞 벤치, 운동장 농구대, 첼로, 빗소리, 도서관 대출실 세 번째 책상, 바람에 흔들리는 노란 커튼, 카라마조프의 형제들, 졸업, 눈물.

그대를 만나고 하루하루가 설레었습니다. 반짝반짝 빛나던 날들. 소중해서 자주 꺼내 볼 수 없었던 추억. 그대가 떠나던 날 많이 울었습니다. 세월이 흘러 스치듯 지나가더라도 꼭 보고 싶었습니다.

그대가 건강하기만을, 이 세상 어디에서 행복하게 살고 있기를 오랫동안 기도했습니다.

긴 시간을 건너와 드디어 그대를 만났습니다. 그대를 본 순간 내 세계는 또다시 흔들립니다. 오래전 그날처럼…….

“엄마, 나 왔어.”

학교에서 퇴근해 돌아온 재인은 현관문을 열고 들어오면서 소리쳤다. 나이가 몇인데 아직 엄마 타령이냐며 어른들이 잔소리해도 재인은 좀처럼 버릇을 고치질 못하고 엄마부터 찾곤 했다.

“어머, 자기 얘기하니까 냉큼 달려오네. 호호호.”

익숙한 목소리 대신 꾸민 듯 요란한 웃음소리가 먼저 들렸다. 이 목소린 한씨 집안 트러블메이커인 큰고모의 목소리? 재인은 무슨 일인가 싶어 얼른 구두를 벗고 안으로 들어섰다. 역시나 화려한 차림새를 한 큰고모가 엄마와 함께 거실 소파에 앉아 있었다.

'저 양반이 오늘은 무슨 염장을 지르려고 왔나.'

재인은 언짢은 마음이 먼저 들었지만 애써 밝은 표정을 지었다.

"고모 오셨네요. 그동안 안녕하셨어요?"

"우리 재인이 왔구나. 잘 있었어? 못 본 새에 얼굴이 더 활짝 피었네."

뭔가 아쉬운 부탁을 하려는 듯 다른 때보다 말투가 상냥하다. 재인이 뭐라고 대답할지 몰라 그 옆에 앉은 엄마를 보는데 희숙의 수다가 이어졌다.

"요즘 많이 바쁘니? 얼굴 보기가 어렵다."

"오월에 학교행사가 많아서 바빴어요."

"중학교 선생이 바쁘면 얼마나 바쁘겠어. 이왕 선생질할 거면 대학 교단 같은 데 서면 좋잖아. 폼도 나고, 어디 가서 말하기도 좋고. 겨우 중학교 선생이 뭐니?"

그러면 그렇지. 재인은 속으로 흥 하고 콧방귀를 뀌었다. 원래 말 한마디를 해도 정이 딱딱 떨어지게 하기로 유명한 양반이다. 재인은 어색한 미소를 지으며 소파에 앉았다. 엄마를 살피니 웬일로 조금 들뜬 얼굴이다. 올 때마다 명품 옷에 보석을 주렁주렁 걸치고 와서 자식 자랑을 늘어지게 하고 가는 터라 꼴도 보기 싫다더니 오늘은 웬일로 얼굴색이 다르다. 무슨 일이지? 재인은 슬쩍 궁금해졌다.

"어쨌든 선생이니까 얌전해 보이고 여자 직업으로는 딱 좋지. 지금까지는 다 고만고만해서 내 마음에 안 찼는데 마침 환상적인 신랑감이 나왔지 뭐니. 내가 중매쟁이 십 년에 이런 혼처는 처음이야. 이거 잘되면 옷 한 벌이 아니라 차라도 한 대 뽑아줘야 될걸?"

재인은 희숙의 표현이 재미있어서 속으로 피식 웃고 말았다.

'어디 좋은 부동산 매물이라도 나온 것처럼 말하시네. 환상적인 신랑감이라.'

재인은 깐깐하기가 이루 말할 데 없는 고모 기준에서 환상적인 신랑감은 누구를 이르는 건지 무척이나 궁금했다. 특유의 버릇대로 콧대를 도도하게 세운 희숙이 약간 으스대는 표정으로 말문을 열었다.

"이번에 들어온 선 자리 아버지 되는 양반이 유일상선 회장이야. 유일그룹 알지? 그 계열사잖아. 집안 대대로 재벌이라구, 재벌. 내가 딸만 있었어도 내 딸 짝지어주는 건데. 준형이 아빠가 딸 하나 낳자고 할 때 하나 낳았으면 완전 팔자 폈을 거 아냐. 괜히 몸매 버린다고 안 낳아서 이렇게 후회를 하네. 아무튼 이름만 들어도 입이 떡 벌어질 만한 집 아들이니 말해 뭘 해. 게다가 외아들에 시어머니는 예전에 죽고 시아버지 혼자래. 깐깐한 시어머니 없겠다, 나중에 큰 재산 고스란히 내 거겠다 이렇게 좋은 자리가 없지. 신랑 인물도 그렇게 좋다네. 뭐, 사진 찍는 거 싫어해서 최근 사진이 없다는데 사내답게 시원시원하게 생긴 것이

그만한 인물이 없대. 어때? 좋지? 네 엄마는 분에 넘친다고 부담
스러워하는데, 고민할 것도 없는 자리야. 이 자리 안 나가면 어
딘가 덜떨어진 거지. 세상에 이런 자리가 어디 있다구."

　속사포처럼 빠르게 말을 늘어놓은 희숙은 기대에 찬 눈으로
재인을 보았다. 잔뜩 흥분에 들떠서 펄쩍펄쩍 뛸 거라 생각한
그녀의 기대완 달리 재인은 무덤덤했다.

　'저 쥐방울만 한 게 자기가 얼마나 큰 떡을 앞에 뒀는지 알고
선 저러는 거야? 지 엄마 닮아서 맹해가지고선, 세상 물정 모르
는 숙맥.'

　희숙은 좀처럼 속내를 알 수 없는 재인의 얼굴을 애타게 바라
보았다. 큰 눈을 끔뻑끔뻑하며 가만히 앉은 재인은 재미없는 농
담을 들은 것처럼 어이없이 웃었다.

　"후훗, 유일상선 아들이요? 재벌? 에이, 그렇게 으리번쩍한
집이 뭐가 아쉬워서 우리 집이랑 혼사를 맺으려 하겠어요. 게다
가 고모 말씀처럼 저는 고작 중학교 선생인데요. 그런 집은 대
개 수준에 맞는 곳이랑 하지 않아요? 정략결혼 같은 거요."

　"그 집 아버지가 그런 거 싫어하는 깨인 분이라 그래. 되도록
본인이 연애해서 결혼하기를 바라는데 일만 하느라 연애할 생
각을 통 안 해서 참한 규수를 찾더라고."

　"나이가 몇인데요?"

　"스물여덟."

　"와, 젊네요. 왜 벌써 결혼을 해요?"

"빨리 결혼해서 안정을 찾아야 일도 잘할 거 아냐. 어때? 선 볼 거지?"

"안 볼래요."

재인이 가볍게 거절하자 희숙의 얼굴이 붉어졌다. 성격대로 하자면 큰 소리로 화내고 야멸차게 꼬집어줄 텐데 어미 앞이라 애써 참았다. 열받은 희숙을 보니 재인은 괜스레 고소해 속으로 웃음을 흘렸다.

"제정신이니? 이런 황송한 자릴 왜 거절해? 평생 한번 만나 볼까 말까 한 사람이야. 잘만 되면 재벌집 사모님 소리 들으면 서 살 걸 왜 마다해?"

"사람 그릇은 타고나는 거라면서요. 제가 무슨 재벌 사모님이 에요."

"나 참, 너라고 재벌 사모님 소리 못 들을 이유가 없잖아. 이 번 혼사만 잘돼봐라. 요즘 네 아버지 사업 자금 안 돌아 쩔쩔매 는 거 사위가 알아서 밀어줄 테고, 으리으리한 집에, 기사 딸린 차에, 가정부 두고 평생 물리게 쇼핑 다니며 편히 살 텐데 왜 들 어온 복을 걷어차?"

부아가 치밀어 꼭지가 반쯤 돈 희숙의 언성이 높아지기 시작 했다. 재인은 평상시에 잘 챙기지도 않던 조카 앞날을 걱정하는 고모가 영 달갑지 않았다. 속내가 너무나도 빤히 보이기 때문이 다.

'아니, 중매비가 얼마기에 이렇게 열을 내신데? 그렇게 좋으

면 고모가 보시던가요.'

재인은 이때가 기회다 싶어서 사람 염장을 살살 긁었다.

"아이참, 고모는 고모가 시집가는 것도 아닌데 왜 그러세요? 그 자리가 그리 좋으면 고모 친구 딸이라도 데려가세요. 왜 그 인물은 탤런트 뺨치게 예쁘고 대학 수석으로 졸업해 대기업 다닌다는 아가씨 있잖아요. 아니면 이번에 외교관 됐다는 시댁 조카를 소개하던지요."

재인의 말에 희숙의 눈빛이 점점 새치름하게 바뀌기 시작했다. 한번 삐치면 오래가는 터라 엄마가 눈짓을 했지만 재인은 마냥 신나서 말을 이어갔다.

"그리고 선본다고 재깍 결혼하는 것도 아니잖아요. 남들 보면 수십 번씩 봐도 제짝 못 찾던데요. 제 나이 이제 스물여섯인데 선 시장에 이름 올려놓고 이리저리 얼굴 팔고 싶지 않아요. 재미없게 선은 무슨."

'사실 제대로 된 연애도 못해봤다고요.'

재인은 뒷말을 꼴깍 삼키며 배시시 웃었다. 재벌 아들이든 대통령 아들이든 연애도 한번 못해보고 선봐서 시집가고 싶지 않다. 그리고 선만 보면 다 결혼하나? 잘난 집 아드님 앞에 데려다 놓은들 평범하기 짝이 없는 자신이 눈에나 차겠는가. 고모가 늘 어놓는 말은 재인에게 허영에 들뜬 판타지로 들렸다. 재벌과의 결혼이라니, 드라마에나 나올 법한 신데렐라 스토리다. 재인은 그저 성실하고 다정한 남편 만나 큰 풍파 없이 화목하게 사는 게 꿈이었다.

"애가 왜 이리 철이 없어? 스물여섯이 적은 나인 줄 아니? 지금도 늦었어. 애가 자기 값어치가 얼마나 하는지도 모르고 큰소리야. 이건 정말 평생 한번 있을까 말까 한 선이야. 네가 나 아니면 어디 가서 이런 남자 구경해 볼 거야? 언니, 이런 기회가 있는 줄 알아요? 다른 집에서 눈에 불을 켜고 덤벼드는 거 고생하는 우리 오빠 생각해서 왔더니."

희숙은 싹수없는 딸년은 제쳐 두고 어미를 공략했다. 하지만 모전여전이라고 들려온 대답은 재인과 별반 다르지 않았다.

"애가 싫다잖아요. 좋은 자리긴 하지만 사실 내가 생각해도 너무 차이지는 거 같고. 한쪽이 너무 기울면 안 좋은 법이에요."

"요즘 오빠 사업이 좀 줄어서 그렇지 예전에는 꽤나 잘나갔잖아요. 갖다 붙이지 못할 건 아니니까 내가 온 거지, 그러지 말고 한번 봐요."

"그래도 억지로 내보낼 순 없는 거잖아요."

사람 좋게 웃으며 슬쩍 눈길을 주는 엄마를 향해 재인은 씩 웃어 보였다. 그런 집안에서 선이 들어오니 왠지 모르게 어깨가 으쓱하고 기분이 나쁘지 않다. 아직 어디에 내밀어도 부끄럽지는 않다는 의미일 테니 말이다. 하지만 누울 자리 보고 발을 뻗으랬다고 언감생심 재벌이 웬 말이람. 모녀가 마음을 굳힌 듯하자 희숙은 더욱 애가 달아 설득했다.

"솔직히 처음 들었을 땐 언니도 혹했잖수. 탁 까놓고 말해서 재벌집이랑 혼사 맺으면 재인이만 좋나? 공부한답시고 해외로 떠도는 맏아들 석이 대기업 취직 거뜬할 테고, 막내 윤아 시집 좋은 데로 보낼 거 아냐. 날 때부터 재벌이 어디 있냐고. 다 이렇게 혼인으로 이어지는 거지."

희숙의 말에 모녀가 한숨을 푹 내쉬었다. 원래 욕심 많고 사람 지치게 하는 데 일가견이 있는 양반이지만 오늘은 좀 심하다. 그런 집안이라면 서로 머리끄덩이 잡으면서 차지하려고 난리일 텐데.

재인은 계속 앉아 있다간 끝이 없을 것 같아서 슬그머니 자리에서 일어났다. 그러자 희숙이 눈을 홉뜨며 큰 소리로 불만을 터뜨렸다.

"이 좋은 자리를 다 마다하다니, 하여튼 숙맥들이라니까. 그러니 아직도 그 코딱지만 한 회사 하나 가지고 주물럭거리는 거야. 아이고, 복장 터져. 너 진짜 이 선 안 볼 거야?"

자기 딸이었으면 발목이라도 부러뜨려서 갖다 바칠 기세다.

'흥, 그런 제물은 다른 데 가서 알아보시지요.'

재인은 작은 공이 굴러가듯 경쾌한 걸음으로 거실을 가로지르며 입을 삐쭉거렸다.

"싫다니까요. 그냥 평범한 사람이면 호기심 삼아 보기라도 하겠는데 조건이 너무 부담스러워요."

후훗. 본인이 싫다는데 어쩌겠는가. 막 계단을 오르는데 문득 머릿속을 스치는 것이 있었다. 그 사람 이름이 뭘까? 재인은 어디에서건 남자의 이름을 유심히 확인하는 습관이 있었다. 한 번쯤 다시 만나보고 싶은 사람이 있기 때문이다. 재인은 이층으로 연결된 계단에서 걸음을 멈추고 물었다.

"고모, 그 사람 이름이 뭐예요?"

"보지도 않을 거면서 이름은 왜?"

불만 가득한 얼굴로 톡 쏘아붙인 희숙이 심드렁하게 덧붙였다.

"서수현이라더라. 서수현."

재인의 얼굴이 충격으로 멍해졌다. 누군가가 목을 조른 것처럼 갑자기 숨이 턱 막히면서 눈앞이 아찔했다.

'서수현? 고모가 방금 서수현이라고 했지?'

속으로 그의 이름을 부르자 조각조각 흩어졌던 기억의 파편이 영화가 되어 눈앞에 펼쳐졌다. 8년이라는 시간 앞에도 퇴색되지 않은 빛깔과 소리. 가슴 뛰고 눈물이 나올 만큼 그립고 아스라한 감정. 이제는 거의 잊었다고, 떠올려도 아프지 않을 거라 생각했다. 그런데 그 이름을 들은 순간 모든 것이 너무나도 말짱하고 생생하게 눈앞에 떠올랐다.

'아니겠지? 아닐 거야. 세상에 서수현이라는 이름을 가진 남자가 하나겠어? 아 참, 스물여덟이라고 했지? 그럼 같은 나인데.'

재인은 자신도 모르게 마른침을 꿀꺽 삼켰다.

"왜 그래? 아는 사람이야?"

점점 굳어가는 재인의 얼굴을 보고 엄마가 물었다.

"알긴, 그런 사람을 내가 어떻게 알아."

재인은 뒤도 보지 않고 제 방으로 뛰어올라 왔다. 닫히는 방문 사이로 고모의 짜증 어린 목소리가 비집고 들어왔지만 애써 흘려들었다. 재인은 침대 속으로 파고들어 두 눈을 꼭 감았다. 그 와중에도 머릿속 영화는 계속 돌아가고 있었다. 그의 눈빛, 느긋한 걸음걸이, 학교 벤치에 앉아서 하늘을 올려다보는 모습이 쉴 새 없이 흘러갔다. 그를 보며 느꼈던 두근거림, 어쩌다 미소를 지을 때마다 느꼈던 행복, 마지막 모습에서 받은 충격과 슬픔이 고스란히 떠올랐다. 가슴 깊숙이 묻어두었는데, 거의 잊은 줄 알았는데, 이토록 아픈 걸 보면 아니었나 보다.

'그일까? 설마. 아니야, 아닐 거야.'

기대를 억누르는 마음과 달리 벌써부터 얼굴이 뜨겁고 심장이 제멋대로 뛰었다. 이젠 열일곱 살 철부지가 아닌데 이름 하나에 이토록 떨리는 것이 신기하면서도 서글프다.

'내가 많이 좋아했었구나. 정말로 좋아했어.'

재인은 옛 일기장을 펼쳐 보듯 기억을 거슬러 올라갔다. 당시 재인은 고등학교 1학년이었고 그는 3학년이었다. 그는 입학한 후 한 번도 전교 수석을 놓친 적이 없는 수재로, 학교마다 한 명씩은 꼭 있을 법한 모범생이었다. 같은 인간일까 싶을 정도로 모든 것이 뛰어난 사람. 나이답지 않게 성숙하고 수려한 외모 때문에 짝사랑하는 여선생이 있다는 소문이 돌 만큼 인기가 많았었다. 부유한 집안 아들이라는 얘기가 있었지만 그는 겸손하고 조용한 사람이었다. 어린 소녀들이 동경의 눈으로 바라본 남자. 하지만 너무나 완벽하게 보여서 누구도 쉽게 다가설 수 없었던 남자.

그를 처음 만난 곳은 학기 초 교무실 복도였다. 재인은 가벼운 오토바이 사고로 다리에 깁스하고 목발을 짚고 생활하고 있었다. 가뜩이나 덜렁거리고 조심성이 없는 아이가 목발까지 짚으니 노상 넘어지고 굴러서 무릎이 남아나지 않았었다. 그래도 갓 입학한 학교가 신기해 힘든 줄도 모르고 열심히 쏘다녔다. 그러다 막 청소를 끝낸 복도를 지나는데 목발이 미끄러져 중심을 잃고 뒤로 넘어가고 말았다. 그대로 넘어졌다면 뒤통수가 깨졌을 텐데 천만다행으로 붙들어준 이가 있었다.

"괜찮아요?"

몇 초간 그의 품에 안겨 있는데 돌덩이처럼 굳어서 아무 말도 할 수 없었다. 짧은 순간 그의 얼굴이 눈에 가득 들어와 숨이 멎을 것만 같았다. 눈부시고 황홀했다. 그는 그동안 보아온 여느 사내아이들과 달랐다. 완전히 다른 세계의 사람, 아니, 새로운 인종이었다. 180㎝를 훌쩍 넘긴 큰 키, 여드름 자국 가득한 애들과 달리 흠없이 깨끗하고 하얀 피부, 외꺼풀에 시원한 눈매와 남자지만 예쁘다고 표현할 수밖에 없는 콧날과 입술. 그의 걱정스러운 눈빛과 부드러운 목소리가 마음을 휘감았을 때, 재인은 그에게 반하고 말았다.

그때부터 서수현만을 바라보았다. 차라리 그의 그림자였으면, 신발이었으면, 교복 가슴에 달린 이름표였으면 좋겠다고 생각하며 주위를 맴돌았다. 재인은 수현이 친구들과 장난치거나 큰 소리로 웃는 것을 한 번도 보지 못했다. 외톨인 아니었다. 주위엔 늘 또래 친구들이 있었지만 정중하고 예의 바르게 대할 뿐 허물없이 속내를 드러내는 사람은 없어 보였다. 그는 친구들과 어울려 축구나 농구를 하기보다 도서관에서 책을 읽거나 음악실에서 시간 보내는 걸 더 좋아했다.

재인은 그가 도서관 어느 자리를 좋아하는지 알고 있었다. 수현은 늘 창가 쪽 세 번째 탁자 두 번째 자리에서 책을 보았다. 바람이 불어 노란 커튼이 흔들릴 때 그는 몇 분씩 창밖을 보며 생각에 잠겼다가 다시 책으로 시선을 돌리곤 했다. 재인은 그가 가고 나면 그 자리에 가만히 앉아 수현의 손이 닿았던 곳에 자신의 손을 대보곤 했다. 이미 그의 체온이 식어버린 후지만 그래도 충분했다. 재인은 그가 반납한 책을 바로 가져와 밤새도록 읽었다. 이 구절을 읽으면서 어떤 생각을 했을까, 혹시 무심코 들어간 작은 메모는 없을까? 마치 보물찾기하듯 책을 보았다. 언젠가 그가 도스토옙스키의 카라마조프의 형제들을 빌린 적이 있었다. 어찌나 지루한지 다섯 페이지를 넘기지 못하고 졸음이 쏟아졌다. 재인은 이해하기 어려운 책은 그냥 끌어안고 잤다. 그래도 행복하기만 했던 그 시절.

그땐 하루하루가 왜 그리 반짝이고 짧았는지, 아침에 눈을 뜨면 그를 볼 수 있다는 생각에 즐거웠다. 쉬는 시간 복도 창문 너머로 보이는 3학년 교실을 유심히 살펴보고 점심때엔 도서관에서 살다시피 했다. 그리고 수업이 끝나면 교정과 음악실 주위를 서성였다. 어쩌다 그의 얼굴이라도 볼라 치면 하늘을 나는 듯 기분이 들떴다. 지금까지 살면서 가장 빛났던 때를 고르라면 재인은 주저없이 그때를 고를 것이다.

여름 방학이 며칠 남지 않았을 때였다. 그날은 오후부터 비가 내렸다. 1, 2학년은 모의고사가 끝나고 모두 집에 돌아갔지만 재인은 그를 보려고 음악실 앞을 기웃거렸다. 그는 정규 수업이 끝나면 꼭 음악실에 들러서 첼로 몇 곡을 연주하고 교실로 돌아갔다.

"누구 기다리는 사람 있어요?"

창가에 선 재인에게 그가 먼저 다가와 말을 걸었다. 재인은 물건을 훔치려다 들킨 사람처럼 화들짝 놀라서 얼결에 고개를 저었다. 검은 바둑알처럼 반질반질 윤이 나는 그의 눈동자가 호수처럼 차분했다. 그 눈을 보고 있자니 가슴이 시려서 재인은 들고 있던 책을 꼭 끌어안았다.

"내 연주 좀 들어줄래요? 오늘만큼은 관객이 있으면 좋겠는데."

바보처럼 열심히 고개를 끄덕인 걸로 기억한다. 그를 따라 음악실에 들어가면서 재인은 가슴이 어찌나 뛰는지 걸을 때마다 땅이 울렁거리는 듯했다. 그는 연주 내내 재인에게 시선을 주지 않았다. 마치 콘서트에 나온 첼리스트처럼 허공을 한 번 응시하고 나서 두 눈을 감고 곡을 연주했다. 재인은 숨도 크게 쉬지 못하고 그를 보았다. 감은 눈과 긴 속눈썹, 흘러내린 검은 머리칼, 현을 짚은 하얗고 긴 손가락, 활을 잡은 손과 우아한 팔 움직임. 그의 모든 것이 재인을 압도했다. 그의 모습에 빠져서 반쯤 정신을 놓고 있을 때 문득 선율이 귀에 들어왔다. 눈물이 나올 만큼 아름답고 슬픈 곡이었다. 밖엔 비가 내리고 이따금 천둥번개가 쳤다. 외딴곳에 단둘이 갇힌 것처럼 외롭고 조금은 아늑한 느낌. 그때 용기가 있었더라면 곡이 끝나고 손뼉을 치며 무척이나 좋았다고 말했을 텐데. 그리고 당신을 좋아한다고 고백했을 텐데. 아쉽게도 재인은 그러지 못했다. 연주를 끝낸 수현이 너무나도 슬퍼 보였기 때문이다. 그는 울고 싶은 것을 애써 참는 것처럼 보였다. 왜 다가가 어깨를 토닥이고 위로하지 못했을까. 왜 바보같이 앉아만 있었을까. 재인은 음악 선생님이 올 때까지 그의 옆을 가만히 지켰다.

그는 그때 무슨 생각을 했을까? 연주를 들어줘서 위로가 되었을까? 위로가 되었다면 좋을 텐데. 재인은 아쉽게도 그의 마음을 전해 듣지 못했다. 둘이서 말은 나눈 건 그때가 처음이자 마지막이었으니까. 그 곡이 라흐마니노프의 '보칼리즈'란 걸 안 건 한참 후의 일이었다. 그날부터 첼로 곡을 열심히 듣다가 드디어 찾아낸 곡. 어쩌다 보칼리즈를 듣게 되면 비 오는 그날이 떠오르곤 했다.

'그날 고백했더라면 조금이라도 바뀌었을까? 졸업식 날 그런 모습으로 떠나지 않았을지도 모르는데.'

재인은 그가 생각날 때마다 자신에게 되묻곤 했다. 음악실에서 그의 곡을 듣고 조금 가까워졌다 생각했다. 그래서 그와 다시 복도에서 마주쳤을 때 들뜬 마음으로 다가갔다. 그런데 수현은 모르는 사람처럼, 아니, 마주하기 싫은 사람처럼 차갑게 등을 돌렸다. 마치 투명한 벽을 세우고 접근하지 말라고 경고하는 것 같았다. 재인이 입은 상처는 컸다. 왜 그러냐고 묻지도 못했다. 처음부터 가깝지 않은 사이인데 왜 멀리하느냐고 물을 순 없었다. 상처가 깊은 만큼 그리움도 깊었다. 멀리 떨어져서 그를 훔쳐보고 마음 졸이고 수없이 후회하며 돌아서다가도 다음 날이면 어김없이 수현의 뒷모습을 좇았다. 바보 같은 짝사랑. 차라리 그가 하루라도 빨리 졸업하기를 기다렸다. 눈에서 안 보이면 곧 잊어버릴 테니.

시간이 흘러 해가 바뀌고 수현의 졸업식이 다가왔다. 재인은 마지막으로 그의 모습을 보려고 졸업식에 갔다. 사람들로 가득 찬 강당 뒤편에서 수현의 모습을 애타게 찾으며 기다렸다. 그는 3학년 대표로 연설하기로 되어 있었다. 그때만 해도 졸업식이 한순간에 악몽으로 뒤바뀔 줄은 꿈에도 몰랐다. 너무나 갑작스럽고 충격적으로 다가온 사건. 졸업식 날 그는 생각지 못한 방법으로 사람들에게서 멀어져 갔다. 이후 들려오는 온갖 소문들. 재인은 수현에 관한 소문을 절대 믿지 않았다. 분명히 어디에선

가 잘살고 있을 것으로 생각했다.

'그 사람 이름이 서수현이라고 했지? 정말 그일까?'

재인은 밤새 잠 못 이루며 그를 생각했다. 정말 만나고 싶은 사람을 다시 만나게 될 확률은 얼마나 될까? 그 확률이 운명이나 인연이겠지. 그와 나는 운명으로 이어져 있을까? 재인은 제발 얼굴이라도 한번 보고 싶었다. 잘사는 것을 눈으로 확인하면 그를 생각할 때마다 아프고 무거운 마음이 가벼워질 텐데. 아무것도 하지 못해 괴롭던 죄책감이 덜어질 텐데.

서수현이라는 이름을 들은 날 밤. 재인은 몸살감기에 걸린 것처럼 끙끙 앓으며 과거의 기억을 헤집고 다녔다. 서수현을 만나고 싶다. 잘살았는지 두 눈으로 확인해야 안심하고 살 것이다. 하지만 재인은 두려웠다. 또다시 열병이 온몸을 뒤덮을까 봐. 그래서 쉽게 벗어나지 못하고 방황할까 봐 겁이 났다. 그동안 연애 한번 못한 것은 서수현 때문이었다. 사람들에겐 딱히 마음에 드는 사람이 없어서라고 했지만 그처럼 심장이 두근거리는 사람을 아직 만나지 못했다.

'만약에 그가 서수현이면 어떻게 하지?'

재인은 날이 환히 밝은 것을 보고 침대에서 나와 창문을 열었다. 차디찬 바람이 뜨거운 이마를 식히자 머릿속도 한결 차분해지는 느낌이었다. 재인은 아침 하늘을 바라보며 자신의 안에 있는 두려움을 몰아냈다.

"가서 확인해 보는 거야. 그가 서수현인지 아닌지."

머릿속에 떠오르는 복잡한 생각은 애써 덮어두었다. 일단은 그가 자신이 찾는 이가 맞는지 확인하는 것이 우선이다.

재인은 학교에 출근하자마자 큰고모에게 전화를 걸었다. 전화를 받자마자 놀란 목소리가 흘러나왔다.

─네가 이 아침에 웬일이야?

"고모…… 저 그 선 보고 싶어요."

어차피 볼 거면서 전날 왜 그리 뺐댔느냐고 고모의 일장 연설이 시작됐지만 재인의 머릿속엔 온통 그에 관한 생각으로 아무것도 들리지 않았다.

서수현을 만나고 싶다. 어린 소녀의 가슴을 뜨거운 열망으로 가득 채운 남자. 같은 세상에 살고 있음을 위안으로 삼으며 언젠가 한 번은 스치기를 바랐던 남자.

그가 정말 그동안 찾아 헤맨 서수현일까?

곧 약속 날짜를 잡겠다고 고모에게 연락이 온 지 일주일이 지나 집으로 커다란 소포가 왔다. 재인의 동생 윤아는 고급 세단을 몰고 온 남자가 건네주고 간 것이라며 있는 대로 호들갑을 떨었다. 재인은 자신의 방에서 엄마와 윤아의 호기심 어린 눈길을 받으며 잘 포장된 상자를 열었다.

"어머나!"

세 여자의 입술에서 똑같은 감탄이 흘러나왔다. 상자 안에 아름다운 빛을 내뿜는 칵테일 드레스가 담겨 있었다. 눈이 절로 감길 만큼 부드러운 실크 감촉에 연한 살구빛 드레스를 본 윤아가 얼른 라벨을 확인하고 환호성을 질렀다.

"우와, 언니 이 드레스 베라왕이다. 이거 잡지에서 본 적 있는 건데. 아, 부럽다."

윤아의 격앙된 목소리를 들으며 재인은 드레스를 찬찬히 살폈다. 전체적으로 무척이나 심플하고 우아한 디자인이었다. 어깨를 드러내고 끈을 목뒤로 매는 홀터네크라인 디자인에 가슴 라인에 주름을 살짝 잡아 돋보이게 하고 허리에 꼭 맞게 조였다가 몸의 라인을 따라 흘러내리는 디자인이었다.

"근데 이게 웬 드레스라니? 뜬금없이 이건 왜 주고 간 거야? 여기 카드가 있네."

드레스와 같이 온 숄과 하이힐을 들춰 보던 엄마가 카드를 내밀자 재인이 받아 들었다. 카드를 열어보니 유일그룹 창립기념 파티 초대장이었다. 재인도 영문을 몰라 고개를 갸웃하는데 휴대전화로 전화가 왔다. 고모 희숙이었다.

—소포 봤니?

"네. 조금 전에요."

—선 날짜가 정해졌어. 21일 토요일이야. 그 회사 창립기념일이라고 파티가 있대. 초대장에 장소 있지? 거기에서 만나기로 했어. 호텔에서 만나 어색하게 얘기 나누는 것보단 그런 자유로

운 자리에서 만나는 게 젊은 사람들한텐 더 좋을 거야. 어때? 괜찮지? 그 집에서 시간 맞춰 차 보낸다고 했어. 듣는 거니?

"네. 듣고 있어요."

재인은 얼떨떨해서 간신히 대답했다.

─그 집 아버지가 참 자상하고 세심한 분인가 봐. 어떻게 옷이랑 구두랑 사서 보낼 생각을 다 하셨을까? 비서가 치수 불러 달라기에 가르쳐 줬어. 입어봤니? 마음에 들어?

"아직이요."

─있는 집이니 어련히 좋은 옷으로 보내줬을까. 가서 잘해. 눈에 들어서 혼사가 성사되면 우리 집안 영광이다. 네가 큰 효도하는 거야.

재인은 희숙의 말을 건성으로 들으며 전화를 끊었다. 어떻게 돌아가는 건지 아직 얼떨떨해 멍해 있는데 윤아가 거듭 채근했다.

"언니, 왜 그러고 서 있어? 어서 입어봐. 얼마나 근사한지 봐야지. 나중에 나도 좀 빌려주라. 빌려줄 거지?"

"넌 그 와중에도 언니 옷 뺏어 입을 생각하니?"

옆에 서 있던 엄마가 핀잔을 주자 윤아가 있는 대로 입을 삐쭉거렸다.

"자매들은 다 옷 돌려가며 입는 거지 뭐. 내가 언제 이런 비싼 옷 입어보겠어? 엄마는 사주지도 않잖아!"

"이런 비싼 옷을 어떻게 사줘? 이게 대체 얼마짜리야? 솔에 구두까지 하면 진짜 비싸겠다."

"엄마, 그 선본다는 남자 어디 모자란 거 아니야? 그러니까 잘 보이려고 이런 거 보내오는 거 아니냐고. 혹시 다쳐서 팔다리가 좀 불편하고 그런 건가?"

"애가, 못하는 소리가 없어! 그런 끔찍한 소리 하지도 마."

"왜에. 그렇지 않고서야 그런 부잣집이 우리처럼 평범한 집에 평범한 언니를 며느리로 삼을 리가 없잖아. 다 무슨 꿍꿍이가 있어서겠지. 세상에 공짜가 어디 있냐?"

"자꾸 헛소리하려거든 네 방으로 가."

괜스레 입방정을 떨었다가 엄마에게 꼬집힌 윤아가 입을 쭉 내밀면서 구시렁거렸다. 가뜩이나 복잡한 재인의 머릿속이 모녀의 수다 때문에 더 헝클어졌다. 손에 든 드레스를 멍하니 보는데 윤아가 입어보라고 채근했다. 재인은 그제야 옷을 벗고 드레스를 입었다.

서늘하고 부드러운 감촉의 실크가 상체를 부드럽게 쓸며 내려와 무릎 근처에 떨어졌다. 드레스 자체는 성숙하고 여성스런 느낌인데 재인이 입으니 사랑스럽고 귀여운 느낌이 났다. 마치 디자이너가 그녀를 위해 직접 만든 것처럼 완벽하게 어울리는 드레스였다.

"엄마, 이 옷 좀 야하지 않아? 조금만 숙여도 가슴이 다 보일 거 같아."

재인은 드레스를 입어본 적이 없어선지 영 어색하고 거북했다. 하지만 그녀를 지켜보는 엄마와 윤아의 눈빛은 감탄으로 반짝거렸다.

"세상에, 내가 낳은 딸이지만 정말로 예쁘다. 윤아야, 디카 어딨니? 찍어놓고 네 아빠 오면 보여줘야겠다."

"뭐 하러 디카로 찍어. 아빠 왔을 때 패션쇼 한 번 더 하면 되지. 근데 언니 예쁘긴 정말 예쁘다. 옷 하나에 사람이 확 달라 보이네. 그리고 언니, 요즘 이런 디자인은 야한 것도 아니야. 사이즈도 딱 맞아서 보기 좋은데 뭐. 언니 맞춤 옷 같다."

재인은 정말로 사랑스러웠다. 따로 관리받지 않아도 탐스럽고 윤기나는 생머리에 파우더로 잘 두드린 것처럼 곱고 보송보송한 얼굴. 순수함이 담긴 큰 눈과 숱 많은 속눈썹, 끝이 예쁘게 살짝 들린 코, 작고 도톰한 입술. 그녀는 상당한 동안이면서도 165㎝의 키에 시원하게 뻗은 팔다리, 꽤 풍만한 가슴을 가지고 있었다. 뭔가 심각한 생각에 잠길 땐 성숙한 여인처럼 보이지만 고른 이 드러내며 해사하게 웃으면 소녀처럼 천진하게 보이는 재인. 그런 그녀를 드레스는 달콤하고 사랑스러운 여인으로 만들어주었다.

"가만있자, 머리랑 화장은 미용실 가서 하면 되고. 귀걸이는 좀 화려한 게 어울리겠다. 내 것 빌려줄게. 이 옷에 어울릴 만한 게 있어. 그리고 근사한 팔찌가 있으면 좋겠는데……."

의상학과 다니는 윤아가 열심히 코치를 하는 사이 침실로 부리나케 뛰어간 엄마가 보석함을 통째로 가지고 왔다. 그리곤 이것저것 들추다가 다이아몬드가 박힌 심플한 팔찌를 내밀었다.

"그동안 아껴두었는데 우리 딸 첫 맞선 보러가니 빌려줘야겠네."

"엄마, 이거 정말 주게? 아빠가 결혼할 때 예물로 준 거라고 내가 빌려달라고 해도 안 주더니!"

"너 놀러 다닐 때 차는 거랑 언니 선보는 거랑 같니?"

"너무해! 흥!"

재인은 엄마가 내미는 팔찌를 받아 들고 조심스럽게 차보았다. 그리고 내친김에 하이힐을 신고 숄까지 둘러보았다. 그 모습을 보고 모녀가 손뼉을 치며 좋아했다.

"언니, 진짜 예쁘다. 이렇게 꾸며놓으니까 배우 같아."

"우리 딸보다 예쁜 여자가 세상에 있을까 싶다. 이참에 배우나 시켜볼까?"

재인은 죽이 잘 맞는 모녀의 수다에 피식 웃으며 전신 거울 앞에서 제 모습을 확인해 보았다. 우아하고 세련된 숙녀가 자신을 조용히 바라보고 있었다. 꼭 자신이 아닌 것만 같아 낯설지만 가슴이 설렌다. 재인은 어깨를 똑바로 펴고 자신을 응시했다. 오랫동안 기다려 온 일이 저 너머에서 기다리고 있다. 이제 조금만 다가가면 실체를 확인해 볼 수 있다. 나머진 다음으로 미루고 오직 그것만 생각만 하자.

재인은 크게 숨을 들이마시며 거울 속 자신에게 응원을 보냈다.

*

선보는 날 시간 맞춰 집 앞에 벤츠가 당도했다. 한눈에도 비서임이 짐작되는 단정한 여성이 차에서 내렸다. 삼십대 후반쯤 되어 보이는 그녀는 예의 바르게 인사하며 뒷좌석 문을 열어주었다.

"우리 딸, 잘하고 와야 한다."

현관에 같이 서 있던 엄마가 어깨를 토닥여 주며 말했다. 벌써부터 잔뜩 긴장해 버린 재인은 그리 힘이 나진 않았지만 이런 건 일도 아니라는 듯 씩 웃어 보이며 차에 올라탔다.

"긴장되세요?"

차가 출발하자 비서가 물었다. 재인은 간신히 고개를 끄덕이며 소리나지 않게 한숨을 내쉬었다.

"긴장하지 마세요. 그냥 가벼운 모임에 간다고 생각하시면 돼요. 저는 회장님을 모시고 있는 최미선 실장입니다."

"한재인입니다. 잘 부탁드려요."

최 비서는 미소를 머금으며 고개를 끄덕였다. 차는 곧바로 삼청동으로 향했다. 그곳엔 유일그룹의 영빈관인 광요원(光耀苑)이 있었다. 광요원은 주로 대외적인 큰 행사가 있을 때 쓰는 곳이고 중요한 비즈니스 회의나 귀한 접객을 할 때는 명예 회장이었던 서지웅의 생가인 소야원(昭夜苑)에서 치렀다.

광요원에 도착했을 즈음엔 해가 지고 어둠이 깔리기 시작했다. 입구에 도착하자 십여 명의 경비원이 보이고 본관으로 올라가는 길엔 고급 세단과 스포츠카가 줄지어 서 있었다. 재인은 대한민국에 이런 곳이 있다는 것이 놀랍고 신기해서 창밖을 유심히 내다보았다. 정원은 마치 공원을 보는 것처럼 넓은 잔디밭이 펼쳐져 있고 화단과 나무가 잘 손질되어 있었다. 건물은 본관과 부속 건물 두 채가 있는데 본관은 갤러리처럼 독특한 양식으로 지어져 있었다. 본관 삼층 건물은 전부 유리벽으로 지어져 안에서 켜놓은 화려한 샹들리에 불빛이 정원까지 환하게 비추고 있었다. 정원엔 이미 많은 사람으로 북적였다. 한쪽에는 호텔에서 가져온 파티 요리와 미니바가 마련되어 있어 웨이터와 웨이트리스가 서빙을 하고 무대에선 실내악단이 클래식 곡을 연주하고 있었다. 본관 안에도 많은 이들이 술과 요리를 들고 있었다. 재인이 차에서 내리자 유월의 시원한 바람이 어깨를 감쌌다. 주차장엔 화려하고 고급스러운 차림의 남녀들이 내려서 정원 쪽으로 향하고 뒤에선 아직도 많은 차가 들어오고 있었다.

'각오는 했지만 역시 내가 알던 세계와는 정말 다르구나.'

재인은 낯선 풍경들을 보며 혼란스런 표정으로 서 있었다. 갑자기 자신이 작게 느껴지고 와선 안 될 곳에 온 것처럼 불편했다.

'내가 이 낯선 곳에서 무얼 하는 거지?'

현란한 불빛 속에서 길을 잃은 느낌. 눈앞이 아득하고 막막했다.

"재인 씨, 제가 안내해 드릴 테니 따라오세요."

차에서 내린 최 비서가 멍해 있는 재인을 이끌었다. 재인은 그녀 뒤를 따라가며 마른침을 거듭 삼키며 숨을 몰아쉬었다.

'길을 잃으면 안 돼. 어디에 있든지 나는 나일 뿐이야. 난 그를 찾기 위해서 왔어. 그것만 생각하면 돼.'

재인은 어떻게든 긴장을 풀어보려고 끊임없이 자신에게 속삭였다.

"촌스럽게 두리번거리지 말고 최대한 우아하고 예쁘게 행동해. 맛있는 음식 있다고 마구 먹지 말고, 특히 술은 마시지 마. 넌 주사가 있어서 안 돼."

재인은 불현듯 아버지의 잔소리가 떠올라 간신히 미소를 지었다. 어젯밤부터 부부가 어찌나 걱정을 늘어놓는지 꿈에서도 소리가 윙윙 울릴 지경이었다. 하긴 보통 선도 아니고 으리으리한 집 자제에 대단한 파티에 초대되어 선을 보니 긴장될 만도 하시겠다. 평범한 중산층 집 딸과 재벌가 아들. 큰고모는 무슨 생각으로 이 선을 우긴 걸까? 재인은 이제 와 슬그머니 후회가 들었다. 아버지가 작은 사업을 하고 계시긴 하지만 두 분 다 성실하고 소박한 분들에 재인은 학교 선생이다. 지극히 보통 사람들. 이런 사람들 틈에 공연히 끼여서 웃음거리가 되는 건 아닐까? 재벌집 눈에 들 만한 것이 하나도 없었다. 재벌은 같은 재벌이나 정계 사람들과 혼인하려 든다던데 그런 것도 아닌 걸까? 왜 하필 나를 택했을까? 끝도 없이 떠오르는 생각들이 마구 엉켜서 재인을 압박했다. 재인은 어서 빨리 그를 확인하고 이 낯선 세계에서 도망치고 싶은 생각뿐이었다.

최 비서는 사람 숲을 조용히 가로질러 본관으로 향했다. 여자 걸음으로는 조금 빨라서 재인은 약간 숨 가쁘게 그녀를 따라가야 했다. 큐브처럼 네모 반듯한 본관 앞에 서자 재인은 그에게 한층 더 가까워졌음을 실감했다. 이곳에 서수현이란 이름을 가진 이가 있다. 떠올리기만 해도 가슴이 떨리고 슬픔과 그리움이 차오르는 이름. 그를 싣고 가던 구급차가 아직도 생생하게 보인다. 그 후 다신 볼 수 없었던 그를 생각하면 가슴 한쪽이 시큰시큰하다.

'너무 기대하진 마. 기대가 크면 실망도 큰 법이잖아. 오늘이 아니라도 언젠가 만날 거야. 간절히 만나고 싶은 사람은 평생 한 번은 만난다고 하잖아.'

재인이 기억 속에서 빠져나와 고개를 들었을 때 본관 넓은 홀에 들어와 있었다. 바닥엔 걷기 불편할 만큼 폭신한 카펫이 깔렸고 홀 천장엔 아름다운 샹들리에가 눈부신 빛을 내뿜고 있었다. 정면엔 커다란 스크린과 함께 무대가 마련되어 있고 양쪽에 이층으로 이어지는 곡선형 계단이 있었다. 때마침 기념행사가 시작된 모양인지 과거 잘나갔던 아나운서로 기억하는 사내가 한창 무언가를 설명하는 중이었다.

"유일그룹은 대한민국 경제의 중심축이 되어 발전을 거듭해 왔습니다. 고 서지웅 회장님이 창립하신 유일건설을 필두로 유일상선, 유일항공, 유일중공업, 유일석유화학을 비롯한 13개의 계열사는 국내 독보적인 입지를 굳히고 이제 세계로 뻗어가는 글로벌 기업으로 성장하고 있습니다. 오늘 이 자리는 유일그룹의 40년 발자취를 되새기고 앞으로의 발전을 기원하기 위해 마련된 자리입니다. 국내외 귀빈들을 모시게 되어……."

점점 몰려드는 사람들 틈에서 재인은 답답하고 목이 말랐다. 윙윙거리는 사람들 목소리와 웃음소리, 술잔 부딪치는 소리가 정수리를 조여 가벼운 편두통이 일었다.

"재인 씨, 많이 불편해요? 얼굴이 창백하네요."

재인을 유심히 살펴본 최 비서가 지나는 웨이터에게서 샴페인을 가져와 내밀었다. 재인은 그것이 무엇인지도 모르고 황갈색 액체를 한 모금 꿀꺽 들이켰다. 괜찮다면 어디에 잠깐 앉고 싶다고 말하려는 참인데 최 비서 옆으로 한 사내가 다가왔다.

"지금 어디 계세요?"

최 비서가 낮은 목소리로 물었다. 재인은 그녀의 긴장된 말투에 의아한 생각이 들었지만 찾는 이가 서수현일 거란 생각이 들어서 마음이 들떴다. 재인은 호기심에 귀를 기울였다.

"오 분 전까진 이층에 계셨습니다."

"그래요. 알았어요. 재인 씨, 절 따라오세요."

최 비서가 앞장서자 재인은 잔을 내려놓고 황급히 뒤를 따랐다. 위층으로 이어지는 넓은 계단을 올라가니 미술관처럼 회화와 조각 작품이 전시되어 있었다. 대외적으로 과시하려는 의도가 다분히 느껴지는 터라 화려하다는 생각 외엔 별다른 감흥이 일지 않았다. 이층은 밖에서 볼 때 단순한 구조로 보이지만 안은 미로처럼 벽과 기둥이 놓여 있었다. 그래서 한 방향으로 돌다 보면 회화 작품을 감상하고 원점으로 돌아오는 구조였다. 최 비서와 미로 입구에 섰는데 같이 온 사내가 누구를 찾는 듯 주위를 두리번거리며 사라졌다.

"잠깐만 여기에 계실래요? 곧 올게요."

최 비서가 사내가 간 곳으로 따라가자 혼자 남은 재인은 앉을 곳을 찾기 위해 주위를 두리번거렸다. 폭신한 소파가 보이긴 하지만 이미 사람들이 다 차지해 버려 자리가 없었다. 멀뚱멀뚱하니 서 있기엔 어색하고 심심하기도 해서 그림이 전시된 곳으로 들어갔다. 조도를 낮춰 주위가 어둑어둑한 가운데 그림만이 환히 보였다. 샴페인 때문인지 조금 몽롱하고 편안한 느낌이다. 아래층에서 들리는 음악, 사람들의 목소리와 발소리가 멀리 들리는 가운데 재인은 안쪽 깊숙이 들어갔다. 그녀는 최 비서를 까맣게 잊은 채 유화의 화려한 색감과 공간이 주는 독특한 분위기에 이끌렸다. 그러다 문득 가슴 부위가 허전해서 아래를 내려다본 재인은 드레스 끈이 풀려서 반쯤 내려온 걸 보고 기겁하며 얼른 가슴을 가렸다. 황급히 주위를 살피니 다행히 자신을 주의 깊게 보는 사람이 없었다.

'맙소사, 끈이 왜 풀린 거야? 묶어야 하는데 이를 어떻게 하지?'

재인은 얼굴이 붉어진 채로 발을 동동 굴렀다. 대놓고 묶자니 민망하기 그지없다. 그렇다고 이대로 있을 수도 없고 어찌해야 하지? 재인이 안절부절못하는 사이에도 드레스는 자꾸만 흘러내렸다. 최 비서를 찾으려고 아무리 두리번거려도 그녀는 보이지 않았다. 주위에 많은 사람이 자신을 보고 있을지도 모른다는 생각을 하자 이마와 등에 식은땀이 흘렀다.

'아아아, 난 몰라. 이거 어쩔 거야.'

재인은 목뒤로 끈을 움켜쥔 채 조금이라도 어둡고 사람들이 적은 곳을 찾으려고 걸음을 옮겼다. 그때였다.

"제가 도와드릴까요?"

부드러운 음성이 등 뒤에서 들렸다. 돌아보니 눈이 확 뜨일 만큼 잘생긴 남자가 서 있었다. 나이는 삼십대 초반쯤 되어 보이고 정장 슈트 모델처럼 세련되고 근사한 옷차림에 부드러운 미소를 가진 이였다. 입에 금 수저 물고 태어나는 부류가 아마도 그와 같은 남자를 이르는 것 같았다. 갑자기 나타난 미남, 아니, 구세주가 재인을 향해 도움의 손길을 내밀었다.

"당황할 거 없어요. 이쪽으로 와요."

그는 재인의 어깨에 살짝 손을 얹고 뒤쪽으로 이끌었다. 어깨에 닿은 그의 손이 예의 바르고 따뜻했다. 그는 기둥 뒤편으로 데려가 재인을 벽 쪽에 세우고 사람들이 볼 수 없도록 자신의 몸으로 가렸다.

"뒤돌아서 있을 테니 묶으세요."

사내는 미소를 지으며 뒤돌아섰다. 재인은 그의 등 뒤에서 황급히 드레스 끈을 묶으며 속삭이듯 말했다.

"고맙습니다. 혼자서 어찌해야 할지 몰라 당황했어요."

재인의 인사에 뒤돌아선 그가 가볍게 웃었다. 재인은 끈을 묶고 옷매무새를 가다듬고 그의 그림자에서 빠져나왔다. 그가 돌아서며 재인을 바라보았다. 재인의 얼굴을 유심히 훑는 그의 눈빛이 조명 불빛과 함께 반짝였다.

"이런 파티 처음이죠?"

그가 미소를 지으며 물었다.

"네, 처음이에요. 아까 저 많이 우스꽝스러웠나요?"

"알고 있었어요? 많이 우스꽝스러웠어요."

그가 농담처럼 내뱉는 말에 재인의 얼굴이 다시 붉어졌다.

"다른 사람도 봤을까요?"

"이층 홀에 절반쯤? 다들 내숭 피느라 못 본 척할 뿐이지 남자들 대부분은 흘끔흘끔 봤어요."

"아, 어떻게 해. 흉했겠다."

재인은 거의 울 듯한 얼굴로 어깨를 축 늘어뜨렸다. 그러자 그가 얼른 덧붙였다.

"흉하진 않았어요."

"우스꽝스러웠다면서요?"

"사랑스럽게 우스꽝스러웠죠. 귀여웠어요."

재인은 그가 놀린다고 생각하며 뚱한 표정을 지었다.

"초면에 그런 말 잘도 하시네요."

"제가 좀 뻔뻔하긴 하죠."

"많이 뻔뻔하신데요?"

"하하하."

그는 기분 좋게 웃었다. 아까 그 정신없는 와중에 잘생긴 남자라고 생각하며 봤는데 웃는 모습을 보니 상당히 매력있었다. 하지만 소년처럼 장난기 가득한 눈빛 속에 만만치 않은 날카로움이 서려서 함부로 했다간 호되게 낭패를 볼 것 같은 인상이었다. 그는 재인의 얼굴에서 한순간도 시선을 떼지 않으며 말했다.

"이런 자린 따분하기만 해서 억지로 끌려왔는데 덕분에 즐겁네요. 오랜만에 웃었어요."

"누군 잊고 싶은 기억인데 그나마 즐거우셨다니 다행이에요."

"다른 일행은 없어요? 왜 혼자예요?"

그 말에 재인은 정신이 번쩍 났다.

"아, 맞다. 기다리라고 했는데. 지금쯤 찾고 있을 텐데."

그제야 최 비서가 생각난 재인은 펄쩍 뛰면서 발을 동동 굴렀다.

"죄송해요. 저 이만 가볼게요. 도와주셔서 감사합니다."

재인은 상대방의 말을 듣기도 전에 서둘러 아까 있던 곳으로 돌아갔다. 자기 할 말만 하고 달아나는 그녀를 멍하니 바라보던 수찬은 어이없는 웃음을 터뜨렸다.

"이런, 통성명할 차례였는데 도망가 버렸네. 성격도 급하시지."

재인의 뒷모습을 바라보는 수찬의 입가에 묘한 미소가 감돌았다.

"신선하네. 겉만 번드르르한 깡통도 아니고 별것도 아닌 주제에 깍쟁이처럼 굴지 않고 적당히 예쁘고 귀여워. 어느 집 딸이지? 이 서수찬을 몰라보다니. 내가 그리 유명한 놈도 아니었나 봐."

수찬은 오래간만에 만난 신선한 아가씨를 놓쳐 버린 것이 아쉬웠다. 잘만 하면 오늘 밤 외롭지 않았을 텐데. 수찬은 그녀가 전시실에 들어설 때부터 지켜보았다. 그녀는 이 세계 사람들과 다른 분위기를 가지고 있었다. 닳고 닳은 화려함이나 억지로 쥐어짠 우아함, 어떻게든 부류 속에 섞여보려는 절실함이 없었다. 같잖게 자존심을 내세우지 않고 정직하고 순수해 보인다. 수찬은 그녀가 첫눈에 마음에 들어 가벼운 장난을 쳐보았다. 정신없이 주위를 두리번거리는 그녀 뒤를 따라다니다 목뒤에 묶은 끈을 슬쩍 잡아당겨 풀었다. 늦게야 그걸 발견하고 당황하는 모습이란. 아이처럼 동동거리는 모습이 무척이나 매력적이었다. 황급히 가버리지만 않았다면 오늘 내로 함락시킬 자신이 있었는데. 수찬은 그녀를 다시 찾을 것인지 아니면 아래층에 내려가 어른들 비위를 맞추며 적당히 놀아줄 건지 고민했다. 신선한 여자도 좋지만 최근 들어 어르신들 심기가 불편하니 이런 날 잘 보여 점수를 따야 한다.

'그녀는 언제라도 다시 만날 수 있을 거야. 이 좁은 바닥에 그렇게 눈에 띄는 여자는 금방 드러나게 마련이지. 오늘은 노인네들 기분 맞춰주며 얌전히 있어야겠다. 그래야 놀 시간을 벌지.'

수찬은 아쉽지만 다음을 기약하며 아래층으로 걸음을 옮겼다. 그 와중에도 그의 머릿속은 낯선 그녀에 대한 기대감으로 가득했다.

재인이 황급히 전시실 입구로 돌아갔을 때였다. 최 비서가 먼저 그녀를 찾아냈다.

"재인 씨, 어디 가셨었어요. 한참 찾았어요."

"죄송해요. 갑자기 드레스 끈이 풀어져서 구석에 가서 묶고 오느라."

"이젠 괜찮아요?"

"네."

"서 상무님이 잠깐 어딜 가셨나 봐요. 사람 시켜서 찾고 있어요. 아래층에 내려가서 간단한 음식이라도 들래요?"

"아니에요. 괜찮다면 어디에서 잠깐 쉬고 싶은데요. 힐이 너무 불편해서."

"아, 그래요? 그럼 라운지에서 쉴래요? 거긴 사람이 적으니 쉴 곳이 있을 거예요.”

최 비서는 재인을 삼층 라운지로 안내했다. 그녀의 말대로 삼층은 비교적 한산해서 쉴 곳이 제법 많았다. 재인은 창가 쪽 폭신한 소파에 앉아 안도의 숨을 내쉬었다. 그사이 최 비서가 오렌지 주스를 가져와 재인에게 건넸다.

“자꾸 기다리게 해서 미안해요. 상무님이 인사 때문에 바쁘신가 봐요. 곧 모시고 올게요.”

최 비서가 내려가고 혼자 남은 재인은 테이블 밑으로 하이힐을 벗고 발가락을 꼼지락거려 보았다.

‘선은 보기도 전인데 벌써부터 지친다. 오늘 선을 보러 온 거야 아님 숨바꼭질하러 온 거야? 어떤 남자기에 얼굴 보기가 이리 힘들담. 아, 다리 아파. 비싼 하이힐도 아픈 건 똑같잖아.’

재인은 자신이 무엇을 하는 건지 한심하기만 했다. 온 지 한참이 되도록 서수현은 보지도 못하고 드레스 끈이 풀어져 한바탕 난리를 치르고 아픈 다리로 걸어다니기만 하고. 정말이지 이대로 가버리고 싶은 생각마저 들었다.

‘그래도 여기까지 왔으니 얼굴은 보고 가야지. 도대체 이 남자는 어디에 있는 거야? 선보는 거 알았으면 미리 기다려야 하는 거 아니야? 남자가 예의라고는……’

한창 투덜거리는데 재인의 눈에 한 남자가 들어왔다. 그의 얼굴을 본 순간 숨이 멈추고 동시에 생각이 멈췄다.

그 사람이다.

서수현. 그토록 찾아 헤맨 사람.

재인은 충격으로 몸이 뻣뻣하게 굳어 움직일 수가 없었다. 서수현이라는 거대한 파도 앞에 한재인은 속수무책으로 휩쓸리고 있었다. 지금의 그는 기억 속의 수현과 많이 달랐다. 무심한 걸음걸이와 날카로운 눈빛. 멀리 있는 사람까지 느낄 수 있을 만큼 싸늘한 전율이 전신에서 흘러나왔다. 살짝만 스쳐도 손가락을 베이고 피가 날 것 같은 느낌이다. 재인의 기억과 분명히 다른 모습이지만 그는 서수현이 분명했다. 재인은 자신도 모르게 일어나 그에게 다가섰다. 조금 더 남자답고 거칠게 변했지만 여전히 아름다운 얼굴 생김, 주위 사람을 평범하고 왜소하게 만드는 강한 존재감. 그는 이 넓은 홀에서 살아 움직이는 유일한 사람 같았다.

'그가 맞아. 분명해.'

재인은 가슴이 두근거려 주체할 수가 없었다. 예전의 조용한 얼굴 대신 차가움이 가득하지만 그라고 확신했다. 오랫동안 꿈꾸었던 것이 이루어지자 환희가 밀려왔다. 기쁘다. 이대로 그를 와락 끌어안고 싶을 만큼 흥분된다. 재인이 다가가자 그가 멈춰서서 그녀를 내려다보았다. 무슨 일이냐는 듯 의아한 표정. 약간의 불쾌감과 지루함이 배인 얼굴.

"저한테 볼일이 있으신가요?"

깊고 서늘한 저음에 재인은 다시금 숨이 막혔다. 절대 잊을 수 없는 목소리. 전율로 온몸에 소름이 돋았다.

"저기……."

그가 싸늘한 시선으로 얼굴을 훑자 재인은 제대로 말을 잇지 못했다. 알아보지 못하는 걸까? 하긴, 오래전 잠시 스쳤을 뿐이니 기억 못하는 것이 당연하다. 그래도 재인의 마음은 실망감으로 가득했다.

"아, 벌써 두 분이 만나셨네요. 다행입니다."

막 입술을 달싹거리려는데 최 비서의 목소리가 들렸다. 최 비서의 목소릴 들은 순간 수현의 눈 속에서 푸른 불꽃이 튀었다. 그의 얼굴은 순식간에 차갑게 굳어갔고 눈빛은 온갖 혐오와 분노로 일그러지기 시작했다. 재인은 그의 표정 변화를 보며 마음속에서 무언가가 어긋나는 것을 느꼈다. 그들 사이에서 최 비서가 말을 이어갔다.

"상무님, 이쪽은 한재인 씨입니다. 재인 씨, 유일상선 서수현 상무님이십니다."

"아, 안녕하세요."

재인이 어색하게 인사를 하는 동안 그는 뻣뻣하게 서서 재인을 노려보았다. 그는 선보는 것을 몰랐던 듯 불쾌한 눈으로 최 비서와 재인의 얼굴을 번갈아가며 보았다. 아무런 인사 없이 묵묵히 선 그를 보며 재인이 당황하는데, 최 비서가 익숙하고 태연하게 말했다.

"회장님께서 특별히 파티에 초대하신 분입니다. 잘 부탁드립니다. 그럼 즐거운 저녁 되십시오."

　최 비서는 그 길로 아래층으로 내려갔다. 단둘이 남게 되자 침묵이 무겁게 깔렸다. 그는 두 걸음 앞에서 싸늘한 눈으로 재인을 관찰했다. 몸에 닿는 눈빛이 너무나도 차가워 추웠다. 그 눈빛을 똑바로 볼 수가 없어서 저절로 시선이 발끝으로 향했다. 이렇게 차가운 시선을 받을 이유가 없는데 그는 죄인이라도 되는 양 재인을 노려보며 서슴없이 몸의 곳곳을 탐색했다. 재인의 머릿속은 반가움, 설렘, 당혹과 의혹들로 엉망이 되었다. 그때 그가 큰 걸음으로 다가서자 재인은 흠칫 놀라며 고개를 들었다. 순간 그와 시선이 얽혔다. 그믐밤처럼 검은 눈동자가 눈을 파고들며 한기가 훅 끼쳤다. 재인은 수현이 두려웠지만 그럼에도 그에게 이끌렸다. 그물에 걸린 물고기처럼 그의 눈빛에 사로잡혀 어쩔 줄을 모르는데 그가 입을 열었다.

　"너도 돈 냄새 맡고 달려드는 속물 중 하난가?"

　순간 머릿속이 아찔해지며 현기증이 일었다. 재인은 자신도 모르게 그의 눈을 똑바로 바라보았다. 그가 비웃고 있었다. 너 따윈 함부로 해도 된다고, 너를 혐오한다고, 그러니 어서 꺼지라고 말하고 있었다. 그는 무섭게 날이 서 있었다. 지금 재인의 머릿속엔 그가 과거의 서수현이 아니라는 생각뿐이었다.

'한심하군. 이런 자리까지 여자를 부를 줄이야. 아버지, 대단하십니다.'

수현은 가라앉은 표정으로 여자를 노려보았다. 하얗고 말간 얼굴에 여리게만 보이는 여자. 겁이 많아 보이는 큰 눈망울로 보아 작심하고 덤벼드는 부류는 아닌 듯했다. 스물둘, 셋이나 됐을까. 아무것도 모른 채 얼결에 불려 나온 눈치다. 아버지와 자신의 제물로 삼기엔 불쌍한 여자지만 단번에 끊어내는 것이 그녀를 위해서도 이롭다. 수현은 그녀를 관찰하며 시퍼렇게 날이 선 칼날을 갈았다. 인간 백정이 된 기분, 참으로 더럽다.

'어떻게 해줄까. 지난번처럼 가슴이라도 슬쩍 건드려 볼까? 아니면 음란한 말이라도 주워섬길까?

인내심 많은 불여우로는 안 보이니 가볍게만 건드려도 눈물을 뚝뚝 흘리며 도망갈 듯했다. 그 어른도 이런 자리에선 얌전히 있을 거라 생각하고 데려왔겠지? 수현은 속으로 쓰디쓰게 웃었다.

"너도 돈 냄새 맡고 달려드는 속물 중 하난가?"

짐승처럼 으르렁거리자 가뜩이나 큰 눈이 더욱 동그래졌다. 살짝 벌어진 입술이 파르르 떨리는 것이 당황하고 실망한 기색이 완연했다. 수현은 그녀와 몸이 닿을 만큼 다가서서 귓가에 속삭였다.

"우리 이런 노인네들 파티 따윈 집어치우고 밖으로 나갈까? 근처 호텔 스위트룸에 방 잡을 테니 같이 즐겨보는 게 어때? 오늘 밤 같이 지내면 원하는 건 뭐든 사주지. 뭐가 필요해? 명품 백? 옷? 다이아몬드? 네가 원하면 뭐든 줄 수 있어."

그녀의 얼굴이 빠르게 굳어갔다. 속눈썹에 물기가 촉촉이 배이고 도톰한 입술이 단단하게 다물어졌다. 이제 따귀를 때리든 주스를 얼굴에 끼얹든 내키는 대로 하고 총총히 파티장을 나갈 것이다. 곧 회장실로 올라오라는 불호령이 떨어지겠지. 이 지겨운 짓거리를 언제까지 반복해야 하는지. 매번 상대를 바꿔가며 반복되는 데자뷰. 지겹고 신물이 난다.

수현이 짜증스럽게 그녀의 반응을 기다리고 있을 때였다. 아

까부터 손목 주위를 쓰다듬던 그녀가 무슨 생각이 났는지 화닥
닥 놀라며 자신의 손목을 내려다보았다. 그 바람에 수현도 그녀
의 손목을 보았다.

"앗, 내 팔찌!"

그녀는 제자리를 빙그르르 돌며 바닥에서 무언가를 찾았고
고개를 들었을 땐 두 눈에 눈물이 그렁그렁 맺혀 있었다.

"팔찌가 없어요! 어떻게 해. 아빠가 엄마에게 준 결혼 선물이
에요."

그녀가 거의 울 듯한 목소리로 외쳤다. 당황하기는 수현도 마
찬가지였다. 기막혀 멍하니 서 있는데 그녀가 소매를 끌어당기
며 말했다.

"죄송한데 같이 찾아주시면 안 될까요? 정말 중요한 거예요.
잃어버리면 저 쫓겨나요."

그녀는 좀 전의 상황을 모조리 잊어버린 듯 다급하게 도움을
요청했다.

"하지만 나는 그럴 시간이……."

수현이 대답하기도 전에 그녀가 카펫을 훑으며 돌아다니기
시작했다. 수현은 그런 그녀를 어이없이 바라보다가 큰 걸음으
로 따라잡았다.

"잠깐만, 이 넓은 곳에서 팔찌를 어떻게 찾아? 누가 가져갔을
지도 모르고."

"부자들이 탐낼 만한 물건이 아니에요. 걸어다닌 곳을 거슬러

가면 찾을 수 있어요.”

그녀는 다른 사람들과 부딪쳐 가며 열심히 팔찌를 찾았다. 아예 바닥을 기어다닐 작정인지 무릎을 꿇고 소파와 테이블 밑을 확인했다. 이를 보다 못한 수현은 최 비서에게 전화를 걸었다.

“여기 아가씨가 팔찌를 잃어버렸다는데. 사람 몇 명 불러서 찾아보라고 일러.”

—네, 상무님.

최 실장의 기계처럼 반복되는 대답을 들으며 수현이 있는 대로 이마를 찡그렸다.

“그리고 이런 짓 좀 안 할 수 없어?”

—회장님 명령이십니다.

“젠장, 질리지도 않나 보군.”

—포기하지 않으실 겁니다.

그녀가 조금 잠긴 목소리로 말했다. 그녀와 수현은 아버지를 잘 알고 있었다.

“그렇겠지. 포기하면 아버지가 아니지. 알았어. 찾는 대로 연락해.”

신경질적으로 전화를 끊은 수현은 고개를 들어 그녀를 찾았다. 그새 삼층을 다 훑었는지 보이지 않는다. 이층으로 내려가자 많은 사람들 틈바구니에서 여기저기 헤매고 다니는 그녀가 눈에 띄었다. 너무나도 다급하고 절실해 보여서 안쓰러운 마음마저 들 정도였다.

“정말 못 말리는 아가씨군.”

수현은 성큼성큼 다가가 엎드리다시피 한 그녀를 거칠게 일으켜 세웠다. 그녀가 수현을 보고 기대에 찬 눈으로 물었다.

“팔찌 찾았어요?”

“아니. 대신 사람을 풀었으니까 있다면 가져올 거야.”

그녀의 눈빛이 금세 실망으로 가라앉았다.

“언제 잃어버렸는지 기억이 안 나요. 일층엔 오래 머물지 않았는데. 아참, 아까 정원 지나오다 몇몇 사람과 부딪혔는데 그때 떨어뜨렸는지도 모르겠어요.”

“잔디밭을 어느 세월에 뒤지겠다는 거야?”

“그럼 어떻게 해요. 꼭 찾아야 하는데.”

“그렇게 중요한 거면 이런 자리에 차고 나오지 말았어야지.”

“중요한 자리였어요. 처음 보는 선이었다구요.”

자신을 보는 눈동자가 꼭 잘못을 힐책하는 것 같았다. 자신이 혐오하고 끔찍하리만치 증오하는 것이 그녀에겐 소중할 수 있다니. 수없이 많이 상처 주고 모욕을 주면서도 자신과 그녀들을 위해서라고 생각했다. 그런데 아닌 사람도 있다. 예쁘게 차려입고 들뜬 마음으로 나왔을 그녀의 모습이 머릿속에 그려지자 날이 선 마음이 조금 무뎌졌다.

“우선은 다른 사람들도 찾고 있으니까 앉아서 쉬지그래.”

재인은 힘들어서 죽겠다는 얼굴을 하면서도 도리질을 했다.

“정원이랑 주차장까지만 가고요.”

“고집불통이군.”

뒤에서 불평하거나 말거나 재인은 열심히 팔찌를 찾아 나섰다. 속으론 화나고 어이없고 따지고 싶은 것이 많았지만 애써 꾹 누르고 바닥만 보며 걸었다.

'속물이라고? 호텔? 다이아몬드? 나쁜 사람이야. 그새 나쁘게 변했어. 공연히 찾았어. 여기까지 오는 게 아닌데. 내 추억만 깨졌어.'

무슨 억하심정으로 그따위로 행동했을까? 선이 그렇게 보기 싫었나? 내가 평범해서 마음에 안 들었나? 아무리 그래도 그런 식으로 말해선 안 된다. 지금까지 소중히 갖고 있던 추억을, 마음 아려서 걱정했던 마음을 그런 식으로 짓밟아선 안 된다.

'도대체 사람을 뭐로 보고. 나쁜 놈 같으니.'

재인은 자꾸만 눈물이 나서 눈에 힘을 주고 입술을 깨물었다. 억울하다. 그를 기다리며 그리워한 것이 바보처럼 느껴졌다. 소중한 기억이 한순간에 뭉개진 기분이어서 허탈하고 화가 났다. 재인은 울지 않으려고 필사적으로 애쓰며 정신없이 정원을 돌아다녔다. 찾는 팔찌는 보이지 않고 사람들이 이상한 시선으로 보았다. 모든 것이 엉망진창이다.

'지금 내가 무얼 하는 거지? 왜 이러고 있는 거야!'

정원 한가운데에 멈춰 선 재인은 허공을 보며 입술을 앙다물었다. 울면 안 된다. 절대로 울어선 안 된다. 눈물은 삼킬 수 있었지만 마음속 울분은 다스려지지 않았다. 이대로 가만히 있으

면 확 돌아버릴 것만 같아 재인은 화난 눈초리로 뒤를 돌아보았
다. 멀찌감치 그가 따라오는 것이 보였다. 재인은 주먹을 꼭 쥐
고 그가 있는 쪽으로 걸어갔다. 최대한 눈을 매섭게 뜨고 다가
가자 그가 무심한 눈으로 보았다. 모든 것을 망쳐 놓고선 말짱
한 얼굴. 재인은 그의 얼굴에 대고 낮게 중얼거렸다.

"명진고등학교."

"⋯⋯."

그는 영문을 모르겠다는 듯 재인을 가만히 보았다. 그 무표정
한 얼굴에 재인은 더욱 화가 나서 눈을 부릅뜨고 힘주어 말했
다.

"복도, 목발, 음악실."

"도대체 무슨 말을⋯⋯."

"첼로! 비 오는 날 당신이 첼로를 연주했잖아요."

그의 얼굴엔 어떤 감정도 떠오르지 않았다. 아예 기억을 못하
는 것이다. 허탈감과 함께 울분이 목까지 차올랐다. 재인은 눈
물이 그렁그렁한 눈으로 그의 종아리를 힘껏 걷어찼다. 순간 그
의 입술에서 억눌린 신음이 흘러나왔지만 이를 악물며 참아내
는 것이 보였다.

"기억 못해도 괜찮아요. 그래도 예의는 지켜줬어야죠. 이럴
줄 알았으면 안 오는 건데."

재인은 그대로 눈물을 훔치며 돌아섰다. 그제야 자신을 향한
많은 시선이 보였다. 특히 여자들은 한결같이 측은하다는 표정

이다. 재인은 새빨개진 얼굴로 황급히 자리를 벗어났다. 정신없이 사람들을 헤치고 가는데 최 비서가 달려와 어깨를 잡았다.

"재인 씨, 잠깐만 기다려 봐요."

"최 비서님, 저 이만 가볼게요."

재인은 꾸벅 인사를 하고 들어온 입구를 향해 걸어갔다. 그러자 최 비서가 팔을 잡아 세웠다.

"알았어요. 알았으니까 차로 가요. 데려다 줄게요."

"괜찮아요."

"이대로 가면 제가 곤란해져요. 부탁이에요. 차로 가요."

재인은 그제야 멈춰 섰다. 얼굴이 눈물과 콧물로 엉망이다. 그 모습을 본 최 비서가 황급히 손수건을 꺼내 그녀에게 건넸다. 재인은 손수건으로 눈물을 닦으며 최 비서를 따라 주차장으로 걸어갔다.

정강이를 차인 순간 수현의 눈앞에 불이 붙었다. 그동안 몹쓸 짓도 많이 했고 덕분에 많이 맞아봤지만 이렇게 눈물이 고이도록 아픈 적은 처음이었다. 하지만 많은 사람 앞에서 아프다고 펄쩍 뛸 순 없었다. 모두 인과응보, 자업자득이다. 수현을 보는 사람들의 눈빛은 싸늘하기 그지없었다. 혐오스럽고 불쾌하다는 듯 제대로 눈도 마주치지 않았다. 수현은 이제 사람들의 시선 따윈 상관하지 않는다. 그의 머릿속엔 눈물이 핑 돌 정도로 아프게 정강이를 걷어차고 달아난 여자와 그녀가 내뱉은 수수께

끼 같은 단어들뿐이었다.

"이야, 수현이 너 대단하다. 그렇게 차이고도 말짱하네."

어느새 다가온 수찬이 그의 어깨를 툭 건드리며 말했다. 그 바람에 애써 누른 아픔이 다시 올라오자 수현은 어금니를 깨물고 버렸다.

"저 아가씨 귀엽던데 왜 그랬어?"

"형님 눈에 안 귀여운 여자가 있던가요."

"하긴 내 기준에 마흔 안 넘은 여자는 다 귀엽지. 어쨌거나 죄 없는 아가씨를 괴롭히는 건 못할 노릇이잖아. 어린애 같은 짓 이제 그만 할 때 안 됐어?"

수찬이 장난스럽게 시비를 걸어왔지만 수현은 싱거운 말에 대구하고 싶지 않았다. 그가 돌아서려는데 수찬이 끈질기게 따라오며 말했다.

"어른이 원하는 대로 못 이기는 척 져주는 것도 지혜야. 한 번 양보하면 적어도 두 가지는 얻을 수 있다고. 이제 철없는 장난은 그만 하고 아버지 뜻대로 해."

"형님 눈엔 이게 어린애 장난처럼 보입니까?"

수현이 돌아서며 수찬을 노려보았다. 어느덧 수찬의 눈빛은 장난기가 걷히면서 차갑게 빛나기 시작했다.

"그럼 작은아버지가 선보이는 여자마다 창녀보다 못한 취급하며 떨어뜨리는 걸 무엇으로 봐야 하지?"

"아버지와 저의 문제입니다."

"싸워봤자 잃는 게 더 많아. 이젠 그만 해. 그만하면 충분히 했어."

"아버지를 잘 알지 않으십니까? 상관하지 마십시오. 제게 충고나 하고 있을 때가 아닌 것 같은데요."

수찬과 수현의 눈이 싸늘하게 휘감겼다.

"너와 내가 적이라는 말을 하고 싶은 거냐?"

"적어도 아버진 그렇게 생각하고 계시죠."

"후후, 작은아버지도 많이 힘드시겠구나. 적이 너무 많아. 그거 알고 있니? 목에 칼을 박아 넣지 못한다면 결국 적이 아닌 거야. 결국 너와 네 아버진 적이 될 수 없어. 그러니 반항은 그쯤하고 고개 숙여."

"싫습니다."

"공연히 죄없는 여자 울리지 말고."

"그만 가보겠습니다."

수현은 가볍게 목례를 하고 그 자리를 벗어났다. 지금은 황태자의 마음에도 없는 충고를 듣고 있을 때가 아니다. 수현은 그녀가 남긴 말을 곰곰이 되새겼다. 머릿속에서 무언가 떠오를 듯하면서도 좀처럼 윤곽이 잡히지 않는다. 명진고등학교는 그의 모교다. 그녀도 그 학교 학생이었을까? 음악실, 목발, 도무지 무슨 뜻인지 알 수가 없다.

"첼로! 비 오는 날 당신이 첼로를 연주했잖아요."

첼로를 연주한 지 무척이나 오래되었다. 고등학교 때 연주한 것이 마지막인데……. 순간 그의 뇌리에 섬광처럼 스치는 얼굴이 있었다.

'아, 그 아이였구나. 늘 내 주위를 서성이던 그 아이!'

수현은 그제야 그녀의 말뜻을 이해할 수 있었다.

"정말 바보 같은 아이군. 그때를 아직까지 기억하고 있다니."

그가 씁쓸하게 중얼거리는데 회장실 비서가 다가왔다.

"상무님, 직원이 팔찌를 주웠다고 하는데 혹시 잃어버렸다는 물건이 이건지……."

수현은 비서가 내미는 팔찌를 받아 들었다. 이런 파티에 어울리지 않는 평범한 팔찌였다.

"최 비서 지금 어디 있죠?"

"모시고 온 손님과 주차장에 계십니다."

"알았어요."

수현은 팔찌를 안주머니에 넣고 주차장으로 걸어갔다.

"실컷 울었어요?"

훌쩍이는 재인을 보며 최 비서가 물었다. 재인은 티슈를 뽑아 코를 시원하게 풀고는 몇 장 더 뽑아 눈가에 남은 눈물을 닦았다.

"집에 바로는 안 들어갈 거예요. 이 얼굴 보면 부모님이 신경 쓰실 거예요.”

“알았어요. 집 근처 카페까지 모셔다 드릴게요. 그럼 됐어
요?”

재인은 마지못해 가만히 고개를 끄덕였다. 실컷 울고 나니 창
피한 마음도 들고 잃어버린 팔찌와 부모님 걱정에 눈앞이 아득
했다. 그때 누군가가 차로 다가와 창문을 똑똑 두드렸다. 최 비
서는 창문을 내리고 수현을 올려다보았다.

“상무님, 무슨 일이세요?”

“나도 이만 집으로 돌아갈 생각이야. 이 아가씨는 내가 바래
다 드리지.”

“아, 알았습니다.”

최 비서가 놀란 얼굴로 차에서 내리자마자 수현이 미끄러지
듯 차 안으로 들어왔다. 재인은 깜짝 놀라며 반대편 차문에 딱
붙다시피 하면서 피해 앉았다.

“맞긴 내가 맞았는데 왜 그쪽이 울지?”

수현이 못마땅한 얼굴로 물었다.

“……”

재인은 토라진 아이처럼 고개를 돌린 채 창밖만 보았다. 수현
은 그녀의 옆모습을 가만히 보다가 물었다.

“집이 어디야?”

“……”

“어딘지 알아야 데려다 줄 거 아냐. 나와 같이 있는 게 달갑지

않을 텐데."

"잠원동이요."

"잠원동으로 갑시다."

"네, 상무님."

차가 출발하자 수현은 시트에 기대어 앞을 바라보았다. 옆에 앉은 재인은 언제 화내고 발로 찼느냐는 듯 그의 옆모습을 조금씩 훔쳐보기 시작했다. 수현은 모른 척 무심하게 앞만 보며 갔다. 무언가를 보기보다는 그냥 허공을 응시하는 것처럼 보였다. 조용한 눈동자, 전신에서 뿜어져 나오는 건조하고 차가운 기운. 예전엔 이렇게 차가운 사람이 아니었는데 어쩌다 이렇게 변해 버렸을까. 재인은 현재 그의 모습과 과거를 비교하며 속으로 한숨을 쉬었다. 사실 분한 마음보단 안타까움이 더 크다. 왜 이렇게 변했느냐고, 예전 모습으로 돌아오라고 소리치고 싶었다. 시간이 흐른 만큼 사람도 변하는 걸 재인은 아직 실감하지 못하고 있었다.

"난 줄 알고 온 거야, 아니면 와서 알아본 거야?"

갑자기 그가 묻자 재인은 흠칫 놀라며 시선을 돌렸다. 말투가 꼭 심문하는 사람처럼 딱딱하다. 잘못한 것도 없는데 깜짝깜짝 놀라는 모습이 바보처럼 보일까 봐 신경이 쓰이는데 머릿속으로 한줄기 빛이 지나갔다.

'지금 그 말은 날 알아봤다는 얘길까? 그날을 기억하고 있을까?'

제멋대로 상상이 날뛰고 가슴이 콩닥콩닥 뛰었다. 재인은 들뜨는 마음을 억누르며 속마음이 드러나지 않도록 뚱한 표정을 지었다.

"같은 사람일지도 모른다고 생각하고 왔어요."

"그렇군."

그게 다였다. 그는 또다시 입을 꾹 다물고 앞만 보며 갔다. 궁금한 게 많은 여자는 그와 얘기하면 복장이 터질 것이 분명했다. 재인은 묻고 싶은 것이 많았지만 애써 고고한 척 시큰둥한 표정을 지었고 그 와중에 살짝살짝 훔쳐보는 것은 잊지 않았다. 잠원동으로 가는 그 길이 왜 그리 짧은지. 내려야 할 시간이 다 가올수록 아쉬움이 컸다.

'어디에 가서 차라도 한 잔 마시자고 해주지. 정말 바래다만 줄 생각이었나 보다. 쳇.'

익숙한 동네 풍경이 보이자 재인이 운전석을 향해 말했다.

"기사님, 저쪽 길에 대주세요. 카페 입간판 있는 곳이요."

"여기가 집인가?"

그가 물었다.

"차라도 한 잔 마시고 가려구요. 누구 때문에 울어서 눈이 퉁퉁 부었거든요. 부모님이 걱정하세요."

운전기사가 길가로 차를 대자 재인은 문 열어주기를 기다리지 않고 바로 내렸다. 수현도 그녀를 따라 차에서 내렸다.

"그럼 전 이만 가보겠습니다."

재인이 꾸벅 인사를 하고 돌아서려는데 그가 나란히 걸었다. 왜 안 가냐는 눈으로 보는데 그가 시선을 주지 않고 말했다.

"그렇게 차려입고 카페에 혼자 앉아 있으려면 불편할 텐데."

"아까도 그렇게 신경 써주지 그랬어요."

재인이 냉큼 대꾸하자 그가 의외라는 눈빛으로 슬쩍 쳐다보았다. 아까만 해도 칼날처럼 매섭던 눈빛이 한결 부드러워져 있었다. 그래도 싸늘하게 굳은 표정은 여전했다. 두 사람은 건물 안으로 들어가 이층에 있는 카페 문을 열었다. 재즈 음악과 함께 근사한 커피 향기가 밀려왔다. 손님은 두 테이블밖에 없었는데 한껏 차려입은 커플이 들어오자 신기한 듯 유심히 쳐다보았다. 창가에 자리를 잡고 앉아 에스프레소와 아이스 카페라떼를 시키고 나서 재인은 들고 있던 작은 클러치 백에서 콤팩트를 꺼내 얼굴을 살펴보았다.

"덕분에 얼굴이 만두가 됐어요. 눈 부은 것 좀 봐."

수현은 천연덕스럽게 거울을 요리조리 보는 재인을 흥미롭게 관찰했다. 평범한 듯 보이는 이 여자, 독특한 구석이 있다. 관심을 끌려고 일부러 하는 행동이 아니라 느끼는 감정 그대로 자연스럽다. 당돌하지만 솔직하고 선해 보이는 사람. 그런 여자가 왜 그런 자리까지 불려 나왔을까? 종업원이 주문한 것을 놓고 사라지자 재인을 관찰하던 수현이 물었다.

"무슨 생각으로 선보러 나온 거지?"

앞에 놓인 아이스 카페라떼를 손에 든 재인은 빨대를 입에 물고 쭈욱 들이켜고 나서야 숨을 돌리고 내려놓았다. 대답을 기다렸지만 재인은 쉽사리 입을 열지 않았다. 기다리다 못해 수현이 말했다.

"같은 학교 다녔으면 모두 다 들었을 텐데. 소문으로."

"그런 소문, 안 믿어요."

"왜?"

"사실이 아니란 걸 아니까요."

"다 사실이야."

대수롭지 않게 내뱉은 말 속에 독한 자기혐오가 스며 있었다. 재인은 고개를 들고 그를 보았다. 지나치게 건조하고 무표정한 얼굴. 얼굴에서 감정만 깨끗이 지워 버린 듯했다. 그 소문이 모두 사실이라고 해도 선보러 나왔을 거라고 말하면 그는 어떤 표정을 지을까?

"어린 마음에 환상 같은 거 가질 수 있어. 하지만 지금은 어른이야. 어른이 돼서도 그런 환상을 가지고 사는 건 위험해."

"하지만 아니잖아요. 사실이 아니잖아요."

그가 실소를 흘렸다. 쓰디쓰고 고독한 웃음. 재인은 문득 그의 뺨을 부드럽게 쓸어주고 싶었다.

"지금 네가 날 더 잘 알고 있다고 말하는 거야? 이봐, 아가씨. 꿈에서 깨어나. 네가 머릿속으로 누구를 그렸건 그건 내가 아니야."

"환상이 아니에요. 선배님 좋은 사람이었어요."

"네가 말하는 좋은 사람이 어떤 거지? 나는 예전이나 지금이나 좋은 인간이 아니야. 네가 무얼 보고 그런 판단을 했는지 모르지만 모두 네 머릿속에서 만든 착각이야."

"겉으로 보이는 것도 그 사람의 일부잖아요. 선배님은 친절하고 따뜻했어요. 그런데 지금 모습은 꼭…… 나쁜 사람으로 보이려고 애쓰는 거 같아요."

수현은 어이없는 표정으로 재인을 노려보았다. 눈빛이 몹시 매서웠지만 입술에서 흘러나온 건 웃음이었다.

"하하, 정말 못 말리겠군. 이봐, 내가 여기까지 온 건 네가 운 없이 휘말린 것 같아 안쓰러웠기 때문이야. 그런데 너도 꽤 고단수구나. 그런 얼굴과 말투로 접근하면 그럭저럭 넘어갈 거라고 미리 언질이라도 주던가? 정신 차려. 나 같은 인생에 들러붙어 봤자 네 인생만 고달플 뿐이야. 그러니 헛된 망상 따윈 집어치우고 다른 사람 찾아봐."

수현은 안주머니에서 무언가를 꺼내 앞에 놓았다. 엄마의 팔찌였다. 재인이 깜짝 놀라 팔찌를 집어 드는데 자리에서 일어난 수현이 카운터 앞으로 성큼성큼 걸어갔다. 그는 지갑을 꺼내 계산을 하고 뒤도 보지 않고 카페를 나갔다. 재인은 팔찌를 손에 쥔 채로 창가로 시선을 옮겼다. 아래에서 기다리는 차에 올라타는 그가 보였다. 재인은 창에 손을 댄 채 한숨을 내쉬었다.

'내 귀가 고장났나 봐. 그가 하는 말이 진심으로 들리질 않아. 다른 사람 상처 주기 싫어서 도망가는 것처럼 느껴져.'

멀어지는 차를 보는 재인의 눈빛이 애잔하게 빛났다.

'그래도 다행이야. 잘살고 있어서. 내 눈으로 확인했으니 됐어. 그럼 된 거야.'

거듭 자신을 위로해도 마음이 쓸쓸했다. 그를 처음 만났을 때 느꼈던 두근거림이 아직도 생생했다. 그가 걸어올 때 경계심없이 보인 눈빛이 여전히 눈앞에 아른거렸다. 온몸을 조이고 팽팽하게 잡아당기는 듯한 강렬한 눈빛. 무거운 쇠사슬에 감겨 옴짝달싹 못하는 기분이었다. 왜 다른 사람에게는 이런 감정을 느낄 수가 없는 걸까.

'그의 말대로 환상에 사로잡힌지도 모르겠어. 내가 보고 싶은 모습을 멋대로 만들어서 끊임없이 최면을 걸고 있는지도. 하지만 그 최면에서 깨고 싶지 않아. 그를 좀 더 알고 싶어.'

재인은 어두운 거리를 바라보다 가만히 시선을 떨어뜨렸다.

"엄마, 나 왔어."

재인이 막 현관문을 열고 들어섰을 때였다. 왠지 모르게 집 안 공기가 낮게 가라앉아 있었다. 하이힐을 벗던 재인은 마침 안방에서 나오던 윤아를 불러 세웠다. 재인을 본 윤아가 눈을 크게 뜨며 다가왔다.

"언니, 큰일 났어. 엄마 지금 머리 싸매고 드러누웠어."

"왜?"

"왜? 지금 왜라는 말이 나와? 언니는 다 알고 있었지? 다 알고 그곳에 간 거야? 미쳤어. 그런 곳엘 왜 가?"

"도대체 무슨 일인데?"

"엄마가 다 알았어. 영자 아줌마한테 언니 재벌집이랑 선본다고 자랑했는데 아줌마가 그 집에 대해서 알았나 봐. 그 양반도 주책이지. 그런 소문 들었으면 본인이나 알고 있지 왜 다 까발려. 아니지. 숨기면 더 안 되는 거긴 해. 나도 엄마한테 듣고 뒤로 넘어가는 줄 알았다니까. 언니, 정말 알고 거기에 간 거야?"

"그 소문 사실 아니야."

"진짜 알고 있었구나? 언니 담도 크다."

"아버지는?"

"요즘 정신없이 바쁘시잖아. 새벽에나 들어오실걸. 엄마가 아빠한텐 절대로 말하지 말래. 마음 상한다구."

재인은 계속 말시키려는 윤아를 밀치며 안방으로 갔다.

"엄마, 나 왔어."

침대에 누워 이불을 뒤집어쓴 엄마는 고개도 돌리지 않았다. 재인은 마음이 짠해서 옆에 앉았다.

"엄마, 고개 들어봐. 덥지도 않아?"

재인이 가까스로 이불을 끌어 내리자 엄마의 얼굴이 보였다. 입을 꾹 다문 얼굴을 보니 많이 화난 것이 분명했다. 좀처럼 화내는 일이 없지만 한번 화나면 누구도 못 말릴 정도로 무서운 양반이다.

"엄마, 미리 말 안 해서 미안해. 그런데 그거 다 헛소문이야."

"헛소문? 수백 명이 봤다는데 무슨 헛소문!"

빽 소릴 지른 엄마가 일어나 앉았다. 울었는지 눈에 핏발이 서 있었다. 재인이 손을 잡으려 했지만 그녀가 사납게 밀어냈다.

"너 제정신이야? 그걸 다 알고 거길 가?"

"엄마."

"내가 이상하다 했다. 우리 집 우습게보던 네 고모가 그런 선자리 들이밀 때부터 뭔가 이상하다 했어. 아무리 그래도 조카인데 어쩜 그럴 수가 있니. 돈에 환장하지 않고서야 어떻게 그럴 수 있어. 아이고, 사람 약은 줄은 알았지만 그리 악독한진 몰랐다. 어떻게 자기 조카를 그런 놈한테."

"엄마……."

"내가 여자 사고라면 돈 몇 푼 있는 유세로 그런 짓 하고 다니는 놈들 많다니까 콧방귀 뀌고 넘어갈 수 있다. 내 딸 안 주면 그만이니까. 그런데……. 내가 무서워서, 분해서 입에 담질 못하겠다. 어떻게 사람이 그런다니. 내 딸 앞길에 고춧가루를 뿌려도 유분수지. 아주 혼삿길 망치려고 작정하고 덤볐더구나. 나쁜 년, 돈에 환장한 년."

"엄마, 그렇게까지 말할 거 없잖아."

말하다가 보니 더욱 악에 받치는지 엄마가 재인의 등짝을 사정없이 후려쳤다.

"정신병자라면서! 졸업식장에서, 그것도 사람들이 다 보는 앞에서 손목 끊고 앰뷸런스에 실려간 놈이라면서! 지 아버지가 간신히 미국으로 유학 보내놓으니까 술에, 마약에, 또 죽는다고 손목 그어서 정신병원에 몇 년 들어갔었다면서. 웬만한 집안에선 무섭다고 슬슬 피하는 애를 조카한테 사탕발림으로 붙여놔? 그게 사람이냐?"

"엄마, 다 헛소문이야. 그리고 내가 좋아서 간 거야. 내가 그 사람 보고 싶어서 간 거라고."

"너 미쳤어? 그런 놈이 왜 보고 싶어? 그런 정신병자를 니가 왜 봐! 내가 그 고모라는 년한테 전화하려다가 윤아가 말리고 말려서 못했어. 있는 대로 욕을 퍼부어도 성에 안 차. 그 집구석에 가서 똥물을 퍼부어도 안 풀릴 분이야. 그 집 아버지 참 뻔뻔하다. 아무리 지 자식이라지만 그런 인사를 어디에 내놔. 내가 드레스에 차까지 보내는 거 보고 뭔가 찜찜하긴 했어. 그게 우리 딸 앞날 망치는 건지도 모르고 좋다고 보냈으니. 아이고, 이제 너 어쩌니. 그런 정신병자랑 선봤다는 소문나면 남들이 뭐라고 할 거야. 돈에 미쳐서 자식 팔아먹는 집으로 볼 거 아냐."

엄마는 재인을 붙들고 엉엉 울기 시작했다. 엄마의 마음을 이해 못하는 건 아니지만 재인도 서럽고 속상해서 따라 울고 말았다. 그를 욕하는데 왜 자신의 마음이 이리 찢어지는지 아파서 견딜 수가 없었다. 마음 한곳에는 늘 나쁜 소문이라고, 서수현은 미치지 않았다고 믿었다. 그리고 오늘 그의 눈빛을 보고 믿음을 확인했다. 하지만 세상은 아니라고 한다. 그조차도 자신을 부정한다. 재인은 자신이 보고 느끼는 것과 다른 게 너무 많아서 혼란스러웠다.

재인은 울다가 간신히 잠이 든 엄마를 보고 나서야 이층 제 방으로 올라왔다. 샤워하고 돌아와 침대에 앉으니 몸이 천근만근, 금방이라도 고꾸라질 것만 같았다. 재인은 침대에 눕는 대신 휴대전화를 찾았다. 단축키 0번을 누르자 띠링 신호음이 갔다.

—어이, 별나라 공주. 열 시만 돼도 졸려서 꾸뻑꾸뻑 조는 애가 웬일로 이 시간에 전화를 다 했어?

고등학교 친구 김선주가 수다스럽게 전화를 받았다. 별나라 공주는 재인이 독특하고 엉뚱하다고 해서 학교에서 아이들이 지어준 별명이다. 그 별명을 듣고 깔깔깔 웃은 선주는 그때부터 재인을 별나라 공주라고 불렀다.

"선주야, 바빠?"

—바쁘지만 친구 전화 받을 시간은 있어. 요즘 우리 사장이 성실하게 잘 나와. 여자한테 차이더니 사람 됐나 봐. 덕분에 나만 신났지. 나 이제 종종 농땡이도 치고 그래. 말해. 무슨 일이야?

선주는 대전에서 바텐더 일을 한다. 손님이 많은지 음악 소리와 떠들썩한 말소리가 섞여 들렸다.

"선주야, 나 오늘 서수현 만나고 왔어."

선주가 놀란 듯 급하게 숨을 들이마셨다.

─서, 서수현? 설마 고등학교 선배 서수현?

"응."

─에엑? 진짜야? 어디서? 어떻게?

"오늘 선봤어. 이름이 같아서 설마했는데 가보니까 정말 그 사람이었어."

─잠깐만, 재인아. 나 지금 밖으로 나가고 있어. 시끄러워서 내가 맞게 들은 건지 헷갈린다. 정말 서수현이랑 선봤단 말이야?

"응."

─하지만…… 이런 말 해서 정말 미안한데. 재인아, 그 사람 좀 그렇잖아. 소문 들어서 너도 알고 있었잖아.

"그런데도 보고 싶었어. 잘살고 있나 확인해 보고 싶었어."

선주가 담배를 물고 쭉 빨았다가 내뱉는 소리가 들렸다. 꼭 한숨 소리처럼 들렸다.

─재인아, 다른 사람이 뭐라고 해도 나는 안다. 네가 그 선배 얼마나 좋아했는지 옆에서 다 봤기 때문에 잘 알아. 그런데 남들은 그렇게 생각 안 해. 너희 부모님 아시는 날엔 기겁하실 거야.

"엄마가 아셨어. 친구한테 들었대. 그래서 한바탕 난리가 났어."

─갈수록 태산이다. 어쩌다 일이 그렇게 됐니. 하지만 이미 벌어진 일 어쩔 거야. 다신 안 만난다고 하고 잘못했다고 말씀

드려.

"근데 나 그러고 싶지 않아."

—뭐? 너 지금 무슨 소릴 하는 거야?

"나 그 사람 보고 싶어."

—야! 한재인!

"엄마가 그 사람보고 정신병자라고 하는데 심장이 아파서 죽을 것만 같았어. 그런 사람 아닌데 사람들한테 그런 취급 당하니까 마음이 아파, 선주야."

—정신 차려, 이 기집애야! 너 아직도 열일곱 살인 줄 아니? 세월이 몇 년이 흘렀는데!

"나도 다 잊었다고 생각했는데 막상 보니까 좋아서, 눈물 나게 좋아서 견딜 수가 없었어. 나 어쩌면 좋니. 왜 이렇게 아프니."

뜨거운 눈물이 볼을 타고 흘러내렸다. 재인은 울음소리가 방 밖으로 새어나갈까 봐 입을 막고 끅끅 울었다.

—야! 한재인. 내가 지방만 아니면 당장 택시 타고 가서 한 대 패줬을 거야. 너 정신 차려. 지금 네가 느끼는 건 동정이야. 그 남자가 불쌍해서 아프고 안쓰러운 거라고. 그러니까 잘 구별해야 해. 듣고 있어?

"응."

재인은 티슈로 눈물을 닦으며 고개를 끄덕였다.

—그 남자도 너 알아봐?

"잘은 모르겠어. 알아본 거 같기도 하고."

—그래서 너 좋데? 만나자고 해?

"아니. 처음엔 나한테 못되게 굴었어. 그런데 알고 보니까 나 떼어내려고 그런 거 같아. 자기 소문 다 사실이라고 하더라고. 꿈 깨래. 옛날의 자기가 아니래."

—그 남자는 제정신인 거 같아서 다행이다. 내가 볼 땐 네가 맛이 갔다. 어쩌려고 그러니? 그렇게 철이 없어서 어떻게 할래?

"나 돈 거 맞지?"

—그래, 너 돈 거 맞아. 돌아도 제대로 돌았어. 정신이 안드로메다가 아니라 더 먼 곳까지 퉁겨져 나간 사람 같아.

"잊어야 하는 거지?"

—그럼 잊어야지, 또 만나려고 했어? 너희 부모님 쓰러지신다. 행여나 내색하지 마. 다른 사람들한테 입도 뻥긋 말고. 알아들었어?

"……."

—대답 안 해?

"고마워, 선주야."

—뭐가.

"너 아니면 누구한테 이런 얘기 해."

—내가 너 때문에 늙지 늙어. 넌 어째 옛날하고 변한 게 하나도 없냐. 예전에도 나한테 달려와서 눈물 콧물 다 쏟더니 나이 먹어도 그 모양이니? 이것아, 과거는 과거로 덮어두는 거야. 괜

히 건드려서 행복했던 기억까지 몽땅 악몽으로 만들지 말고 그
냥 묻어둬. 알아들었니?

"응."

—건성으로 듣지 말구 정신 좀 제대로 챙기고 다녀. 아주 물
가에 내놓은 애 같아서 불안해 죽겠다.

"미안해. 일하는데 전화해서."

—그만 울고 잠이나 자. 내일 출근해야 하잖아. 눈 부으면 보
기 흉하니까 얼음찜질 꼭 하구 자. 그럼 끊는다.

재인은 전화를 끊고 나서 쓰러지듯 침대에 누웠다. 일어나서
얼음찜질해야 하는데 손 하나 까딱할 수가 없었다. 재인은 손에
든 휴대전화를 만지작거리다 그를 생각했다. 아까 그 정신없는
와중에도 최 비서에게 그의 휴대전화 번호를 받아두었다. 문득
그의 목소리가 듣고 싶다. 깊고 부드러운, 아니, 이제는 묵직하
고 차가운 목소리가 안개처럼 어렴풋하게 휘감겼다. 잡히지 않
는 그 목소리를 선명하고 듣고 싶다. 재인아 하고 이름을 불러
주었으면 좋겠다.

"정말로 미친 건 난가 봐. 정신이 나갔어, 한재인."

재인은 이불을 뒤집어쓰고 두 눈을 감고 귀를 막았다.

＊

벨기에와 네덜란드, 영국, 프랑스를 돌고 온 서용준 회장이

귀국했다. 열흘 동안 빡빡한 일정을 소화한 수행단은 하루 쉬라는 말 대신 회사에서 실적 보고를 받는다고 하자 일제히 한숨을 쉬며 회사로 차를 돌렸다. 사람들은 서용준이 잠은 자는지, 일 말고 사생활이 있기나 한지 궁금해했다. 그는 워커홀릭을 떠나 일 자체였다. 아침 여섯 시에 회사에 나와 달 보며 집에 돌아가기는 예사고, 스케줄이 일 분 단위로 짜였다는 말이 돌 만큼 그는 단 한순간도 헛되이 보내지 않았다.

용준은 여느 재벌 2세와 달리 밑바닥에서 악착같이 일해 유일상선을 세웠다. 몇 년 전 작고한 서지웅 회장은 용준이 유일상선을 창립할 때만 해도 회의적이었다. 유일건설과 중공업에 주력하느라 자금 여유가 없었고 국내 다른 해운 회사 입지가 커서 시장 점유가 힘들다고 보았다. 하지만 용준이 사업에 뛰어들었을 때 말리지 않은 것은 겉으론 둘째 아들의 역량을 확인해 보고 싶어서라고 했지만 안으론 철저하게 패배해 아버지 앞에 엎드리는 걸 보고 싶었기 때문이다.

용준은 네 아들 중 가장 똑똑하고 야심이 너무 많았다. 장남의 자리를 더불어 자신의 자리까지 노릴 범 새끼였다. 숲에 왕이 되지 못할 범 새끼는 위험하다. 아버지는 아들이 고비를 만나 휘청일 때 한 번도 손을 내밀지 않았다. 그의 힘으로 일어나길 원하고 일어나지 못할 거라면 주저앉으라고 종용했다. 용준은 이를 악물고 버텼다. 창립 당시 750TEU(1TEU는 약 6m 길이 컨테이너 1개 물량)급 컨테이너선 두 척으로 출발해 오늘날 자사선과 용선을 포함해서 215척의 지배선단을 운영하고 연간 412만 TEU 컨테이너 화물과 약 6,500만 톤 이상의 벌크 화물 운송, 세계 운항선복량(컨테이너선사가 보유한 선박의 총 컨테이너 수송 능력을 지칭) 4위인 선사(船社)로 발전했다.

아들이 안정 궤도에 올라 승승장구할 때 서지웅 회장은 불안을 느끼기 시작했다. 그는 이따금 용준을 만날 때마다 무서운 놈, 독한 놈이라며 못마땅한 기색을 드러내곤 했다. 그리고 아들이 유일상선에서 만족하지 않고 유일건설에까지 관심을 두자 불같이 화를 냈다. 당시만 해도 유일건설은 그룹의 캐시 카우(Cash cow), 즉 돈을 벌어주는 계열사로 일찌감치 장자의 몫으로 생각하고 있었던 것이다. 그것을 두고 차남이 군침을 흘리는 걸 아버진 용납하지 않았다.

객관적으로 볼 때 장남 서기준은 사업가가 아니라 학자에 가까웠다. 똑똑하고 침착하긴 했지만 밀어붙이는 힘과 사람들을 휘어잡는 카리스마가 부족했다. 회사를 키우는 인물이기보단 유지하는 인물에 가까웠다. 아버진 아들의 그런 면을 장점으로 보고 감쌌고 용준은 아버지의 모습을 지독한 편애로 보았다. 둘째 아들이 황태자의 밥그릇까지 넘볼 기미가 보이자 아버진 도리어 용준의 측근을 다른 계열사로 옮겨서 날개를 잘라 버렸다. 그리고 유일상선을 맏아들에게 주고 다른 부실 계열사를 용준에게 넘기려고 했다. 용준은 자신이 모든 걸 걸어 키운 회사를 지키려고 눈물을 머금고 유일건설을 포기했다. 비록 실패했지만 용준은 야망을 꺾지 않았다. 이 년 전 아버지가 돌아가시고부터 본격적으로 이빨을 드러내며 황제로 등극한 맏형의 자리를 노렸다. 그렇듯 가야 할 길이 먼 서용준에게 휴식은 사치였다. 그룹 최고경영자로 올라서는 것. 그는 하나의 목표를 향해 달렸다.

공항에서 곧바로 유일상선 회장실에 온 용준은 밀린 결재를 하고 비서들에게 중요한 스케줄을 브리핑받았다. 과거 흑백영화 남자 주인공처럼 서구적이고 클래식한 외모, 쉰다섯의 나이답지 않게 젊어 보이고 정력적인 모습이었다. 오랜 외유에도 피곤한 기색 없이 묵묵히 앉아 서류를 들여다보던 용준이 비서에게 물었다.

"구주 전략회의 보고서는 언제 들어온다고 하던가."

"세 시 전에 들어온다고 연락받았습니다, 회장님."

"그래, 알겠다. 최 실장은?"

"외부에 나갔다가 지금 들어오는 중입니다."

"오자마자 나에게 오라고 일러."

"네, 알겠습니다."

비서가 나가고 올라온 보고서를 검토하는 중에 노크와 함께 최 실장이 들어왔다. 용준은 고개를 들어 미선을 보았다. 섬세하고 꼼꼼한 태도가 얼굴에 그대로 드러나는 여자. 예쁘다고 말할 수 없지만 보고 있으면 마음이 편안해지고 믿음이 가는 여자. 천상 여자고 비서인 미선. 오랜만에 그녀를 보니 시간의 흔적이 곳곳에 보였다. 이제 곧 마흔인가. 자신 옆을 지켜온 세월이 길다.

"바로 회사에 들어오실지 몰랐어요. 오늘 하루는 쉬시지 그랬어요."

미선의 사려 깊은 눈을 마주하자 용준은 시선을 서류로 돌렸다. 그의 표정이 싸늘했다.

"안 쉰다는 거 알잖아. 이틀 전 일은 어떻게 됐어? 그 자식 또 미친 짓을 하던가?"

용준이 바로 수현 얘길 꺼내자 미선의 눈에 쓸쓸한 감정이 스쳤다. 하지만 곧 표정을 바꾸고 담담한 목소리로 말했다.

"가벼운 소동이 있었지만 다른 때보다 조용히 넘어갔어요."

"한심한 자식. 그래서 어떻게 됐는데? 여자 집에서 날뛰던가?"

"그게…… 그날 상무님이 아가씨가 사는 동네까지 바래다주었습니다. 기사 말로는 서로 아는 눈치였답니다. 카페에서 같이 차를 마시고 이십 분쯤 지나서 나왔다고 해요. 그 집에선 별다른 말이 없었습니다. 아무래도 아가씨가 얘길 안 한 듯 보입니다."

"그래?"

용준의 눈빛이 호기심으로 빛나기 시작했다. 수현에게 지금껏 많은 여자를 디밀었지만 매번 미친 짓거리로 떼어내곤 했다. 그것은 아비를 향한 도전이고 반항이었다. 수현이 거부하면 거부할수록 용준은 집요하게 선을 보였다. 많은 망신을 당했고 성추행으로 고소한다고 덤비는 통에 돈도 수없이 깨졌다. 그 난리 끝에 이젠 한다 하는 집에선 절대로 수현과 선을 보지 않았다. 함께 수현에 관한 입소문이 고약하게 돌아서 여자 남자 할 것 없이 전염병에 걸린 사람처럼 먼저 피해가기 일쑤였다. 용준이 분노하고 있을 때 수현은 씁쓸하게 웃으며 선언했다.

'결혼 따윈 절대로 하지 않을 겁니다. 제 자식을 만들지도 않을 겁니다. 차라리 여자를 들이세요. 제 이복동생을 만드는 것이 빠를 겁니다.'

용준은 말도 안 되는 소리라고 일축해 버렸다. 병적일 만큼 결벽주의자인 그에겐 어림도 없는 일이었다. 용준은 모두 앞에 떳떳하게 내밀 수 있는 후계자가 필요했다. 그의 실패를 만회하고 대를 이어줄 자손이 절실했다. 그래서 이젠 중산층, 소문이 미치지 않았을 집안의 아가씨를 골랐다. 그렇다고 아무나 고른 것은 아니었다. 똑똑하고 제 할 일을 제대로 하는 여자들 위주로 골랐다.

처음엔 황송해하며 딸을 보내던 집도 결국 수현의 미친 짓거리를 보고 기함하며 떨어져 나갔다. 돈이라면 영혼이라도 팔겠다고 덤비는 아비와 딸년도 수현을 견디지 못하고 결국 포기했다. 그래도 용준은 수현을 포기할 수 없었다. 장래에 그가 황제라면 수현은 황태자였다. 아직 서기준, 서수찬 부자가 위에 있긴 하지만 결국은 자신의 몫이 될 자리다. 그리고 그것을 세습

하려면 손자가 필요하다. 그러던 차에 지금까지와는 다른 패턴을 보인 여자가 나타났다.

"어떻게 둘이 아는 사이지? 되도록 같은 고등학교 아이는 피하지 않았던가?"

곰곰이 생각하던 용준이 묻자 미선이 즉각 대답했다.

"저도 이상해서 알아보았는데, 한재인 양이 명진고등학교 2학년이 되면서 지방으로 이사를 갔습니다. 신상 명부에 전 학교를 빠뜨린 모양입니다."

"흠, 그럼 다 알고 왔다는 소리군. 한재인이라고 했나? 무얼 한다고 했지?"

"한빛중학교 국어 선생입니다. 아버진 우주전자라고 작은 하도급업체를 운영하고 있습니다."

"흠, 그렇군. 오늘 오찬 끝나는 대로 그 아이 학교로 연결해 줘."

미선의 얼굴에 놀란 표정이 떠올랐다. 그동안 그가 직접 나선 적이 없었기 때문이다.

"통화하시게요?"

"내 말에 토 달지 마. 딱 질색하는 거 알잖아."

"네, 알겠습니다."

미선이 고개를 숙이자 그 모습을 가만히 보던 서 회장이 짜증을 누그러뜨리며 말했다.

"출장 가방에 작은 상자가 있을 거다. 영국에서 직접 시간 내

사온 거야. 목걸이다. 어울릴 것 같아서."

그 말에 미선이 고개를 들고 용준을 보았다. 그녀의 눈빛에 무한한 기쁨과 설렘이 서려 있었다. 용준은 그녀가 아직도 저런 눈빛을 가지고 있다는 것이 신기하고 씁쓸했다. 그녀는 용준이 아는 가장 바보 같은 여자였다.

재인은 자동차 안 백미러로 자신의 얼굴을 살펴보며 한숨을 푹 내쉬었다. 야식을 먹거나 조금만 울어도 눈이 퉁퉁 붓는 체질이라 얼굴이 말이 아니었다. 꼭 만두 두 개를 눈 위에 올려놓은 것 같았다.

"어제 그냥 자는 게 아니었는데. 이게 뭐야."

이 꼴로 교무실에 들어갔다간 또다시 놀림거리가 될 게 분명했다. 그렇다고 학교를 쉴 수는 없는 노릇이니 들어가긴 해야 하는데 발이 채 떨어지지 않았다. 재인은 간신히 자동차에서 내려 주차장을 가로질렀다. 학교 건물에 가까워질수록 마음이 무거웠다. 그녀가 막 현관 입구에 들어서려는데 담임 학급 아이들이 뽀르르 나왔다가 재인을 발견하고 큰 소리로 인사를 건네 왔다.

"선생님, 안녕하세요."

재인이 얼굴을 돌리며 인사를 받는 둥 마는 둥 하자 아이들이

쿡 웃으며 말했다.

"선생님, 또 저녁에 라면 드시고 주무셨어요?"

재인은 그제야 얼굴을 돌리며 물었다.

"많이 표시나니?"

"엄청 부었어요."

"흉해?"

"아니요. 선생님은 예뻐서 부어도 흉하진 않아요."

"대신 좀 웃기지?"

"킥킥, 네. 조금."

많이 웃기다고 안 해줘서 내심 고맙다. 재인은 크게 한숨 쉬며 교무실로 향했다. 교무실 제자리에 앉자 옆자리에 앉는 박은영 선생이 커피를 마시며 얼굴을 빤히 보았다.

"한 선생 얼굴이 왜 그 모양이야? 또 라면 먹었니? 라면 먹은 거치곤 심하게 부었는데?"

목소리가 큰 박 선생 때문에 주위에 선생들이 일제히 쳐다보았다. 재인은 황급히 고개를 숙이며 박 선생의 옆구리를 쿡 찔렀다.

"박 선생님, 그만 해요."

"유난히 부어서 그래. 울었니?"

박 선생이 이번엔 소곤거리는 말투로 물었다. 재인은 대답 대신 고개를 끄덕였다.

"선이 그 정도로 엉망이었어? 아니, 어땠기에 울어?"

“그냥 좀 속상해서요.”

“우리 착한 한 선생을 울리다니. 개떡 같은 놈이었나 보네. 걍 잊어. 세상엔 별 시답지 않은 인간들 많아.”

두 여자가 속닥이는데 갑자기 큰 목소리로 끼어든 사람이 있었다.

“한 선생, 울었어요?”

맞은편 자리에 앉은 수학 선생 최인권이었다. 두 여자는 화닥닥 놀라며 눈치없는 최 선생을 흘겨보았다.

“울긴 누가 울어요.”

재인이 얼른 대답하자 박 선생도 장단을 맞추었다.

“어제 또 라면 먹었대.”

“눈이 잔뜩 부었잖아요. 그 눈으로 앞이 보이긴 해요?”

그 말을 해놓고 제 딴엔 웃겼는지 최 선생이 씩 웃어 보였다. 재인은 그를 째려보며 새침하게 교사수첩을 펼쳤다. 수첩을 들여다보는 척하며 이것저것 끼적이다 문득 생각이 나서 가방에서 휴대전화를 꺼내보았다. 스팸 문자만 두 통 오고 기다리는 전화는 오지 않았다.

‘역시 전화 안 오겠지? 이대로 끝인가.’

그래, 이대로 끝내는 것이 좋을 것이다. 그와 사람들도 다 여기서 끝내는 것이 좋다고 하니까. 하지만 재인은 아니었다.

‘난 아직 끝내고 싶지 않아. 처음엔 그냥 잘사는 것만 확인하면 된다고 했지만 막상 얼굴을 보니까 자꾸 보고 싶어.’

재인은 마음이 가는 걸 막을 수가 없다. 그를 떠올리고 전화기로 눈이 가는 걸 멈출 수 없었다. 그런 자신이 밉고 화나는데도 마음이 그를 향해 달려가고 있었다.

아침 교무회의가 시작되고 각부 부장님들이 전달 사항을 말하는 동안 재인은 멍하니 앉아서 머릿속 떠오르는 얼굴을 지우고 또 지웠다. 교장과 교감의 말들이 한쪽 귀로 들어와 다른 귀로 빠져나갔다. 몸이 투명한 망이 된 듯했다. 교무회의가 끝나고 비척비척 일어나 담임인 반으로 걸어가는데 최인권 선생이 뒤따라오며 말했다.

"한 선생, 어디 아파요?"

"아니요."

"왜 그렇게 기운이 없어요? 잘 웃고 잘 떠드는 사람이 조용하니까 내가 다 기운이 빠지네."

"어떻게 매일 웃고 떠들어요? 기운없을 때도 있는 거지."

"그래도 기운 내요. 그게 한 선생한테 제일 잘 어울려요. 후후후."

싱겁게 웃으며 앞으로 휘적휘적 걸어가는 남자를 보며 재인은 한숨을 푹 내쉬었다. 처음 부임해 올 때부터 자신에게 관심을 둔 남자. 성실하고 서글서글한 외모에 집도 어지간히 살아서 신랑감으론 딱이라고 박 선생이 은근히 바람을 넣기도 했다. 하지만 끌리지 않았다. 같이 있으면 재미있긴 하지만 도무지 심장이 뛰질 않았다. 내 가슴은 뜨거운 사랑을 기다리고 있는데, 오직 그만을 사랑하고 모든 것을 다 쏟을 준비가 됐는데 아무도 나타나질 않았다. 주위 사람들은 최고의 사랑이란 풍요와 안락함이라며 그것이 밑바탕된 결혼 생활이 가장 행복한 것이라고 했다. 재인이 기다린 건 그런 평화가 아니었다. 가슴 뜨겁고 절실한, 아파도 후회스럽지 않을 그런 사랑. 까맣게 타버려 재가 되어도 마냥 좋은 그런 사랑이 하고 싶었다. 자신의 심장을 뛰게 하는 사람이 오면 그리하리라 생각했다. 재고 고르고, 밀고 당기지 않고 그냥 뜨겁게 사랑하리라 했다.

사람들은 그런 재인을 이해해 주지 않았다. 철이 없다 웃고 인생의 된 맛을 보지 못해 그런 거라고 어깨를 토닥였다. 사랑에 대한 기대로 부풀었던 가슴은 시간이 흐르면서 점점 식어갔다. 꿈과 환상에 가득 차 공기를 둥둥 떠다니던 발이 땅 위로 사뿐 내려앉아 사람들과 걸음을 맞춰 걸었다. 그렇게 사람들이 가는 방향으로 밀려가는 것이 삶이고 사랑이라고 믿으며 살았다.

그런데 그를 만나고 또다시 심장이 뛰었다. 흔한 유행가를 큰소리로 부르고 숨이 차도록 힘껏 뛰고 싶었다. 속이 후련하도록 웃고 우스꽝스러운 춤이라도 신나게 추고 싶었다. 몸을 감싼 묵직한 사슬이 벗겨져 후련한 느낌. 어디로든 갈 수 있을 같은 자유로움. 재인의 눈에 수현은 정신병자에 호색한이 아니었다. 그를 발견했을 때 느꼈던 두근거림, 어둡게 그늘졌지만 생생하고 깊은 그의 눈빛이 확신을 더해주었다.

'나는 내가 본 것을 믿어요. 당신은 사람들이 말하는 그런 사

람이 아니에요.'

하지만 재인이 아무리 간절해도 사랑은 혼자 할 수 없다. 수현은 차갑고 단호했다. 그가 곁을 주지 않으면 재인이 다가갈 수가 없었다.

그를 생각하느라 우울한 오전이 지났다. 아이들은 그녀 어깨가 축 처진 것을 보고 저마다 어디가 아프냐고 물었다. 언제나 발랄하고 이따금 엉뚱한 짓을 해 웃겨주는 선생이 침울한 것이 신경 쓰이는지 교무실 탁자에 음료수와 과자를 슬쩍 놓고 가기도 했다. 마음 써주는 사람들을 위해 기운을 내야 하는데 재인은 그럴 수가 없었다. 당분간은 이렇게 마음이 아플 듯했다.

점심에 이를 닦으려고 칫솔과 치약을 집어 들고 화장실로 가려는데 교무실로 그녀를 찾는 전화가 왔다.

"네, 한재인입니다."

—저 비서실 최미선입니다.

재인은 깜짝 놀라 멍하니 있다가 간신히 입을 열었다.

"아, 안녕하세요."

—회장님이 출장에서 돌아오셨어요. 재인 씨와 통화를 원하시는데 괜찮죠?

심장이 고장난 것처럼 덜컥거리고 죄라도 저지른 사람처럼 손이 떨렸다.

"괘, 괜찮습니다."

—잠시만요.

재인은 창백하게 질린 채로 의자에 주저앉았다. 주위를 왔다 갔다 하던 선생들이 무슨 일이 있나 슬쩍 넘겨다보았다. 그때 묵직한 목소리가 들렸다.

—안녕하세요. 수현이 아버지 되는 서용준이라고 합니다.

상상과 달리 젊고 차분한 목소리였다.

"안녕하세요. 한재인이라고 합니다."

—며칠 전 아들이 큰 폐를 끼쳤다고 들었습니다. 아비가 제대로 교육하지 못한 탓이에요. 미안합니다.

"아, 아니에요."

재인은 깜짝 놀라며 그가 앞에 있기라도 한 듯 거듭 고개를 숙였다.

—내가 너무 미안해서 사과할 겸 저녁을 사고 싶은데 괜찮겠어요?

"네? 아, 아니, 안 그러셔도 돼요. 저는 정말 괜찮습니다."

—내 마음이 불편해서 그래요. 늙은이를 위해서라도 같이 밥 한번 먹어주면 고맙겠어요.

"아, 그, 그럼. 언제……."

—어느 때가 좋습니까?

"저는 어느 때라도……."

—최 실장에게 스케줄 확인해 보라고 이르지요. 다시 전화가 갈 겁니다. 되도록 빨리 만나도록 하지요. 기대하고 있겠어요.

전화를 끊고 나자 재인은 아직도 멍한 기운이 가시지 않아 몽롱했다.

'지금 내가 누구와 통화를 한 거지? 정말 선배 아버님과 통화한 거 맞아?'

재인은 혼란스럽고 얼떨떨할 뿐이었다. 곧 최 비서에게서 전화가 와 목요일 저녁이 어떠냐고 물어왔다. 그날로 저녁 약속을 잡고 나니 엄마한테 혼날지도 모른다는 생각이 스쳤다.

'우선은 비밀로 하는 것이 좋겠지. 엄마는 아직도 그 일로 화나 있으니까.'

엄마는 기어이 고모와 대판 싸우고 오늘 아침까지도 침대에 누워서 꼼짝도 하지 않았다. 그 마음을 이해 못하는 건 아니어서 재인은 간밤에 또 울고 말았다.

목요일. 재인은 최대한 얌전하고 심플한 옷으로 골라 입고 집을 나섰다. 엄마에게는 저녁에 친구 문병을 가서 늦는다고 대충 둘러댔다. 그날 학교에서 어떻게 보냈는지 모를 만큼 시간이 정신없이 흘러갔다. 그 어른의 의중이 무엇인지 종잡을 수가 없었다. 단순하게 사과를 하려고 부르는 건지도 모르지만 그런 분이 직접 움직이는 것엔 더 큰 이유가 있을 거란 생각이 들었다. 학교 수업이 끝나고 나니 그쪽에서 차를 보냈다고 전화가 왔다. 직접 움직이겠다고 했는데도 굳이 차를 보낸 것이다. 자꾸 사양하기도 뭐해서 그러마 하고 전화를 끊고 여섯 시까지 다음 주까지 작성해야 하는 논술 수업 프로그램을 짰다. 시간에 맞춰 자

리에서 일어나 교문 앞으로 나가보니 검은 리무진이 떡하니 서
있다. 게다가 기다리던 기사가 꾸벅 인사를 건네며 뒷좌석 문을
열어주었다. 재인은 그것을 보고 갑자기 얼굴이 확 달아올랐다.
늦게 집에 가던 애들이 흘금흘금 쳐다보는데 하나같이 우와, 하
는 표정이다. 괜히 아이들 사이에 소문나면 좋을 거 없다 싶어
서 얼른 탔다.

저녁 약속 장소는 명륜동의 조용한 한정식집이었다. 호텔 레
스토랑일 거라 생각했는데 뜻밖에 소박한 곳이어서 다행이다
싶었다. 깔끔한 고택에 들어서자 고운 개량 한복에 머리를 단정
하게 쪽진 중년 여성이 친근하게 맞아주었다.

"서 회장님 손님이시지요? 이쪽으로 오세요."

그녀는 친근하게 말을 건네며 별실로 이끌었다. 전통 한옥을
서구식으로 반쯤 개량한 한식당엔 외국 손님을 비롯한 많은 사
람으로 붐볐지만 뒤편으로 돌아가자 이따금 지나는 종업원을
제외하고 조용했다. 종업원이 안내하는 곳으로 들어가니 큰 사
랑방이 나오고 한국적인 실내 장식과 잘 어울리는 6인용 엔틱
테이블과 의자가 보였다. 그곳에 먼저 온 서 회장이 신문을 보
며 기다리고 있었다.

"먼저 와서 기다리고 계신지 몰랐어요. 죄송합니다."

"괜찮아요. 난 늘 약속 시간보다 오 분 먼저 와서 기다리는 버
릇이 있어요. 재인 양이 늦은 게 아니니까 걱정하지 말아요. 어
서 앉아요."

어려운 분일 거라 생각했는데 뜻밖에 맞아주는 모습이 따스하고 자상해 보였다. 재인은 종업원이 빼주는 의자에 얌전히 앉았다.

"어떤 아가씨일까 궁금했었는데 이렇게 만나게 되어서 반가워요. 나 수현이 아비 되는 사람입니다."

"한재인입니다. 저도 뵙게 돼서 무척이나 기뻐요."

"이렇게 예쁜 아가씨와 마주 앉아 저녁을 드는 것도 오랜만이군요."

"회장님, 말씀 낮추세요."

"허허허, 그건 차차 하도록 하지요."

서 회장은 소탈하게 웃으며 고개를 끄덕였다. 재인은 그를 보며 수현과 정말 많이 닮았다고 생각했다. 단단하고 날카로운 눈매라던지 전신에서 풍기는 카리스마가 사람을 압도했다.

"최 실장에게서 그날 파티 일을 듣고 많이 놀라고 실망했습니다. 부족한 자식을 대신해 사과할게요. 미안합니다."

"아, 아닙니다. 제가 오히려 소란을 피워서 죄송해요."

"서 상무가 아직도 반항기를 버리지 못했어요. 아직 이른 거 같은데 자꾸 결혼하라고 하니 제 딴엔 몹시 싫었나 봅니다. 그래서 번번이 난처하게 만들지요. 본래 심성이 나쁜 건 아니니 너그러이 이해해 주기를 바랍니다."

재인은 서 회장이 너무나도 진지하게 사과를 해오자 어쩔 줄을 몰라 했다.

“자꾸 그러시면 제가 부끄럽습니다. 제가 잘못한 게 더 많은 걸요.”

“그런데 얘길 들으니 서로 아는 사이라구요?”

“네, 고등학교 선배님이십니다.”

“아, 그래요? 또 그런 인연이 있었군요. 허참, 그런데도 그리 철없이 굴다니. 사실, 서 상무가 형제 없이 혼자 크다 보니 조금씩 모나고 뒤틀린 데가 있어요. 당시엔 내가 너무 바빠서 제대로 챙겨주질 못했지요. 늘 그게 마음에 걸려요. 그래서 빨리 결혼하면 부드럽고 넉넉해질까 했는데 영 말을 안 듣는군요.”

“아, 네.”

재인은 자신을 유심히 관찰하는 그의 시선을 느꼈다. 그리고 그 시선이 무얼 의미하는지 알기에 잔뜩 긴장이 됐다. 그는 직접 며느릿감을 보려고 온 것이다. 그래선지 눈빛이 부드러우면서 예리했다. 그때 문이 열리고 종업원 둘이서 음식을 들여왔다. 고급스러운 자기에 정갈한 음식들이었다. 그런데 세 명분이다. 재인이 이상하게 생각하는데 때마침 한 사람이 안에 들어섰다. 들어선 이와 재인의 얼굴에 놀람이 스쳐 갔다. 다신 못 볼 줄 알았던 서수현이었다.

3

　별실에 들어서던 수현은 재인을 보고 멈춰 섰다. 깨진 유리
조각처럼 날 선 그의 눈빛을 보고 재인은 자신도 모르게 숨을
꼴깍 삼켰다. 어쩌면 그를 다시 볼 수 있을지도 모른다고 생각
했다. 그를 보면 들뜬 마음을 가라앉히고 한 걸음 물러나 찬찬
히 관찰할 생각이었다. 하지만 막상 보니 머릿속은 하얗게 표백
되고 심장이 미칠 듯이 쿵쾅거렸다. 그의 눈 속에 비난과 혐오,
비웃음이 섞여 있음에도.
　안에 앉은 두 사람을 번갈아가며 응시한 수현은 재인과 한 자
리 떨어진 옆자리에 앉았다. 종업원들이 상차림을 마치고 나가
자 테이블에 어색한 침묵이 맴돌았다. 서 회장이 입을 꾹 닫은

아들에게 말했다.

"예의가 없구나. 왔으면 인사부터 해라."

딱딱하고 차가운 목소리. 재인은 조금 전 나눈 대화와 다른 목소리라서 적잖이 놀랐다. 서 회장은 언제부턴가 눈빛도 매섭게 바뀌어 있었다.

"이 여자는 왜 불렀습니까?"

수현이 싸늘히 말했다. 한자리 건너 앉았음에도 한기가 훅 끼칠 정도였다.

"서수현!"

서 회장의 노한 음성에 수현은 여전히 차갑게 대구했다.

"정말 작은 틈도 놓치지 않으십니다. 카페에서 차 한 잔 마셨다고 며느리로 들이실 심산이십니까? 전 종마가 아닙니다. 아무나 끌어다 교배하려 하지 마십시오."

재인은 자신도 모르게 숨을 들이마시며 두 손을 맞잡았다. 놀란 심장이 제멋대로 쿵쾅거렸다.

"쯧쯧, 말버릇이 고약하구나. 부끄럽습니다. 자식을 제대로 가르치지 못한 제 탓이 큽니다."

서 회장이 정중히 사과하자 재인은 몸 둘 바를 모르고 황급히 고개를 숙였다.

"사과하라고 불렀더니 적반하장이구나. 나는 못 가르친 잘못이라고 쳐도 아무 죄 없는 재인 양에게 무슨 실례야. 사과해라."

"저는 분명히 미친개라고 경고했습니다. 스스로 미친개 옆에 왔으면 그만한 각오는 했겠지요."

부자의 시선이 싸늘하게 얽혔다. 눈빛 속에서 증오와 비난이 여과없이 흘러나와 서로에게 꽂혔다.

"미친개라니, 그렇게 말하면 네 속이 편한가 보구나. 언제까지 그 속에 숨어 있을 거냐."

"아버지가 만드신 감옥이 아닙니까?"

"스스로 기어들어 간 거다."

"아버지가 밀어 넣었죠."

"어린애 같은 핑계다. 누구나 자신의 아들이 최고가 됐으면 하는 욕심을 가지고 있지. 그 아들들이 다 너처럼 굴진 않는다."

"욕심입니까? 집착이나 야망이 아니구요?"

"손님을 앞에 두고 나눌 얘기가 아니다."

서 회장이 시선을 돌리자 수현의 눈매가 더욱 사나워졌다.

"아버진 한 번도 제 물음에 대답해 주신 적이 없습니다."

"네가 대답해 줄 위치까지 오르지 않았기 때문이다. 넌 아직 철이 없어. 지금 이 상황만 보아도 알 수 있다."

"아버지가 원하는 것이 아무 여자와 결혼하는 겁니까? 아들이 인간같이 사는 걸 사람들에게 보이고 싶으세요?"

"듣고 있자니 가관이로군. 더는 못 들어주겠다."

서 회장이 눈살을 찌푸리며 자리에서 일어나자 재인도 따라 일어났다.

"네가 관객이 있어서 더 그런 듯하니 조용히 빠져주마. 재인 양, 미안해요. 사과하려고 부른 자리인데 아들놈이 버릇이 없군요. 우리 부자 사이가 이렇습니다. 재인 양 잘못이 아니니 마음에 담아두지 마세요. 같이 저녁을 들고 싶지만 다음을 기약해야겠어요. 그땐 단둘이 식사합시다. 괜찮겠지요?"

"아버지!"

수현이 서 회장을 한껏 노려보는 가운데 재인은 뭐라 해야 할지 몰라 고개만 가볍게 끄덕였다. 서 회장은 별실 문으로 향하면서 수현을 쓱 쳐다보았다.

"아버지가 초대한 손님을 굶겨서 집에 들여보내진 않을 거라 믿는다. 학교 후배라던데 그 정도는 챙겨주도록 해라. 그럼 재인 양, 다음에 보도록 해요."

서 회장이 나가자 재인과 수현은 우두커니 서 있었다. 별실 공기가 차갑게 가라앉은 가운데 여종업원 둘이 들어왔다.

"왜들 서 계세요? 앉으세요. 국이 식었으니 다시 내오겠습니다."

종업원이 국과 전골을 내가는 사이 수현이 제자리에 앉았다. 재인도 따라 앉으며 앞에 놓인 물을 반쯤 마셨다. 부자의 싸늘한 신경전에 속이 바짝바짝 타 들어갔다.

"겉은 순진한 척하더니 속은 여우보다 더 간사하군."

옆에 앉은 수현이 앞을 바라보며 이를 갈 듯이 내뱉었다. 아직 화가 풀리지 않은 듯 숨소리가 거칠었다.

"너 생각이 그렇게 없어? 여기가 어떤 자린 줄 알고 온 거야?"

“아버지 가셨으니 이제 안 그래도 돼요.”

“뭐?”

수현이 재인을 돌아보았다. 재인의 차분한 눈동자와 마주하자 수현의 눈빛이 살짝 흔들렸다.

“아버지 때문에 그러는 거잖아요. 아버지가 밉고 싫어서. 그런데 그러지 마요. 수현 씨 가슴에 상처만 더 나요. 어느 집이나 상처와 아픔은 있어요. 아무리 밉고 화가 나도 용서할 줄 알아야 해요. 다른 사람을 위해서가 아니라 날 위해서 그렇게 해야 해요.”

어이없는 표정으로 수현이 허탈하게 웃었다.

“보통내기가 아니군. 어른들이 좋아하시겠어.”

“저는…….”

“닥치고 내 말 들어. 네가 왜 여기에 있는지 알아. 내 아버지가 가진 엄청난 돈, 그게 탐나서겠지. 이해해. 누구나 돈 앞에 흔들릴 수 있으니까. 하지만 알아둬. 지금 네가 넘보는 건 시퍼렇게 날이 선 칼날이야. 멋모르고 덥석 잡았다간 피를 철철 흘리며 후회하게 된다고. 난 내 인생만도 벅찬 사람이야. 시궁창 속에서 허우적거리는 네 인생까지 잡아줄 여유가 없어. 그러니까 경고할 때 조용히 빠지는 게 좋을 거야. 나중에 후회해도 소용없어.”

“수현 씨.”

“차라리 돈에 영혼을 팔았다고 말해. 가증스럽게 걱정하는 척

하지 말고. 너 같은 부류들…… 정말로 역겨워."

이 남자 정말 많이 비뚤어졌구나. 재인은 속으로 한숨을 내쉬었다. 화가 나지만 그동안 흘러온 세월이 그를 이렇게 만들었다고 생각하니 연민이 일었다. 재인은 침착한 눈으로 수현을 보았다.

"왜 이렇게 상처받았어요? 왜 이렇게 비뚤어졌어요? 그러지 마요. 자신에게, 다른 사람에게 그러지 마세요."

두 사람의 시선이 강렬하게 얽혔다. 서로 가만히 응시하다가 먼저 입을 연 건 수현이었다.

"날 알고 있다고 생각해? 나도 모르는 날?"

"사실 나도 혼란스러워요. 수현 씨를 볼 때마다 내 믿음이 흔들려요."

"난 과거의 내가 아니야."

"아니에요, 많이 남아 있어요. 내 눈엔 보여요. 예전에 수현 씨 좋은 사람이었어요. 사람들 보는 눈도 부드럽고 하늘이랑 나무 보는 거 좋아했어요. 그리고 수현 씨가 연주하는 첼로 곡 모두 아름다웠어요. 그 곡을 듣고 수현 씨는 정말 섬세하고 따뜻한 사람이라고 생각했어요."

재인이 하는 말을 가만히 듣던 수현이 어이없이 웃었다.

"맙소사, 완전히 망상으로 똘똘 뭉친 아가씨군. 지금 소설 쓰는 거야? 왜 제멋대로 생각하는 거지? 대체 내게 왜 이러는 거야?"

"수현 씨를 좋아했으니까요. 제가 많이 좋아했어요."

수현은 아무렇지도 않은 얼굴로 대답하는 재인을 보고 굳게 입을 다물었다. 이토록 맑고 확신에 찬 눈빛으로 자신을 보는 여자에게 말문이 막히고 당혹과 의심이 차례로 스쳐 갔다. 그녀가 내뱉는 말들이 진심 같아서 가슴이 뜨겁고 너무나도 진심 같기에 의심이 간다. 지금까지 접근한 사람 중에 이토록 눈길을 사로잡아 버린 여자는 없었다. 뛰어난 배우거나 엄청난 바보거나 둘 중 하나다.

'널 기억해. 늘 내 주위를 맴돌면서 한 번도 다가오지 않았었지. 내가 가던 도서관과 음악실에 네가 있었어. 까만 머리에 하얀 얼굴, 크고 동그란 눈과 꿈꾸는 듯한 표정을 가졌었지. 언제부터인가 나는 너에게 신경을 쓰고 있었어.'

한순간 그녀에게 흔들린 적이 있었다. 너무나도 외로웠던 때에, 누군가가 절실히 필요했던 때에 그녀에게 부탁했다. 옆에 있어달라고. 수현은 기억나지 않는다고 했지만 모두 기억하고 있었다. 비가 몹시 많이 내리던 날 그녀를 앞에 두고 마지막으로 첼로를 잡았다. 첼로를 떠나보내면서 늘 신경 쓰였던 그 아이도 마음에서 떠나보냈다. 그 후 세상에 완전히 혼자 남은 기분이었다. 수현의 주위엔 아무도 없었다.

'차라리 네 목적이 돈이라면 좋겠어. 그편이 더 마음 편하겠어. 그런 눈빛으로 내게 말하지 마. 과거를 떠올리게 하지 마. 네가 그럴수록 난 더 화가 나. 미쳐 버릴 것 같아.'

그때 수현의 눈에 그녀의 입술이 가득 들어왔다. 도톰한 아랫입술에 핑크빛 립글로스가 약간 번져 있었다. 수현은 문득 그녀의 입술을 손가락으로 쓸어보고 싶은 충동을 느꼈다.

이 여자라면 갖고 싶다.

저 입술을 맛보고 싶다.

그녀가 꿈꾸는 표정으로 고백했을 때 수현은 심장이 뜨거웠다. 차가운 심장에 가둬둔 욕망이 날뛰며 이 자리에서 그녀를 쓰러뜨리고 거칠게 안고 싶은 욕망이 일었다. 너무나도 유혹적인 여자. 안고 싶다. 느끼고 싶다. 하지만 수현은 마음속에 이는 갈망을 완전히 감추었다. 아버지가 바라는 대로 하지 않을 것이다. 아무리 유혹적인 존재라고 해도 넘어가지 않을 것이다. 그는 싸늘한 눈빛으로 재인을 보며 나직이 말했다.

"나 같은 놈 좋아하지 마라. 내가 어떤 놈인 줄 알잖아. 정신병자야. 미친개라고."

"내 눈엔 그렇게 안 보여요."

"나 참, 돌겠군. 왜 이렇게 못 알아들어? 난 네가 생각했던 그런 사람이 아니야. 그러니까 환상 따윈 집어치우고 현실을 똑바로 보라고. 난 내 아버지 돈 보고 달려드는 여자들을 혐오해. 너는 아니라고 말하지 마. 내 눈엔 다 똑같이 보이니까."

"아니라고만 하지 말고 내 마음에 귀 기울여 주면 안 돼요? 여기 수현 씨를 짝사랑한 사람이 있다잖아요. 적어도 그 사람의 마음이 다치지 않도록 배려해 줄 순 없어요? 난 돈을 바라고 다가서는 게 아니에요. 당신이 궁금하고 걱정돼서 가까이 가고 싶은 거라고요. 그러니까…….”

그녀의 촉촉한 눈빛이 깊다. 마력처럼 이끌린다. 수현은 어금니를 지그시 깨물며 자리에서 일어났다. 어서 이 자리를 벗어나지 않으면 돌아버릴 것만 같았다.

“지루해서 못 들어주겠군. 미안하지만 같이 저녁 못 먹겠어. 혼자 천천히 먹고 와. 그럼 이만.”

수현은 재인의 시선을 피한 채 별실을 나갔다. 재인은 그의 이름을 부르며 따라가다가 핸드백을 놓고 온 것을 떠올리고 서둘러 가지고 나왔다. 하지만 이미 수현의 모습은 보이지 않았다.

“아직 내 말 안 끝났는데. 할 말이 남았어요.”

재인은 수현을 찾기 위해 식당 입구로 뛰어갔다. 고급차들이 늘어서서 주인을 기다리는 가운데 수현이 검은 세단에 타는 것이 보였다.

“수현 씨! 수현 씨!”

재인은 그의 이름을 부르며 뛰어갔다. 막 식사를 끝내고 나오던 사람들과 주차요원들의 시선이 그녀에게로 꽂혔지만 재인의 눈엔 수현이 탄 차만 보일 뿐이었다. 그의 차는 멈추지 않고 식당을 빠져나가고 있었다. 그때였다.

“아가씨, 조심해요!”

누군가가 소리치자 재인을 비롯한 사람들의 시선이 뒤쪽으로 향했다. 차 한 대가 들어오다가 재인을 뒤늦게 발견하고 급정거를 했다. 다행히 부딪히진 않았지만 놀란 재인은 뒷걸음치다가 시멘트 바닥에 넘어지고 말았다. 이를 본 수현은 황급히 차에서 내려서 재인에게 다가갔다. 재인은 손을 짚고 넘어지는 바람에 손바닥과 무릎이 피가 나도록 까져 있었다.

"갑자기 차에 뛰어들면 어떻게 해? 괜찮아?"

수현의 물음에 재인은 몹시 아픈지 알아들을 수 없는 말을 흘리며 신음했다.

"뭐?"

"창피하다구요!"

수현은 그제야 사람들이 일제히 두 사람을 보는 것을 깨달았다. 그는 재인을 일으켜 자신의 차로 데려갔다.

"창피한 줄 아는 걸 보면 많이 다치진 않았군."

"아, 쓰라려. 히잉, 스타킹에 구멍났네. 아까워서 제대로 신지도 못한 건데."

수현은 이 상황에서 스타킹 따위를 걱정하는 여자가 한심했다.

"사람 시켜서 사오라고 할게."

약국 근처에 차를 주차시키고 기사가 심부름을 간 사이에 수현은 차 밖에 서 있었다. 그동안 재인은 구멍난 스타킹을 벗고 물티슈로 흙 묻은 손을 닦았다. 기사가 돌아오자 수현은 약과 스타킹이 든 큼직한 종이봉투를 재인에게 내밀었다.

“자. 어떤 걸 신을지 몰라서 종류별로 사오라고 했어.”

종이봉투를 받아 든 재인은 엄청 많은 스타킹에 입이 벌어졌다. 고맙다고 말하며 입이 헤벌어지는 그녀를 보고 수현은 어이가 없어서 이맛살을 구겼다. 제멋대로 차에 뛰어들어 넘어지고, 손과 무릎이 다 까졌는데도 공짜 스타킹에 입이 벌어지는 여자를 어떻게 해석해야 할지 머리가 아팠다.

“무슨 생각으로 쫓아온 거야? 내 말 못 알아들었어?”

수현의 말에 재인은 대답 대신 다친 양손을 내밀었다. 수현이 멀뚱멀뚱 보기만 하자 재인이 말했다.

“약 발라주세요. 손이라 혼자 바르기 어려워요.”

“뻔뻔한 여자군.”

“자기 할 말만 하고 가는 사람이 어디 있어요? 꼭 하고 싶은 말이 있었단 말이에요. 수현 씨 때문에 다친 거니까 약 발라줘요.”

수현은 인상을 쓰면서도 묵묵히 소독약을 집어 들었다. 손바닥에 소독약을 붓자 따끔한지 재인이 짧은 신음을 흘렸다. 그 소리가 귓가에 착 달라붙어 야릇함을 불러일으키자 수현은 자신도 모르게 헛기침을 했다. 그러고 보니 차 안에는 그녀와 단 둘뿐. 그것도 가까이 밀착해 있으니 그녀의 향기와 숨소리 때문에 몸에 힘이 들어가기 시작했다.

“움직이지 말고 가만히 좀 있어.”

수현은 일부러 무뚝뚝하게 말했다.

"아파요. 아아아……."

야릇한 신음에 수현의 체온이 급격히 상승했다. 하지만 아무렇지 않은 척 그녀의 무릎에 묵묵히 약을 발라주는데 치마가 말려 올라가면서 하얀 허벅지가 드러났다. 국어 선생이라더니 꽃뱀 출신인가? 남자 여럿 후려본 솜씨다. 수현은 긴장돼서 무릎은 약을 바르는 둥 마는 둥 성의없이 끝냈다.

"고마워요."

재인은 옷매무새를 매만지며 가만히 속삭였다. 수현은 그녀의 붉은 뺨과 귓불에 달랑이는 작은 귀걸이를 보며 고개를 끄덕였다. 재인의 몸 어느 것 하나 그의 시선을 잡아끌지 않는 것이 없었다. 사람의 손과 귀가 이렇게 작을 수 있구나, 머리카락에서 이렇게 좋은 냄새가 나기도 하는구나 식의 생각이 머릿속에 꽉 들어찼다.

'젠장, 빨리 치워 버리던가 해야지. 성가셔.'

수현은 머릿속을 멋대로 헝클어뜨리는 재인을 어서 빨리 자신의 세계에서 내보내고 싶었다.

"기사가 집까지 데려다 줄 거야. 나는 다시 회사에 들어가 봐야 해. 그럼 조심히 들어가."

수현이 차에서 내리려고 하자 재인이 옷소매를 잡아당겼다.

"저기, 할 말이 있어요."

재인은 수현이 갈까 봐 힘주어 소매를 붙들며 말했다.

"내가 엄청나게 못생겼어요?"

뜬금없는 얘기에 수현의 표정이 묘하게 일그러졌다. 이 여자가 또 무슨 말을 하려고 이러는 거지? 대꾸하지 않으려고 했지만 진지한 표정에 홀려 말이 튀어나왔다.

"그 정돈 아니야."

"성격이 더러워 보여요?"

"글쎄……."

"가슴이 너무 작아요? 나쁜 냄새 나요?"

"이봐, 지금 뭐 하는 거야?"

수현은 버럭 화를 내면서도 본능적으로 재인의 가슴을 보았다. 그리곤 자신이 한심해서 짜증스럽게 시선을 거두었다.

"내가 못생기고 성격이 더러워 보이지 않으면요, 가슴이 너무 작거나 나쁜 냄새가 나지 않으면요, 나랑 데이트할래요?"

"뭐?"

"내가 어디 가서 못생겼다거나 성격 나쁘다는 말은 들어본 적 없거든요. 가슴은…… 잘 모르겠지만 나쁜 냄새도 안 나고 애교도 많고 즐거운 사람이라고 했어요. 좀 철이 없는 게 흠이긴 하지만 그건 앞으로 고칠게요. 나쁜 사람 아니니까 나랑 데이트해요."

"아까 내가 말한 거 다 잊었어? 나는 그럴 마음이 전혀……."

"알아요. 내가 억지 부리고 있다는 거. 나 혼자 또 짝사랑하는 거 안다구요. 그래서 이렇게 부탁하잖아요. 내가 끔찍하게 싫지 않다면 한 번 더 데이트해요. 선본 사람에게, 자신을 오랫동안 좋아해 준 사람에게 그 정도는 해줄 수 있잖아요."

그녀의 눈빛이 너무나도 간절했다. 긴장된 표정에서 이 말을 하기까지 얼마나 큰 용기가 필요했는지 읽을 수 있었다.

"지금 말도 안 되는 억지 부리고 있다는 거 알지? 왜 이렇게까지 하는 거야?"

"다시는 마음으로만 좋아하지 않겠다고 다짐했었어요. 내가 할 수 있는 만큼 노력할 거예요. 후회하지 않게."

수현은 재인을 복잡한 표정으로 응시했다. 뻔뻔하고 당돌한 그녀가 싫지 않다. 아니, 오히려 속절없이 끌려서 문제다. 이성은 거절해야 한다고 말하지만 수현은 입 밖으로 내뱉을 수가 없었다. 그녀의 맑은 눈망울이 이성을 훌쩍 밟고 올라서며 스스로도 놀랄 말이 튀어나왔다.

"한 번뿐이야. 그 데이트란 거."

"네!"

기뻐서 힘차게 대답하는 재인을 보고 수현은 이내 후회하고 말았다. 어쩌자고 데이트를 승낙한 거지? 미쳤구나, 서수현. 수현은 재인을 노려보다가 차에서 내려 문을 닫았다. 떠나는 차와 그를 향해 손을 흔드는 재인을 보며 그는 입술을 질끈 깨물었다.

✽

고등학교 때 백일장에서 상 받은 것보다 더 뿌듯하다. 이런 걸 두고 영광의 상처라고 하는 건가? 쓰라리고 아프지만 기분은 날아갈 것 같다. 재인은 침대에 누워 다친 손바닥을 들여다보며 흐뭇하게 웃었다. 그가 약을 발라줄 때를 떠올리면 아직도 심장이 두근거린다. 그 순간만큼은 아프지 않고 간질간질해서 웃음이 나올 뻔한 걸 아픈 척 엄살을 떨었다.

"그래도 조금은 자상한 구석이 있는 거 같아."

상처를 가만히 보던 재인은 그의 얼굴을 떠올리며 키득거렸다. 그를 생각할 때마다 자꾸 웃음이 나고 마음이 붕 뜬다. 스물여섯이나 돼서 이러는 게 우습지만 마냥 좋은 걸 어찌하리. 상처가 금방 아물지 않고 오래갔으면 좋겠다. 이렇게 들뜨는 마음이 오래갈 수 있도록.

"내일 만나서 또 약 발라달라고 할까? 그러면 또 무서운 얼굴로 노려보겠지?"

내일 첫 데이트가 있다. 단 한 번이라고 못 박아두긴 했지만 한 번이 두 번이 되고 두 번이 쭈욱 이어졌으면 좋겠다.

"내일도 검정 양복 입고 왔으면 좋겠다. 참 멋있던데."

재인은 수현을 떠올리다 얼굴이 붉어져서 베개를 힘껏 끌어안았다.

다음날이었다. 재인의 들뜬 바람과는 달리 수현은 짙은 감색 슈트를 입고 인사동 거리에 나타났다. 감색도 멋지긴 하지만 내

심 검정 슈트를 기대했던 재인은 안타까운 나머지 툭 내뱉고 말
았다.

"앗! 검은 양복 안 입었네."

재인의 말에 수현이 눈썹을 치켜세웠다.

"무슨 소리야?"

"아, 아니에요."

재인은 혀를 쏙 내밀고 배시시 웃었다. 그는 약속한 시간 정
각에 나타났다. 주위 사람들은 다 여름옷인데 혼자만 슈트에 넥
타이까지 맸다. 그도 재인과 같은 생각인지 주위를 보며 인상을
구겼다.

"기사님은 돌려보내는 게 어때요? 식당에 차 댈 곳이 없거든
요. 불편할 거예요."

재인의 말에 수현은 고개를 끄덕이며 차를 보냈다. 재인은 수
현과 나란히 인사동 거리를 걸었다. 여름 문턱이라 날이 꽤 후
텁지근했다. 큰 키에 눈에 띄는 외모, 고급 정장을 입은 남자와
아담한 키에 하늘거리는 투피스를 입은 여자가 길을 걸으니 사
람들이 이따금 그들을 쳐다보았다. 게다가 수현이 어찌나 인상
을 쓰는지 살짝 민망할 지경이었다.

"덥죠? 재킷 벗지 그래요?"

"괜찮아. 신경 쓰지 마."

그는 이 모든 일을 빨리 해치우고 싶은 듯 초조해 보였다. 누
가 보면 데이트가 아니라 억지로 끌고 가는 줄 알겠네. 긴장 좀

풀지. 재인은 수현의 얼굴을 살피며 허름한 골목 깊숙한 곳으로 들어갔다. 인사동 수제비집 간판을 보고 수현이 무뚝뚝하게 말했다.

"겨우 이런 걸 먹으려고 여기까지 온 거야?"

"여기 수제비가 얼마나 맛있는데요. 대학교 다닐 때 친구들이랑 많이 와서 먹었어요."

재인은 수현이 노려보거나 말거나 휘적휘적 안으로 들어섰다. 수현은 낯선 식당 안을 두리번거리다 재인이 앉은 테이블로 왔다.

"안락하죠?"

"좁아."

"화려한 곳보다 이렇게 좁고 오래돼 보이는 곳이 맛있는 거예요. 아주머니, 여기 수제비 둘에 파전 주세요."

수현은 주문을 하고 잔에 물을 따라 앞에 놓는 재인을 물끄러미 보았다. 참새처럼 재잘거리는 재인. 무척이나 즐거워 보인다. 그녀에겐 이것이 평범한 데이트일까? 다른 사내를 만났을 때에도 이렇게 웃고 떠들었을까? 그녀의 얼굴에는 계산이 보이지 않는다. 느끼는 대로 얼굴에 나타나고 생각난 대로 말한다. 그 자연스러움이 수현은 불편했다. 그녀가 자신을 어떻게 보든 수현에게 한재인은 아버지가 결혼시키려고 억지로 끌어다 놓은 여자다. 그 꼬리표가 자꾸만 눈에 거슬려서 그녀를 보는 것이 편치 않았다.

"와, 맛있겠다."

항아리에 담긴 수제비와 파전이 나오자 재인의 눈이 반짝거렸다. 그녀는 그릇에 수제비를 덜어 수현에게 내밀었다. 수현은 많은 양에 질려서 선뜻 수저를 들 수가 없었다.

"둘이서 먹기엔 양이 너무 많지 않아?"

"에이, 이 정도는 먹을 수 있어요."

수현이 먹는 둥 마는 둥 하자 재인이 파전을 찢어 그에게 내밀었다.

"여기 파전 정말 맛있어요. 먹어봐요."

"내가 알아서 먹을게."

"남자가 팍팍 좀 먹어야죠. 깨작거리는 남잔 매력없어요. 이렇게 맛있는 음식 먹을 땐 동동주 한 잔 하면 좋은데. 술 좋아해요?"

"안 마셔."

"입도 짧고, 술도 안 마시고. 참 재미없게 사네요. 그럼 일 안 할 땐 뭐 해요?"

"자."

"안 잘 때는요?"

"일해."

"칫, 먹고 화장실 가는 건 왜 빼요? 아우, 재미없어. 그렇게 사니까 심술만 늘었지. 오늘 나한테 고맙겠어요. 매일 일만 하다가 이렇게 예쁜 아가씨랑 데이트도 하고."

수현은 대꾸할 의지를 잃고 담담히 수제비를 먹었다. 그녀를 만나기 전 오늘 만남은 마지못해 수락한 거라고, 저녁 먹는 대로 다시 자신의 세계로 돌아가겠다고 다짐했었다. 그런데 자꾸만 그녀의 페이스에 말려드는 느낌이다.

"뭐야, 아무 반응이 없는 건 인정하는 거예요? 수현 씨가 보기에도 나 예뻐요?"

수현은 숟가락을 놓고 재인을 노려보았다. 재인은 당황하기는커녕 배시시 웃어 보였다.

"이 타이밍엔 화내는 게 아니라 웃는 거예요. 유머 감각 결핍이시네. 그러지 말고 수제비 먹어요. 어래? 아직 반도 못 먹었네. 입 짧으면 매력없다니까."

네가 자꾸 말시키는 바람에 못 먹잖아! 수현은 속으로 울컥했지만 애써 억누르고 숟가락을 들었다. 그녀라는 존재에 대해서 깊이 마음 쓰지 않겠다는 각오가 살얼음처럼 갈라지기 시작한다. 밀어내려는 마음 사이로 그녀의 천진하고 아기자기한 얼굴이 비집고 들어온다. 활짝 웃을 때마다 반달이 되는 선한 눈과 핑크빛 입술에 자꾸만 시선이 가서 얼른 거두기를 몇 번째. 수현은 머리가 복잡해 제대로 먹지 못하고 수저를 놓았다.

"다 먹은 거예요? 맛없어요?"

"밀가루 음식 별로야."

"에이, 처음부터 말하죠. 그럼 다른 거 먹으러 갔을 텐데."

미안해하는 표정도 사진처럼 선명하게 머릿속에 박힌다. 수현은 시선을 돌린 채 재인이 다 먹기를 기다렸다가 계산을 끝내고 밖으로 나왔다. 밤공기를 들이마셔도 답답한 마음은 그대로였다. 재인은 자기가 자주 가는 카페가 있다며 앞장섰다. 수현은 그녀의 뒷모습을 보며 묵묵히 따라갔다.

'제멋대로에 시끄럽게 떠들고, 엉뚱하고 잘 웃고. 골칫덩어리.'

왜 날 두려워하지 않을까. 왜 혐오하지 않을까. 자신을 보고 사람들이 짓는 표정이 저 여자에겐 없다. 그녀에겐 정신병자 서수현이 아닌가 보다. 그녀에겐 짐승처럼 거친 서수현이 아닌가 보다. 그저 과거에 짝사랑했던 남자인가 보다.

수현은 재인과 함께 있을수록 가슴이 답답했다. 혼란스러워 머리가 아프고 벗어나고 싶어하면서도 눈은 자꾸만 그녀를 찾는다. 생각에 빠진 수현은 걸음을 걷다가 문득 멈춰 섰다. 조금 전까지 보이던 재인 대신 외국인과 교복을 입은 학생, 노인과 젊은 여자들만이 눈에 가득 들어왔다. 그는 그제야 자신이 복잡한 인사동 거리 한복판에 서 있는 걸 깨달았다. 갑자기 현기증이 난다. 모르는 사람들과 섞이는 걸 싫어하는 그에게 이곳은 가장 끔찍한 장소였다. 그때 덩치 큰 외국인이 어깨를 부딪치고는 사과없이 지나쳤다. 갑자기 신경이 팽팽해지고 난폭한 충동이 고개를 들었다. 수현은 어금니를 질끈 깨물고 그 사내를 잡으려고 크게 걸음을 내디뎠다. 순간 누군가가 문을 두드리듯 등을 똑똑 두드렸다. 돌아보니 재인이 서 있었다.

"혼자 가면 어떻게 해요. 나 두고 도망가려고 했죠?"

싱글거리는 재인을 보자 신기하게도 몸의 긴장이 풀리고 혼란스러운 거리 소음이 멀어졌다. 답답한 숨통이 시원해지는 느낌. 언제 그랬냐 싶게 난폭한 기운이 수그러들었다.

"사람이 많아서 놓쳤어."

"오늘따라 사람이 많네요. 카페에 자리가 있으려나? 조금만 더 가면 돼요."

재인이 호기심 어린 눈으로 주위를 살피며 걷는 동안 수현은 그녀를 놓치지 않기 위해 유심히 보며 따라갔다. 그녀의 눈길이 머무는 곳에 수현의 눈길이 옮겨갔다. 화려한 나전칠기 보석함, 색색의 전등, 바람종, 부채. 수현의 눈에는 전통을 흉내 낸 싸구려 장식품에 불과했지만 재인은 신기한 것으로 가득 찬 별나라에 온 것처럼 즐거워했다.

'넌 별것도 아닌 것을 특별하게 보는구나. 나라는 남자까지도.'

마지못해 나온 자리였고 오늘 지나면 다시는 안 볼 여자였다. 아무 의미도 없다고 속으로 수없이 되뇌었지만 그녀의 존재가 수현 안에서 점점 커지고 있었다. 수현은 당혹스러워하면서도 그녀에게서 눈을 떼지 못했다. 만나서 밥 먹고 사람들에 휩쓸려 거리를 걷고 차 마실 곳을 찾아 헤매는 것이 무척이나 낯설다. 겉으론 무심하고 성가신 척하지만 속으론 아니다. 복잡한 생각 따윈 다 떨쳐 버리고 누군가와 함께 먹고 떠들며 걸어보고 싶었다. 계산된 인간관계와 의무적인 만남 따윈 이제 지긋지긋했다. 지칠 대로 지쳐 갈 때 아침 숲 같고 공원 벤치 같은 사람을 만났다. 그녀와 있으면 회색빛 세상이 다시 생기를 찾고 지친 마음이 편안해진다. 수현은 생각했던 것이 틀어질지도 모른다는 예감에 머릿속이 복잡했다.

카페에 도착한 재인은 사람들로 붐비는 실내를 휘휘 둘러보다 빈자리를 발견하고 수현에게 손짓했다.

"마침 자리 나서 다행이에요. 뭐 마실래요?"

"아메리카노."

"여기 앉아 있어요. 저녁은 수현 씨가 샀으니까 커피는 내가 살게요."

조그만 여자가 사람들을 헤치고 콩콩콩 잘도 걸어다닌다. 그녀에겐 이런 일이 일상처럼 익숙한가 보다. 수현의 복잡한 시선이 재인을 따라다녔다.

아메리카노와 아이스티를 가져온 재인은 수현에게 머그컵을 내밀고 얼음이 담긴 아이스티를 빨대도 꽂지 않고 벌컥벌컥 들이켰다.

"크아, 시원하다. 목말랐어요."

컵을 내려놓은 재인은 마시는 폼이 아저씨 같았을까 봐 수현의 눈치를 슬쩍 살폈다. 그는 딴생각에 빠져 있는 듯 머그컵을 응시하고 있었다.

'지루한 걸까? 맞아, 나 혼자만 먹고 떠들어서 지루했을 거

야. 이런 데이트를 바란 게 아닌데. 이럴 줄 알았으면 박 선생님에게 코치를 더 받는 건데. 으이구.'

데이트가 이렇게 어려운 건 줄 알았으면 최인권 선생이라도 불러서 예행연습을 해볼 걸 그랬다. 꾸미지 않고 자연스러운 나를 보여주자는 것이 목표였지만 막상 뚜껑을 열어보니 물처럼 평범하고 밍밍하다. 아무것도 모르는 연애 초보가 감정 하나 믿고 나선 것이 잘못이었다.

'이래가지고 어떻게 애프터 신청을 받지? 좌절이다, 좌절. 딱 한 번만 데이트하자는 얘긴 왜 한 거야? 열 번만 하자고 할걸. 아니, 열 번은 좀 심하고 다섯 번이라도. 겨우 밥 한 번 먹고 차 마신 걸로 어떻게 상대방을 알겠어? 바보 한재인.'

정신없이 자신의 머리를 쥐어박던 재인은 수현이 자신을 물끄러미 보는 걸 깨닫고 흠칫 놀라며 손을 내렸다.

"미안해요. 잠시 딴생각을 하느라."

"지루한가 보군."

재인은 펄쩍 뛰며 손사래를 쳤다.

"아니, 아니에요. 오늘 내가 너무 심심하게 한 것 같아서 미안해서 그래요."

그는 긍정도 부정도 하지 않고 조용히 차를 마셨다. 그의 행동에 재인은 점점 더 절망의 늪으로 빠져들었다.

'역시 지루한가 보구나. 한 번 더 만나면 서로 자연스럽게 다가설 줄 알았는데. 역시 사람 마음은 혼자 열심히 한다고 움직

이는 게 아닌가 봐.'

　이제 재인은 반쯤 체념해 버렸다. 그래도 노력해 봤으니까 후회는 없을 거라고 자신을 위로해도 기운이 나지 않았다. 태어나 처음으로 심장이 떨리는 사람을 만났다. 아침에 눈뜰 때부터 잠들 때까지 그를 생각하느라 하루가 짧았다. 그와 밥을 먹고 거리를 걷는 것이 좋아서 구름 위를 걷는 것 같았다. 이제 꿈에서 깨어나 현실로 돌아갈 시간. 오늘 하루는 하늘이 준 선물로 생각해야겠다.

　"이제 돌아갈까?"

　침묵을 깨고 그가 말했다. 시선을 든 재인은 슬프지만 활짝 웃어 보였다. 그에게 웃는 모습으로 기억되고 싶다. 질척하게 들러붙지 않고 산뜻하게 헤어지자. 재인은 마음속으로 굳게 다짐했다.

　"오늘 나와줘서 고마워요. 즐거웠어요."

　그는 대답없이 입을 꾹 다물었다. 재인은 그런 수현이 야속해서 코끝이 찡했다.

　'울면 안 돼, 한재인. 웃어. 웃으면서 즐겁게 헤어지는 거야.'

　재인이 힘차게 자리에서 일어서자 그도 따라 일어났다. 카페를 나서는 걸음이 무겁다. 빨리 집으로 돌아가 엉엉 울어버리고 싶다. 둘은 거리로 나와 마주 섰다. 씩씩하게 악수를 하고 돌아설까 아니면 잘 가란 인사만 하고 헤어질까. 재인이 고민하는 동안 어색한 침묵이 흘렀다. 그것이 답답했는지 수현이 먼저 입을 열었다.

"가자, 택시 잡아줄게."

"괜찮아요. 이 시간이면 막힐 텐데 지하철 타고 가면 돼요."

그 순간 재인의 머릿속에 대담한 생각이 스쳐 갔다.

'이왕 이렇게 된 거 갈 때까지 가보자. 창피해도 나만의 방식으로 헤어지는 거야.'

재인은 허리를 곧게 펴고 당당하게 그를 보았다.

"수현 씨 만나서 참 기뻤어요. 잘 있는 거 알았으니 이제부터는 걱정하지 않을게요. 헤어지기 전에 부탁할 게 있는데 들어줄래요?"

수현은 입술을 꾹 다문 채 고개를 끄덕였다. 재인은 심호흡을 하고 그에게 한 걸음 다가섰다. 팔을 뻗어 그의 뺨을 한 손으로 감싸자 그의 동공이 커지는 것이 보였다.

'서수현이라는 사람, 실제로 있는 사람이구나. 꿈같았어. 너무나도 달콤해서 환상인지 알았어. 겉은 차가워 보여도 뺨은 참 따뜻하구나.'

손으로 그를 느끼고 싶었다. 눈으로만 기억되는 사람이 아니라 감촉으로도 떠올리고 싶었다. 재인은 마음속으로 천천히 넷을 세며 이 순간을 빠짐없이 기억에 담았다. 그의 온기, 부드러운 감촉이 빠르게 뛰는 심장으로 모아져 터질 것만 같았다.

'됐어. 여기까지면 충분해.'

재인은 팔을 내리고 미소를 지으며 물러섰다.

"이만 가볼게요. 안녕."

재인은 떨리는 입술을 꾹 다물고 환한 미소를 지으며 돌아섰다. 가슴이 후련하면서도 미어질 듯 아파왔다. 집에 가서 울려고 했는데 자신도 모르게 굵은 눈물이 뚝뚝 떨어졌다.

'바보같이 울긴 왜 울어. 첫사랑이랑 데이트도 하고 뺨까지 만져 봤는데. 이 정도면 꿈은 이룬 거잖아. 울지 마, 한재인.'

나이가 들어 이날을 떠올리면 창피하면서도 아련히 그립겠지? 사람들이 뭐라고 해도 재인에게 서수현은 멋지고 좋은 사람이었다. 보고 있으면 심장이 터질 것처럼 뛰고 떠올리면 행복한 첫사랑. 좋은 추억으로 가슴에 담아놔야겠다. 재인은 흐르는 눈물을 닦지 않고 씩씩하게 앞만 보며 걸어갔다.

그녀와 헤어질 시간이 다가올수록 수현의 머릿속은 점점 더 헝클어졌다. 이대로 보내고 돌아서면 끝인데 괴로웠다.

'널 더 오래 보고 싶다. 어떤 새로운 면이 있는지 탐구하고 싶다. 하지만 그러면 아버지 뜻대로 되는 거야. 그럴 순 없어. 절대로.'

수현은 필사적으로 자신의 감정을 억눌렀다. 그녀의 눈동자와 입술에서 눈을 돌리고 입을 닫았다. 그녀를 보내면 끝이 난다. 눈에서 멀어지면 이런 감정도 잦아들 것이다. 그리고 다시 일상으로 되돌아갈 것이다.

카페를 나서면서 수현은 감정의 충돌에 심장이 터질 것만 같았다. 하지만 표정은 싸늘했고 행동은 자연스러웠다. 애써 이룬 평정은 그녀가 뺨을 쓰다듬으면서 끝났다. 재인이 슬프면서도 고요한 눈길로 다가섰을 때 수현은 그녀가 무엇을 하려는 건지 짐작도 못했다. 그녀가 작은 손으로 뺨을 감싸자 감각적 충격이 전신을 휩쓸고 지나갔다. 시뻘겋게 달구어진 낙인처럼 타는 듯 뜨거운 손. 큰북을 마구 두드릴 때처럼 쿵쾅대는 소리가 사방에서 들렸다. 소리는 점점 커졌고 지진이 난 것처럼 밟고 선 땅이 흔들리기 시작했다. 한 번의 손길에 이토록 큰 전율이 인다는 것이 좀처럼 믿기지 않았다. 수현이 충격에 빠져 있을 때 그녀가 미소를 지으며 말했다.

"안녕."

수현이 잡으려고 팔을 뻗기도 전에 그녀가 뒤돌아섰다. 들린 손으로 공허한 바람이 빠져나갔다. 그는 멀어지는 재인을 보며 뼛속 깊은 외로움을 느꼈다.

'가지 마. 가지 마.'

내뱉지 못한 말이 입속에서 맴돌다 희미해졌다.

'그러지 마, 서수현. 보내줘. 네 복잡한 인생에 그녀를 끌어들이지 마. 여자 같은 건 필요없잖아. 감정 따윈 예전에 말라 버렸잖아.'

차츰 멀어지던 그녀가 사람들에 묻혀 보이지 않았다. 이제 뒤돌아서면 그만이다. 그런데 발이 떨어지지 않았다. 재인의 맑은 눈망울과 입술, 천진한 웃음소리, 달콤하고 시원한 향기와 감촉이 그를 붙들고 놓아주지 않았다.

'널 다시 느끼고 싶어. 머리부터 발끝까지, 속속들이 알고 싶어.'

정신을 차렸을 때 수현은 거리를 달리고 있었다. 태어나 처음 느껴보는 전율이 등줄기를 타고 흘러내리고 심장이 터질 것처럼 뛰었다. 많은 인파 속에 묻혀 재인은 보이지 않았다. 조급하게 찾아 헤매는데 멀리 낯익은 뒷모습이 눈에 들어왔다. 수현은 단숨에 달려가 그녀의 팔을 붙들고 거칠게 돌려세웠다.

"수, 수현 씨……."

재인은 놀라며 수현을 올려다보았다. 그동안 그녀의 눈에선 눈물이 방울방울 떨어지고 있었다. 그 눈물을 보니 감당하기 힘든 갈망이 속에서 북받쳤다. 수현은 그녀를 끌어당겨 품에 안고 고개를 숙였다. 놀란 재인이 말을 하려고 입을 벌리는 순간 수현의 입술이 포개졌다. 뜨거운 물줄기가 수현의 머리 위로 쏟아져 온몸을 적셨다. 품속에 그녀가 떠는 것이 느껴졌지만 그는 거칠게 입술을 열고 들어갔다. 수현은 백만 년 동안 굶주린 짐승처럼 허겁지겁 입술을 맛보고 모든 감각을 깨웠다. 더 많이, 작은 것도 놓치지 않고 느끼고 싶었다. 주위 시선 따윈 상관없었다. 탐욕스럽고 거칠다고 욕해도 멈추지 않을 것이다. 수현은 재인이 달아나지 못하도록 단단히 옭아매며 깊숙이 파고들었다. 그녀의 입술에선 달고 진한 맛이 났다. 온몸이 녹아내릴 것처럼 부드럽고 뜨겁다.

이 여자, 갖고 싶다. 오늘 밤 당장.

수현은 재인의 아랫입술을 빨고 축축하고 뜨거운 혀로 입속을 헤집어놓았다. 그녀는 수현을 미치게 했다. 머릿속 한가운데에 폭탄이 터져 아수라장이 되었다. 이대로라면 숨이 멎을 것만 같아 간신히 그녀를 놓고 숨을 몰아쉰 수현은 재인의 귓가에 낮게 중얼거렸다.

"가자."

그의 품속에서 떨던 재인은 가만히 눈을 뜨고 수현을 보았다. 빨갛게 달아오른 뺨과 떨리는 속눈썹, 살짝 부풀어 오른 입술이 미치도록 예뻤다. 그녀는 여전히 놀라고 멍한 얼굴로 간신히 중얼거렸다.

"어, 어디로……."

"호텔."

"네?"

놀라서 흔들리는 그녀의 눈빛. 혹시나 이대로 도망가 버릴까 봐 수현은 재인을 꼭 붙들었다.

"같이 있고 싶어."

"하지만……."

"지금 나와 같이 가지 않으면 다신 날 볼 수 없을 거야. 어서 선택해."

재인의 눈빛이 흔들렸다. 갈망과 두려움이 번갈아가며 얼굴에 떠올랐다. 수현은 망설이는 입술을 무섭게 노려보며 싫다는 말이 나오지 않기를 바랐다.

"호텔…… 가겠어요."

그녀가 들릴 듯 말 듯 속삭였다. 지금 수현은 반쯤 혼이 나가 미칠 듯한 속도로 고속도로를 질주하는 것처럼 아찔했다. 마음 한쪽엔 그녀라도 브레이크를 걸고 돌아가 주길 바랐다. 하지만 그녀가 허락한 이상 수현은 멈출 기회를 놓쳐 버렸다. 이대로 달리는 수밖에. 수현은 재인의 손을 잡고 성큼성큼 걸음을 내디 뎠다. 잡은 그녀의 손이 뜨거웠다.

4

　호텔 엘리베이터를 타고 올라가는 동안 수현과 재인은 서로 눈을 맞추지 못했다. 머릿속에 생각이 너무 많은 탓에 할 말이 생각나지 않았다. 덕분에 두 사람 사이엔 어색한 기운이 감돌아 같은 엘리베이터를 탄 사람들이 흘끔거렸다.

　어쩌자고 그렇게 충동적으로 행동한 거지? 길 한복판에서 키스라니.

　이건 말도 안 되는 짓이야! 무슨 생각으로 여기까지 따라온 거야?

　같이 못 있겠다고, 돌아가겠다고 하면 어쩌지?

　날 헤픈 여자로 보면 어떻게 해.

고민에 빠진 두 사람이 정신을 차렸을 땐 나란히 호텔 복도를 걷고 있었다. 화려한 스위트룸에 들어서자마자 수현은 넥타이를 풀어 테이블 위에 던져 놓았다. 재인은 흐트러진 넥타이를 불안하게 보며 어정쩡하게 소파에 앉았다. 긴장하지 않은 것처럼 보이려 애썼지만 손은 땀으로 흥건히 젖어 있었다. 남자와 호텔에 온 것이 무엇을 의미하는 건지 재인도 잘 알고 있었다. 자신답지 않은 행동이고 옳지 않다는 걸 분명히 알고 있으면서도 여기까지 올 수밖에 없었다. 모두 그의 키스 때문이었다. 그의 품에 안겨 입술과 입술이 닿은 순간 재인은 생각했다.

'결국 사랑이구나. 내가 이 사람을 정말로 사랑하는구나.'

그에게 속절없이 휩쓸린 것이 운명처럼 다가왔다. 영영 벗어나지 못할 거란 막연한 예감도 들었다. 그리고 그를 향한 갈망이 자신의 것만이 아니라는 것도 깨닫게 됐다. 입술과 입술이 닿았을 때 몸을 활활 태울 듯 뜨겁게 휘몰아친 감정은 가볍게 시작된 것이 아니었다. 몸 깊숙한 곳에서 뿜어져 나오는 열정. 마법 같은 이끌림이었다. 재인의 가슴도 뜨거웠고 멈추고 싶지 않았다. 무모하다는 걸 알면서도 호텔까지 올 수밖에 없었던 것은 폭발하는 듯한 사랑의 감정과 키스의 뜨거움을 다시 느끼고 싶었기 때문이었다.

'그에게 내 마음이 전달됐을까? 모두 내 착각이면 어쩌지? 그저 가벼운 하룻밤 사랑이 필요한 거라면 어떻게 해.'

재인은 혼란스러운 얼굴로 그를 보았다. 그는 지금 재킷을 벗고 드레스 셔츠 두 번째 단추를 푸는 중이었다. 그와 시선이 부딪치자 재인은 흠칫 놀라며 목을 움츠렸다. 그를 향한 갈망이 큰 만큼 앞으로 벌어질 일에 대한 두려움도 컸다.

'이건 정말 나답지 않아. 도망가자. 내가 잠깐 미쳤었다고 말하자. 난 못해. 도저히 못해.'

하지만 입술이 떨어지질 않았다. 포획된 먹잇감처럼 그의 강렬한 눈빛에 사로잡혀 꼼짝도 할 수 없었다. 두려움과 그와 함께 있고 싶은 욕망이 충돌하며 몸을 마비시켰다. 그의 눈빛이 너무나도 뜨겁다. 그 눈길에 몸이 낱낱이 해부되는 느낌이다.

재인의 얼굴이 점점 창백해지는 동안 수현은 아이스 바스켓에서 와인병을 꺼내 글라스에 따랐다. 현란한 붉은빛과 그의 흰 드레스 셔츠가 눈부셨다. 그는 베일 듯 날카롭고 빙하처럼 차갑지만 몸 깊숙한 곳에 불덩이를 품은 것처럼 보였다. 게다가 사람 마음을 끌어당기고 옴짝달싹 못하게 하는 마력이 있었다. 너무나도 두렵고 유혹적인 존재.

"이제 와 두려워?"

수현이 아무것도 담기지 않은 목소리로 묻자 재인은 대답없이 그를 보았다.

"대답해. 지금도 늦지 않았으니 보내달라고 해."

하지만 그는 전혀 보내주지 않을 듯한 눈빛으로 다가왔다. 까만 눈동자가 머릿속을 할퀴자 소리없는 비명이 흘러나왔다. 그는 팔을 뻗어 재인이 그랬듯 뺨을 어루만졌다. 조심스러운 터치가 아니라 촉수처럼 피부에 감겨 모든 걸 빨아들일 듯했다. 그의 손이 뺨에서 흐르는 듯 내려와 뒷목을 감쌌다. 그 서늘하고 생경한 감촉에 재인의 몸엔 소름이 돋았다.

"넌 내가 가라고 했을 때 갔어야 해. 나는 분명히 경고했어."

그의 얼굴이 다가오자 재인은 눈을 감아버렸다. 입술과 입술이 포개지고 그의 팔이 허리를 감아 끌어당겼다. 기쁨보단 깊고 두려움이라 하기엔 뜨거운 감정이 재인을 덮쳤다. 재인은 오랫동안 그를 기다려 온 것처럼 자연스럽게 그의 목을 끌어안고 입술을 벌렸다. 지금 이 순간 스물여섯 한재인은 없었다. 한 남자를 가지고 싶은 열정적인 여자만이 존재할 뿐이다. 재인은 그가 더 깊숙이 들어올 수 있도록 자신을 열었다. 느리게 시작했던 키스는 점점 더 농밀해졌다. 등을 어루만지던 그의 손이 블라우스 속을 비집고 들어와 살갗을 더듬어 올라왔다. 그는 브래지어를 밀어 올리고 재인의 한껏 부푼 가슴을 움켜쥐었다. 재인이 놀라 몸을 뒤로 젖히자 수현이 단단히 붙들었다.

"늦었어. 난 이미 네게 미쳐 있으니까. 머리부터 발끝까지 전부 맛볼 거야. 내가 만족할 때까진 절대로 놓아줄 수 없어."

재인이 말하려고 입을 벌렸지만 그의 입술이 가로막았다. 입술을 열고 들어온 그의 혀가 모든 감각을 두드려 일깨우자 재인은 심장이 터질 것만 같았다.

'나도 당신에게 미쳤나 봐요. 당신을 안고 싶어. 머리부터 발끝까지 다 갖고 싶어.'

어느새 재인은 수현이 준 만큼 돌려주고 있었다. 그의 입술을 부드럽게 핥고 아랫입술을 살짝 깨물었다가 놓았다. 그것이 자극이 됐는지 그의 손길이 더욱 거칠어졌다. 수현은 재인의 풍만하고 부드러운 가슴을 감싸며 원을 그리듯 애무했다. 짜릿한 전율이 일자 재인은 신음을 흘리며 그에게 매달렸다. 그때 그가 입술을 떼고 낮게 속삭였다.

"널 보여줘."

그의 눈빛은 명령도 강압도 아닌 황홀한 빛을 머금고 있었다. 재인은 그의 눈빛에 붙들린 채 블라우스 단추를 하나씩 풀었다. 속으론 자신이 하는 짓에 깜짝 놀라면서도 멈출 수가 없었다. 몸이 그를 원하고 있었다. 그를 가져야 한다고, 그래야만 한다고 말했다.

옷을 벗는 재인을 바라보며 수현의 눈빛이 깊어졌다. 그녀의 하얀 피부와 어깨를 덮는 풍성한 검은 머리칼, 빛에 드러나는 쇄골이 무척이나 아름다웠다. 차마 눈을 마주치지 못하고 살짝 내리깔은 시선, 붉은 뺨과 속눈썹의 긴 음영이 경이로워 보였다. 벗겨진 블라우스가 카펫에 떨어지자 수현은 그녀를 끌어당겨 안았다. 그의 뜨거운 입술이 하얀 목에 닿았다가 떨어졌다.

"나머진 내가 벗겨줄게."

그의 입술이 재인의 붉은 입술을 삼켰다. 아까와 달리 부드럽고 깊은 키스였다. 재인은 입을 벌리고 그를 깊숙이 받아들였다. 그가 주는 황홀한 감각, 뜨거운 체온과 체취가 숨을 타고 몸

안으로 흘러들자 남아 있던 두려움이 씻겨 나갔다. 재인은 자신을 놓아버리고 그가 주는 감각을 스펀지처럼 빨아들였다. 부드럽고 뜨거운 키스와 함께 그의 손이 쇄골과 어깨를 지나 브래지어 호크를 능숙하게 풀었다. 그는 밝은 빛 아래 드러난 재인의 가슴을 말없이 보다 살짝 키스했다. 그리고 스타킹과 스커트를 차례로 벗겼다. 그는 잔인할 정도로 느리게 움직였다. 작은 것도 놓치지 않으려는 듯 천천히 음미하는 눈길에 재인은 부끄러워서 숨이 멎을 것만 같았다. 마침내 은밀한 곳을 가려주는 작은 한 조각이 남았을 때 수현은 재인을 안아 침대로 갔다. 그녀를 침대에 눕힌 수현은 흐트러진 머리칼을 쓸어 넘기고 명화를 감상하듯 오래 보았다.

"너처럼 아름다운 여자가 왜 내게 왔을까. 실수한 거야. 너 같은 여잔 내게 오면 안 돼."

수현은 어두운 눈빛으로 재인의 몸을 훑으며 중얼거렸다. 그녀의 하얀 알몸은 해변의 모래처럼 부드럽고 뜨거워서 만질 때마다 깊숙이 빠져들 듯했다. 그녀의 몸에 사로잡혀 넋을 놓고 있으면 재인은 부끄러운지 자꾸만 시트 속으로 파고들었다. 수현은 침대 시트를 그녀의 손이 닿지 않는 먼 곳에 던져 버리고 그녀를 바라보았다. 여자다운 섬세함과 부드러움을 가진 어깨와 황홀하다는 표현밖에는 할 수 없는 가슴, 움직일 때마다 윤곽이 드러나는 늑골과 납작한 배, 그리고 검고 풍성한 숲. 수현의 시선은 전체에서 부분으로 옮겨갔고 질감을 느끼기 위해 손을 뻗었다. 흉터 하나 없이 깨끗한 피부는 실크처럼 부드러웠다. 문득 가슴 깊은 곳에서 스스로도 이해할 수 없는 질투와 난폭함이 고개를 들었다. 자신에게 어울리지 않는 아름다움과 깨끗함을 접했기 때문일까? 이 작은 피조물이 영원히 내 것이 될 수 없음에 대한 분노일까? 아니면 어서 빨리 그녀를 안고 싶은 욕망 때문일까? 이유가 무엇이든 수현은 혼란스러웠고 날카로워졌다. 그는 부끄러운 나머지 손으로 가슴을 가리고 웅크린 재인을 노려보다 팔을 거칠게 잡아챘다. 그는 그녀의 양손을 머리 위로 올리고 거칠게 키스했다. 그녀의 입술은 매번 다른 맛이 났고 그럴 때마다 수현은 더 많이, 더 깊게 맛보고 싶어 조바심이 났다. 평생 할 키스를 오늘 밤에 다 하는 듯했다. 그녀의 입술은 너무 달아 얼얼하기까지 했다. 수현은 목이 타는 듯한 갈증을 느끼며 그녀의 체액을 마셨다. 뜨거운 감각이 꿀처럼 끈적끈적하게 몸을 타고 흘러내려 성난 몸의 중심이 더욱 단단해졌다. 수현의 입술은 그녀의 입술에서 목과 쇄골, 안개처럼 모호하고 아름다운 젖가슴으로 향했다. 그녀가 신음을 하며 몸을 들썩이자 수현은 위에서 몸을 누르고 단단히 가두었다. 그리고 단단하게 솟은 정점을 한입에 삼키고 빨았다. 그녀의 등이 휘어지며 흐느낌이 새어 나왔다. 그는 예민한 살을 자근자근 깨물고 빨며 붉은 자국을 남겼다. 그 자국에 마음의 허기가 일어 그녀가 그만 하라고 소리칠 때까지 정점을 입에 물고 탐욕스럽게 빨았다.

"제발…… 그만…… 해요."

재인의 얼굴은 열에 달떠 멍해 있었지만 수현의 얼굴은 무표정했다. 그는 어떤 흥분이나 환희 없이, 오직 감각을 채우기 위한 기계처럼 움직였다. 재인의 매끈한 배를 입술로 쓸던 그는 갑자기 무릎을 벌리고 안으로 파고들었다. 재인은 화들짝 놀라며 그를 급히 밀어냈다.

"아, 안 돼요. 거긴……."

수현은 몸을 일으켜 강하게 거부하는 재인을 억지로 눕히고 허벅지 안쪽 부드러운 살을 입술로 쓸었다. 재인이 무릎을 모으며 고개를 저었지만 수현의 눈빛은 단호했다. 그는 재인을 단단히 붙들고 누구도 닿을 수 없었던 순결한 곳에 입을 맞추었다. 그곳은 이미 흠뻑 젖어 그를 기다리고 있었다. 수현은 보드랍고 촉촉한 속살을 입술로 간질이다 혀로 쓸어내렸다. 재인의 몸이 경련하듯 떨며 벌어진 입술에서 금방이라도 숨이 넘어갈 듯한 신음이 흘러나왔다.

"그, 그만! 그만 해요. 제발……."

재인이 애원할수록 그는 고문하듯 느리게 그녀를 몰아세웠다. 재인은 온몸을 쥐어짜는 쾌감과 고통에 죽을 것만 같았다. 자극이 너무나도 강렬해서 더는 견딜 수가 없었고 몸을 비틀며 그에게서 도망치자 수현이 붙잡았다.

"모, 몸이, 이상해요. 제발 그만 해요."

재인이 울 것처럼 소리치자 수현이 서늘한 눈빛으로 말했다.

"처녀처럼 굴지 마. 내게 안기고 싶으면 하라는 대로 해."

재인은 조금 전까지도 부드럽고 뜨거웠던 그가 갑자기 차갑고 거칠어진 것에 어리둥절했다. 그녀의 짧은 망설임을 읽은 수현은 그녀의 가슴을 애무하며 하나씩 생각을 지워 나갔다. 침실엔 재인의 신음과 수현의 거친 숨소리, 침대 시트에 그의 옷이 쓸리는 소리만이 가득했다. 그녀가 조금 진정되자 수현은 다시 다리 사이로 파고들었고 재인은 두 손으로 붉게 달아오른 얼굴을 가렸다. 그의 입술이 예민한 살을 살짝 물었다가 놓자 어깨가 들썩이고 등이 활처럼 휘었다. 그녀의 반응을 즐기는 듯 혀가 몸속을 비집고 들어왔다. 재인의 입술에 짧은 비명이 터져 나왔다. 열기가 몸을 두 갈래로 가르는 듯했다. 몸에 땀이 맺히고 입술에선 더운 숨이 흘러나왔다. 영혼까지 축축하게 젖어드는 느낌. 재인은 그의 팔을 붙들고 간절히 애원했다.

"나…… 수, 숨 쉬기가 힘들어요."

"벌써 그러면 안 돼. 이제 시작일 뿐이야."

"하지만……."

"지금 네 반응이 날 더 자극하고 있어. 쉽게 놔주지 않을 거다."

재인의 고통스러운 중얼거림에 수현이 차갑게 대꾸했다. 그의 혀가 검은 숲과 배꼽을 지나 복부로 올라왔다. 그는 재인이 숨 돌릴 여유도 주지 않고 빵빵하게 부푼 젖가슴을 덥석 물었다. 동시에 그의 중지가 재인의 촉촉한 몸속으로 깊숙이 파고들었다.

"아…… 으……."

순간 재인의 시야가 하얗게 변하며 숨이 조여왔다. 재인은 그의 어깨를 끌어안고 떨었다. 그의 손가락이 깊숙하게 들어왔다가 천천히 빠져나갔다. 그리고 다시 깊숙이 들어와 빠르게 후퇴와 전진을 반복했다. 심장이 너무나도 빨리 뛴다. 숨 쉬기가 버겁다. 재인은 이대로 정신을 놓을 것만 같았다.

"수, 수현 씨…… 나…… 사실은……."

재인은 처음이라고 말하고 싶었다. 그래서 이런 자극은 더는 견딜 수가 없다고 말하고 싶었다. 하지만 말이 채 입 밖으로 빠져나오기도 전에 숨 가쁜 비명이 터져 나왔다. 재인이 자꾸 무언가를 설명하려고 하자 그가 자신의 입술로 가로막았다. 그의 입술과 손길에 재인은 점점 절정에 오르고 있었다. 재인은 이 와중에도 남녀 간의 사랑은 이렇듯 일방적이 아니란 걸 느끼고 있었다. 지금 재인은 알몸이지만 그는 넥타이와 재킷 빼고 정장 차림이었다. 재인이 서툴고 두려운 손길로 그의 옷을 벗기려 하자 수현이 손목을 붙들며 말했다.

"만지지 마. 난 누가 건드리는 거 싫어해."

그의 목소리가 얼음처럼 차가웠다.

"내가 널 만지고 안을 거야. 넌 아무것도 하지 마."

수현은 재인의 가느다란 팔과 희고 부드러운 몸, 긴 다리를 천천히 음미하다 한 손으로 바지 벨트를 풀었다. 그의 성난 중심은 단단하게 솟아 어서 뜨거움으로부터 해방해 주길 기다리고 있었다. 수현은 어느새 눈을 꼭 감은 재인을 보며 말했다.

"눈 떠."

재인은 얼결에 눈을 뜨고 그를 보았다.

"눈 감지 마. 무슨 생각을 하는지 알 수가 없어. 날 봐. 내게서 시선을 떼지 마."

수현은 재인의 몸을 위에서 내리눌렀다. 재인은 곧 있을 그 행위가 얼마나 아픈 것인가를 익히 들었기에 잔뜩 긴장하며 두려운 눈으로 그를 보았다. 바지를 반쯤 벗은 수현은 재인과 눈을 맞추고 천천히 밀고 들어왔다.

"아…… 아파."

재인의 입에서 비명이 새어 나오다가 그의 입술에 막혔다. 크고 단단한 그의 몸이 좁고 축축한 안으로 들어오며 끔찍한 고통을 주었다. 재인은 그의 어깨를 힘껏 끌어안고 매달렸다.

"아, 아파요. 너무 아파."

수현은 재인의 한쪽 다리를 올리고 더욱 깊숙이 파고들었다. 한 번의 깊숙한 전진과 후퇴와 함께 재인의 입에서 비명이 새어 나오고 그의 눈빛에 놀람이 스쳤다.

"처음인가?"

재인은 훌쩍이며 고개를 끄덕였다. 수현은 알 수 없다는 표정을 지으며 그녀의 눈가에 흐르는 눈물을 손가락으로 걷어냈다.

"넌 정말 알 수 없는 여자구나."

수현 안에 들끓던 난폭함이 차츰 수그러들었다. 그는 재인이 받아들일 수 있도록 시간을 주며 그녀의 부풀어 오른 입술에 가볍게 입을 맞췄다. 그도 재인도 날뛰려는 욕망을 억제하고 고통을 참아내느라 땀에 푹 젖었다. 재인의 몸이 수현의 크고 묵직한 중심을 휘감으며 간신히 받아들이기 시작했다. 그러자 수현이 그녀의 가슴을 애무하며 천천히 허리를 움직였다. 뜨겁고 축축한 살결이 부딪히며 격렬한 전율을 온몸으로 실어 날랐다. 거칠지도 부드럽지도 않은 움직임이었다. 수현이 제어하지 못하고 빠르고 격렬하게 움직일 때면 재인은 고통 어린 비명을 내뱉었고 다시 느려지면 흐느끼듯 희미하게 신음을 흘렸다. 그는 재인이 감당하기엔 너무나도 크고 뜨거웠다. 몸속이 다 찢어지고 깨어지는 듯이 아팠다. 아픔과 격렬한 자극을 이길 수가 없어서 도망치려고 하면 그가 붙들고 놓아주지 않았다. 재인은 그를 미워하고 또 원했다. 이 가득 찬 모순을 어떻게 감당해야 할지 몰라 그에게 몸을 내어주고 이끄는 대로 따라갔다. 그의 움직임이 좀 더 격렬해지고 숨소리도 거칠어졌다. 재인은 손가락 관절이 하얗게 되도록 그를 붙들었다. 곧 몸 안에 뜨거움이 견딜 수 없는 지경에 이르고 커다란 폭발이 찾아왔다.

"나…… 더는 버틸 수가……."

재인은 고개를 뒤로 젖히며 몸을 떨었다. 몸의 근육이 일제히 수축하고 피가 끓어오르는 것이 느껴졌다. 금방이라도 숨이 끊길 듯 가쁘고 머릿속이 아득했다. 그때 그의 몸 또한 뻣뻣하게 굳어가고 입술에서 거친 신음이 터져 나왔다. 그는 황급히 허리를 뒤로 빼고 재인의 몸 위에 사정했다. 우윳빛 액체가 재인의 몸 위에 쏟아졌다. 두 사람 다 땀에 흠뻑 젖어 기진맥진해 있었다. 수현은 재인 옆에 쓰러지듯 누워 천장을 응시한 채로 가쁜 숨을 몰아쉬었다.

"맙소사, 왜 처음이라고 얘기해 주지 않은 거지?"

침묵한 끝에 그가 처음으로 내뱉은 말이었다. 내심 다른 말을 기대했던 재인의 얼굴에 실망감이 스쳤다. 첫 키스, 첫 경험이 오늘 하루에 다 이루어졌다. 그토록 꿈꿨던 사람과 함께, 조금은 다른 방식으로. 소설 속에서 읽었던 그런 낭만적인 사랑은 아니었다. 설명할 수 없는 희열과 고통이 수없이 엇갈린 끝에 절정에 닿았다. 그는 마음을 전혀 드러내지 않은 채 몸으로만 사랑을 나누었다. 오직 자신이 원하는 대로. 그런 섹스를 바란 것은 아니었다. 재인은 마음과 마음이 하나로 일치하는 사랑을 나누고 싶었다. 하지만 그의 문은 너무나도 단단하고 굳게 잠겨 있었고 어떻게 열어야 할지 감조차 잡을 수 없었다. 재인은 절정의 여운이 서서히 식는 것을 느끼며 그를 보았다. 수현은 무슨 생각을 하는지 표정이 복잡해 보였다. 그러다 문득 재인의 시선을 느낀 그가 돌아보았다.

"바로 집에 갈 건가?"

재인은 고개를 끄덕였다. 그가 몸을 일으키자 재인은 혼자만 알몸이라는 사실에 얼굴을 붉혔다. 그때 갑자기 몸이 가볍게 들리며 현기증이 일었다. 그가 안아 든 것이다. 당황한 재인이 수현을 보았지만 그는 묵묵히 욕실로 걸음을 옮겼다. 그는 알까? 이런 행동이 얼마나 가슴을 뒤흔드는지, 얼마나 많은 희망을 품게 하는지. 수현은 재인을 욕실 한쪽에 앉히고 욕조에 더운물을 틀었다.

"몸은 괜찮아?"

그가 재인의 얼굴을 들여다보며 물었다. 재인은 이 모든 게 낯설고 부끄러운데 그는 너무나도 태연해 보였다.

"괜찮아요."

수현은 더 묻지 않았다. 딱 듣고 싶은 말만 듣고 입을 다물어버리는 것이 그의 버릇인 모양이다. 그가 나가자 재인은 간신히 몸을 일으켜 욕조 안으로 들어가 몸을 담갔다. 뼈마디가 욱신욱신 아프고 손목이 시큰거렸다. 재인은 조금 전 보았던 그의 모습을 떠올리며 아직도 그와 잤다는 게 믿기지 않아 한숨을 내쉬었다. 앞으로 어떻게 되는 건지 암담하고 혼란스러웠다. 그저 마음이 시키는 대로 앞만 보며 가겠다고 다짐했는데 제대로 된 길을 가는 건지 확실할 수가 없었다.

재인이 긴 목욕을 끝내고 나왔을 때 수현은 옆방에서 샤워를 마치고 정장을 차려입은 채 창가에서 전화 통화를 하고 있었다. 언뜻 들리는 단어로 미루어 회사에 관계된 일인 듯했다. 재인이 머리를 말리고 옷을 입을 때까지도 전화하던 그는 한참 만에야 통화를 끝냈다. 그는 약간 거리를 둔 채로 재인에게 말했다.

"미안하지만 집까지 데려다 주진 못하겠어. 회사에 일이 있거든."

여전히 차갑고 무덤덤한 목소리. 섹스할 때조차 그의 목소리는 싸늘했다.

'인사동 거리에서만 해도 그는 열정에 가득 차 있었는데 무엇이 잘못된 거지? 나 때문일까? 처음이고 경험이 없어서 화가 난 걸까?'

재인은 대답없이 고개를 끄덕였다. 그녀의 눈빛이 물을 머금은 듯 촉촉하게 빛났다. 수현은 그 눈빛을 보며 무언가 말하고 싶었지만 그만두었다. 그는 재인과 함께 호텔 스위트룸을 나왔다. 침실에서 그토록 뜨거웠다는 게 믿기지 않을 만큼 둘 사이엔 어색한 침묵만이 감돌았다.

"그럼 저는 이만 가볼게요."

"잘 들어가."

헤어지며 그들이 나눈 대화는 이것이 전부였다. 재인은 복잡한 얼굴로 택시에 탔고 수현을 한 번 올려다본 후 고개를 숙였다. 수현은 떠나는 택시를 응시하다 다시 호텔로 들어갔다. 그는 호텔 지하에 있는 바에서 위스키 스트레이트를 마셨다. 무척이나 오랜만에 마시는 술에 몸이 화끈해지며 몽롱함이 밀려왔다. 일 때문에 회사에 들어가야 하지만 일이 손에 잡힐 것 같지 않았다.

'젠장. 무슨 짓을 한 거야.'

헤어질 때 그녀의 쓸쓸한 눈빛이 자꾸만 눈에 밟혔다. 죄책감이 밀려오고 무책임한 자신에게 화가 나 견딜 수가 없었다.

'책임지지도 못할 거면서 왜 그런 거야? 그녀는 술집에서 만난 그저 그런 여자가 아니야. 그걸 알면서도 안다니. 그것도 처음인 여자를.'

몸에 다른 영혼이 들어온 것처럼 자신이 낯설었다. 유학 시절 술집에서 만난 여자와의 무의미하고 건조한 섹스가 아니었다. 지나치게 열정적이었고 지나치게 거칠었다. 깊숙한 곳에 고여 있던 감정이 폭발해 정신없이 휘둘린 느낌이다.

'이게 모두 너 때문이야. 네가 나타난 순간부터 모든 게 이상해지고 있어.'

수현이 자신이 사는 빌라에 도착했을 땐 열한 시가 다 되어가고 있었다. 그는 집 안에 들어서자마자 거실을 포함해 모든 방의 불을 다 켜고 난 뒤에야 침실로 향했다. 침실엔 천장과 침대 옆 스탠드를 포함해 다섯 개의 조명이 있었다. 침실 조명을 켜는 동안에도 그녀의 눈빛이 자꾸만 떠올랐다. 그녀가 했던 말들, 속삭임, 체온, 흐느낌이 그를 휘감아 돌고 있었다. 수현은 리모컨을 찾아 침실 맞은편에 있는 텔레비전을 켜고 음량을 있는 대로 높였다. 케이블방송에서 영화가 막 시작된 참이었다. 여주인공이 골목길을 정신없이 달리고 그 모습에 재인의 얼굴이 겹쳐 보였다. 수현은 무너지듯 침대에 주저앉아서 머리칼을 움켜쥐었다. 지워지지 않는다. 재인을 파티에서 본 순간부터 호텔에서 헤어질 때 모습이 지워지지 않고 머릿속을 맴돌았다. 거리를 두고 그녀를 관찰할 때는 이토록 고통스럽지 않았다. 갖고 싶은 욕망이 수현을 괴롭혔지만 눈에서 보이지만 않는다면 곧 지워 버릴 수 있다고 생각했다. 그녀가 먼저 다가오고 그런 그녀에게 바보처럼 이끌린 건 엄청난 실수였다. 그녀를 안고 나자 삶이 송두리째 일그러진 느낌이다. 아무리 노력해도 다신 옛날로 돌아갈 수 없을 것만 같다.

"젠장."

수현은 침대 위로 쓰러지듯 누웠다. 텔레비전에서 흘러나오는 소음이 침실을 흔들 때 문득 재인의 천진난만한 목소리가 떠올랐다.

"제가 많이 좋아했어요."

그녀의 목소리가 비수가 되어 심장 한가운데에 박혔다. 수현은 헛웃음을 흘렸다. 상처 주고 죄책감에 시달리며 괴로워하는 자신이 우스웠다. 서수현답지 않다. 자신이 아는 서수현은 여자 따윈 잊고 일에 미쳐 있어야 했다.

"한재인, 날 어떻게 만든 거야."

수현은 뜨거운 이마에 손을 얹고 나직이 중얼거렸다. 셔츠 소매에서 그녀의 체취가 났다. 달콤하고 유혹적인 향기. 수현은 다시 미칠 듯한 기분에 젖어들었다.

*

그 밤 서 회장의 휴대전화로 최 실장의 전화가 걸려왔다.

—회장님, 접니다.

"아이들은 어떻게 됐지?"

—호텔을 나와 각자 집으로 돌아갔습니다.

그의 입가에 만족스러운 미소가 감돌았다. 용준은 소파에 몸을 깊숙이 묻고 담배를 물었다.

"별다른 점은 없었나?"

—룸 담당 메이드에게서 확인했는데 침대 시트에 혈흔이 있었다고 합니다.

"흠, 그랬단 말이지."

담배에 불을 붙이려다 말고 잠시 침묵하던 서 회장이 말했다.

"내일 오전 중으로 우주전자 재무 상황 보고서 올리도록 해. 그 집 가족, 친척들까지 샅샅이 조사해 보고 병력도 확인해 봐."

—네, 알겠습니다.

전화를 끊으며 서 회장이 소파에서 몸을 일으켰다. 그의 눈빛이 차갑게 이글거렸다.

5

　오후가 되면서 비가 내렸다. 교문 앞엔 학부모의 차와 우산을 든 어머니들이 수업이 끝난 아이들을 기다리고 있었다. 시간이 지나면서 차와 사람이 줄고 운동장을 가로지르던 알록달록한 우산의 수도 뜸해졌다. 교무실을 나선 재인은 하늘을 올려다보고 우산을 펼쳤다. 차를 세운 주차장까지 걸어갔지만 잠시 멈춰 선 그녀는 교문으로 발길을 돌렸다. 왠지 목적없이 걷고 싶었다. 괴로울 때마다 실컷 걷고 나면 답답한 마음이 풀리곤 했으니까. 거리는 온통 비 냄새로 가득했다. 바람은 잔잔했고 굵은 빗방울이 우산을 두드렸다. 비 오는 소리를 들으며 거리를 헤매다 문득 멈춰 섰을 때였다. 갑자기 내린 비에 우산 없는 이들이 손으로 머리를 가리고 역을 향해 뛰는 것이 보였다. 재인은 그들을 따라 지하철역으로 갔다. 처음부터 그곳에 가려던 건 아니었다. 지하철 안내 방송을 듣다가 그곳과 가까워지는 걸 알았고 망설이다가 문이 닫히기 직전에야 가까스로 안국역에 내렸다.

역을 나와 인사동 거리로 향하는 동안 비는 어느덧 보슬비로 바뀌어 있었다. 촉촉이 젖은 거리는 비교적 한산했다. 한참 걷던 재인은 도로에 멈춰 서서 발밑을 내려다보았다. 이쯤에서 그와 첫 키스를 했다. 아직도 팔을 잡아끌던 그의 손길과 거친 숨소리, 뜨거운 입술이 아른거린다. 재인은 비에 젖은 구두 앞코를 바라보다 후드득 눈물을 떨어뜨렸다. 꿈이 아니기에 슬프고 꿈이 아니기에 더욱 그립다.

"보고 싶어."

사흘 동안 마음에 꾹꾹 담아놓았던 말이 흘러나왔다. 호텔 앞에서 헤어지고 나서 연락 한 번 없는 남자. 그 침묵이 무얼 뜻하는 건지 안다. 폭풍 같던 키스와 심장이 멎을 것 같던 밤은 부질없는 꿈이라고, 거기까지가 끝이라고 침묵이 말하고 있었다. 예감했던 일이고 그 순간이 다시 온다고 해도 똑같은 선택을 했을 테지만 그럼에도 마음이 아프다.

'보고 싶어. 당신이 보고 싶다는 것 외엔 아무 생각도 할 수 없어.'

그와 주고받던 대화, 진지한 표정과 무뚝뚝한 목소리가 끊임없이 머릿속을 괴롭혔다. 그의 뜨거운 체온과 손길을 떠올리면 아직도 몸이 떨리고 뺨이 달아오르는데 이런 마음이 혼자만의 것이라니 가슴이 무너진다.

'차라리 그냥 가게 두지 그랬어. 그러면 시간이 걸리더라도 당신을 잊었을 텐데. 사람들 얘기가 귀에 들어오지 않아. 분명히 앞을 보며 걷는데 정신을 차리고 보면 같은 자리만 맴돌고 있어. 내가 무엇을 보는지, 무슨 말을 하는지 모르겠어. 모두 다 당신 때문이야.'

아니다. 문제의 원인은 어릴 적 짝사랑을 지금껏 마음에 담고 살아온 자신의 미련함 때문이다. 함께 있진 않았지만 인생 곳곳에 그가 따라다녔다. 그를 보려고 도서관에 들락거리다 책이 좋아졌고 고민없이 국문과에 들어갔다. 아이들을 가르치는 직업을 택한 것은 가슴 뛰고 행복했던 학교라는 공간이 좋았기 때문이었다. 학교에 근무하면서 종종 그를 떠올렸고 누굴 만나도 그를 아는 사람이 있을까, 그를 볼 수 있지 않을까 기대했다.

'고집스러운 바보. 이제 어떻게 할 거니? 앞으로 몇 년이나 더 끙끙거리고 살 거야? 아무 일도 없었던 것처럼 뻔뻔하게 연락해 볼까? 아니면 두 눈 질끈 감고 책임지라고 매달려 볼까?'

재인은 그런 생각하는 자신이 구질구질했다. 아무리 좋아해도 여자로서 마지막 자존심은 지키고 싶었다.

'그럼 어쩌자는 거야? 이대로 끝낼 거야? 이렇게 허무하게?'

재인이 바라는 것은 마음껏 사랑하고 사랑받으며 평범하게 사는 것이었다. 부부가 맞벌이하느라 집 안은 엉망이고 개구쟁이 아이들을 키우느라 하루하루가 전쟁이고 이따금 크고 작은 말싸움을 하지만 다정하고 의지가 되는 남편. 부부 동반 모임에 나가 사람들과 어울리고 일 년에 두 번쯤 여행을 가고 주말에 아이들과 함께 박물관이나 미술관을 다니는 것이 꿈이었다. 그런데 그와는 그런 삶이 그려지지 않는다. 어두운 과거를 가진 사람. 차갑고 무뚝뚝해 이따금 마음을 다치게 되는 사람. 사람을 경계하고 곁을 주지 않는 사람. 이쯤에서 단념하는 것이 옳다. 첫사랑은 가슴에 담아두고 현실을 찾는 것이 자신을 위하는 길이다. 머릿속으론 명쾌하게 답이 떨어지지만 마음은 그를 붙들고 놔주질 않는다. 심장 한가운데에 뜨거운 불덩이가 박혔다. 아무리 파내려고 해도 상처만 날 뿐, 점점 더 안으로 파고든다.

재인은 집으로 돌아오는 버스에서 휴대전화를 확인하고 한숨을 내쉬었다. 창밖 풍경에 그와 함께 보낸 시간이 흘러간다. 키스하던 순간 모든 것이 멈추어 버렸다면 좋았을걸. 재인은 버스 유리창에 뜨거운 이마를 대고 눈을 감았다. 머리가 뜨겁다. 내일쯤엔 몸살감기가 올 것 같다. 사랑도 감기처럼 실컷 아프고 나으면 좋으련만.

재인이 수현의 전화를 기다리며 고문 같은 시간을 보내고 있을 때였다. 서용준 회장이 전화해 지난 일을 사과하며 단둘이 하는 저녁 식사를 제안했다. 수현과 멀어질 때마다 나타나는 서용준 회장. 이 약속은 수현과 연결된 마지막 끈이 될 것이다. 거절한다면 그에게서 도망쳐 평범한 삶으로 돌아갈 수 있지만 마음 깊숙이 바라는 사랑은 영영 할 수 없을 것이다.

며칠을 두고 고민하던 재인은 결국 서 회장과 약속한 호텔 레스토랑으로 향했다. 수현과 이어진 마지막 끈을 차마 놓을 수가 없었다. 위태롭다는 걸 알면서도 그를 향한 갈망이 그녀를 이끌었다. 재인은 스스로 놓은 덫에 걸린 기분이었다.

레스토랑 별실에 들어서자 전처럼 서 회장이 먼저 와 있었다. 그는 미소를 지으며 재인을 맞이했다. 아들에게 보였던 것과 다른 차분하고 따뜻한 시선이었다. 주문한 음식을 기다리며 와인을 마시던 때였다. 서 회장이 말했다.

"나는 재인 양이 내 며느리가 되어줬으면 좋겠어요."

정중함 속에 단호함이 깃든 그의 목소리를 듣고 잠깐 멍해 있던 재인이 시선을 들었다. 서 회장은 침착한 얼굴로 말을 이어 나갔다.

"옆에서 수현이를 붙들어줄 배우자가 필요합니다. 현명하고 사려 깊고 따뜻한 사람. 그 아이의 부족함을 채워줄 사람 말이에요. 그 아인 무척이나 힘든 시간을 보냈어요. 지금은 안정된 듯 보이지만 내가 보기엔 위태로워요. 누군가가 필요합니다."

그가 직접 나설 때부터 어느 정도 예상했지만 막상 들으니 놀라움을 감출 수 없었다. 순간 수현의 얼굴이 스쳐 갔다. 선보러 온 여자임을 안 순간 떠오른 경멸, 자신을 정신병자라고 부르던 냉담한 눈빛. 이 결혼을 허락한다면 그는 그때의 눈빛으로 자신을 볼 것이다.

"회장님, 전 자격이 없어요."

그를 원하지만 그 눈빛을 감당할 자신이 없었다. 재인은 그를 향한 갈망만으로도 휘청거리고 있었다.

"아니에요. 재인 양이라면 충분합니다. 지금껏 누구에게도 마음을 열지 않던 아이가 재인 양만은 가까이 두었어요. 그건 정말 큰 변화지요. 난 잘해낼 거라 생각해요."

"하지만……."

"솔직히 말하겠습니다. 회사 내에서 아들의 입지가 작아요. 이사들이 과거를 두고 자격 운운하고 있어요. 결혼해서 가정을 꾸린다면 수현이를 보는 시각도 달라질 겁니다. 재인 양은 현명한 사람이니 결혼이라는 것이 꼭 사랑만으로 이루어지는 건 아니란 걸 잘 알고 있을 거예요. 서로 부족한 걸 채워주는 것이 가장 이상적인 결혼이 아니겠어요? 재인 양이라면 수현이를 잘 이끌어줄 거라 생각합니다. 내가 바라는 건 그것뿐이에요. 그렇게만 해준다면 내가 가진 걸 다 주어도 아깝지 않아요."

서 회장은 말하는 내내 한순간도 흐트러지지 않고 침착하게 시선을 맞췄다.

"욕심 많은 아비라고 욕해도 좋아요. 아버지 입장에선 자식 생각을 먼저 하게 되지요. 절대 쉬운 선택이 아니란 걸 알고 있습니다. 재인 양 혼자 희생하라고 부탁하는 것이 아닙니다. 나도 할 수 있는 도움을 다 줄 생각이에요."

재인은 그의 눈빛이 조금 변했다는 걸 느꼈다. 검은 눈동자

속에 예리한 무언가가 반짝였다. 희생이라는 단어가 유난히 마음에 걸리는데 그가 말을 이었다.

"사업을 하다 보니 여러 얘기가 귀에 들리더군요. 재인 양 부친 사업이 요즘 들어 부쩍 어렵다고 들었습니다. 납품을 받던 회사가 일방적으로 다른 곳으로 바꾼 모양이더군요. 그 일 때문에 사채를 끌어다 썼다가 갚지 못해 애를 먹고 있다고 하던데, 내가 도움을 주고 싶어요."

재인은 깜짝 놀라 시선을 들었다. 처음 듣는 얘기였다. 그래서 며칠 사이 아버지 얼굴이 어두웠던 걸까? 재인은 아버지를 걱정하다 문득 서 회장의 제안에 생각이 미쳤다.

'지금 돈으로 결혼을 사겠다는 건가? 설마, 아니겠지. 그렇게까지 하면서 결혼할 이유가 없잖아.'

갑자기 머릿속이 헝클어진다. 이건 수현과 재인, 둘에게 모욕적인 제안이었다. 이 어른은 왜 이토록 결혼에 집착하는 걸까? 부자 사이에 무슨 일이 있었기에 수현이 그 지경이 되도록 비뚤어진 걸까? 재인은 한동안 묵묵히 앉아 있다가 가까스로 입을 열었다.

"회장님 말씀 잘 들었습니다. 호의에 감사드립니다만, 이 문제는 저 혼자 결정할 일이 아니에요. 말씀하신 대로 모든 결혼이 꼭 사랑만으로 이루어지는 건 아니라고 들었습니다. 하지만 선택만은 본인 몫이 아닐까요? 전 수현 씨가 원하는 사람과 결혼해 행복했으면 좋겠습니다."

재인은 진심을 담아 또박또박 말했다. 자신만의 기준으로 수현을 재단하고 억지로 결혼을 강요하는 것과 마치 사업하듯 결혼 애길 꺼내는 것에 화가 났지만 최대한 정중히 보이려고 노력했다. 재인의 말에 서 회장의 표정이 싸늘하게 가라앉았다. '이것 봐라, 맹랑하군' 쯤으로 해석되는 눈빛. 그가 전보다 경직된 음성으로 말했다.

"그 아인 자신이 무얼 원하는지 몰라요. 그저 반항심으로 똘똘 뭉쳐 있을 뿐입니다. 이대로 내버려 두면 낙오자밖엔 되지 않아요."

재인은 그날 수현을 바라보던 매서운 눈매를 다시 한 번 보았다. 그는 이미 자식을 낙오자로 생각하는 듯했다. 이런 아버지 밑에서 얼마나 억눌려 살아왔을까. 재인은 가슴이 답답했다.

"자식이 그렇게 되도록 보고 있을 아버지가 어디 있겠습니까. 재인 양, 잘 생각해 보고 답해줘요. 마음을 정하면 수현인 내가 설득해 보겠어요."

재인은 생각해 보겠다며 시간을 벌었다. 부자 사이엔 겉으로 보이는 것 외에 다른 문제가 도사린 느낌이었다.

서 회장과 헤어지고 집으로 돌아오는 길에 재인은 가슴이 답답해 견딜 수 없었다. 그 자리에 나간 자신과 아들을 억지로 결혼시키려는 그가 이해되지 않았다. 아무리 그를 좋아해도 그런 식으로 결혼하기는 싫었다. 그건 그에 대한 예의가 아닐뿐더러 자신의 진심을 돈으로 거래하는 것이기 때문이다.

마음이 답답하니 진한 커피가 마시고 싶었다. 재인은 집에 바로 들어가지 않고 근처 카페로 향했다. 수현과 처음 차를 마셨던 그곳이다. 카페에 들어서자 그날처럼 진한 커피 향과 음악이 들렸다. 잠시 머물다 간 곳인데도 수현에 관한 기억으로 가득 찬 곳. 재인은 그와 함께 앉았던 창가 테이블에 앉아 밖을 보았다. 가로등 아래에 그의 뒷모습이 보일 것만 같았다.

'수현 씨, 그동안 많이 힘들었겠어요. 이제 조금은 이해할 수 있을 것 같아요.'

그토록 엄격한 아버지 밑에서 얼마나 힘들게 자랐을까. 욕심이 많은 분이니 아들에 대한 기대가 컸을 테고 그런 일이 있고 나서 부자간 갈등이 깊어졌을 것이다. 수현에 대한 연민이 깊을수록 보고 싶은 마음도 깊어졌다.

'당신 아버지가 결혼하라고 했을 때 나 사실 흔들렸어요. 힘든 아버지를 생각하니 더욱 흔들려요.'

만약 결혼을 마음먹는다면 넘어야 할 산이 너무나도 많다. 가족, 친구를 설득해야 하고 무엇보다 그를 설득해야만 한다. 그는 절대로 결혼하려고 들지 않을 것이다. 그날 밤의 뜨거움이 그의 언 마음을 녹였기를 바라는 건 순전히 재인의 바람일 뿐이다. 그에겐 얻기 쉬운 여자와 보낸 의미없는 하룻밤일지도 모른다. 재인은 거기까지 생각이 미치자 마음이 찢길 듯 아팠다.

'이 결혼 허락하면 억지로라도 당신 곁에 있을 수 있겠죠? 당신이 날 미워하고 비난해도 옆에 있을 수 있다고 생각하면 가슴

이 두근거려요. 내 머리가 어떻게 됐나 봐. 안 되는 걸 알면서도 결혼하고 싶어.'

절대로 안 되는 일이라고 재인은 자신을 말리고 싶었다. 상처가 많은 이는 곁에 있는 사람이 힘들다. 제대로 감싸지 못하고 이해하지 못하면 둘 다 불행하게 될 것이다. 결혼은 어디까지나 현실이라고 친구들이 귀에 못이 박히게 말하지 않았던가. 좋아하는 마음만으로 쉽게 다가서선 안 된다. 하지만…….

'좋아하는 사람과 살고 싶어. 보고 있으면 심장이 뛰는 사람과 살고 싶어. 철없이 환상에 빠져 있다고 해도 상관없어. 내 인생을 걸고 싶은 사람과 몇 년, 아니, 며칠이라도 같이 있고 싶어.'

짝사랑은 외로우니까 잊으라고, 위험한 사람에게서 도망치라고, 평범한 사람을 찾아 사랑받으며 살라고 이성이 속삭였다. 며칠만 버티면 이렇게 아픈 마음도 무뎌질 것이다. 한 달, 두 달, 지나면 일 년이 될 테고 그러다 보면 세월은 훌쩍 지나 있을 것이다. 철없을 때 겪은 홍역, 짧은 데이트와 꿈같은 하룻밤 따윈 젊었기에 할 수 있었던 치기로 잊힐 것이다. 얼마나 대단한 사랑이라고 인생을 걸겠다는 것인가. 고작 혼자 마음 끓이는 주제에.

재인은 커피 잔을 두 손에 움켜쥐고 눈물을 글썽였다. 자신이 한없이 바보 같고 무심한 그가 원망스러웠다.

'분명히 느꼈어요. 그 키스가 진심이라는 걸요. 그 밤 당신도 나를 원했는데 왜 다가오지 않아요? 왜 먼저 손 내밀어주지 않아요? 작은 희망이라도 주면 내가 먼저 다가설 텐데.'

재인은 창밖 어둠을 바라보다 버릇처럼 휴대전화를 꺼내보았다. 역시나 그에게선 전화가 오지 않았다. 재인의 번호 목록에서 그의 번호를 찾았다. 통화 버튼으로 손가락을 가져가려다 멈추며 그대로 폴더를 덮었다.

'당신 목소리가 듣고 싶어. 너무나도 듣고 싶어.'

눈가에 맺혔던 눈물이 뺨을 타고 흘러 손등에 맺혔다. 재인이 눈물을 넋 놓고 바라볼 때였다. 휴대전화 램프가 깜빡이며 진동이 울렸다. 깜짝 놀라 확인한 순간 재인은 숨이 멎을 것만 같았다. 액정 화면에 서수현 세 글자가 보였다. 떨려서 받지 못하고 그의 이름을 뚫어져라 쳐다보던 재인은 정신을 차리고 전화를 받았다.

"여, 여보세요?"

—나야. 서수현.

그의 묵직한 목소리가 들리자 재인은 자신도 모르게 눈을 감고 말았다.

—할 얘기가 있어. 만나자.

대답을 해야 하는데 자꾸만 눈물이 쏟아진다. 재인은 눈물을 닦으며 숨을 가다듬었다.

"지금 집 근처 카페에 있어요. 전에 같이 차 마신 곳이요."

—알았어. 기다려.

그는 재인의 대답을 기다리지 않고 전화를 끊었다. 그를 만날 수 있다는 기쁨에 심장이 마구 쿵쾅거렸다. 재인은 카페 화장실로 달려가 눈물자국을 닦고 화장을 고쳤다. 조금 전 청승은 다 날아가고 기쁘고 긴장돼서 손끝이 떨렸다. 소파에 앉아 초조하게 그를 기다리던 재인은 조바심이 나서 밖으로 나갔다. 길가에서 기다리는 내내 그의 마음이 변해 오지 않을까 봐 겁이 났다. 먼저 전화해서 만나자고 했으니 꼭 오겠지? 무슨 말이 하고 싶은 걸까?

꽤 긴 시간이 흘러 집에서 수십 통의 전화가 오도록 그는 오지 않았다. 재인은 아예 휴대전화 전원을 꺼버리고 핸드백 깊숙이 집어넣었다. 셀 수 없이 많은 차가 도로를 지나고 수많은 사람이 재인을 스쳐 지나갔다. 근처 상점들이 하나씩 셔터를 내리고 카페 불빛도 꺼졌다. 스산한 밤공기가 등을 떠밀며 집으로 돌아가라고 속삭였지만 재인은 꿋꿋하게 그를 기다렸다. 그가 기다리라고 했으니 아침이 밝고 그다음 아침을 맞는데도 이 자리에서 기다릴 것이다. 재인은 어두운 거리 한쪽에서 나무처럼 우두커니 그를 기다렸다.

수현은 멀리 보이는 재인을 바라보며 핸들을 움켜쥐었다. 밀어내려고 해도 자꾸만 자신의 인생 속으로 걸어 들어오는 여자. 그녀는 자신이 얼마나 위험한 것과 얽혀 있는지 모른다. 그토록 조심하고 경고했건만 한 번 실수로 그물에 걸려 버렸다.

어젯밤 아버지가 집에 찾아왔다. 집에 들어서자마자 온 집 안을 밝힌 불빛을 본 그는 소리없이 웃었다.

"그 버릇은 여전하구나."

빌라에 이사 온 지 삼 년이 다 되어가지만 아버지가 집에 온 건 처음이었다. 그는 가구가 별로 없는 집을 흥미롭게 관찰하며 소파에 앉았다.

"그 애와 결혼해라."

앉자마자 서두를 떼고 본론부터 말하는 아버질 두고 수현은 기가 찼다. 수현은 그가 말하는 사람이 누군지 알면서도 물었다.

"누구 말입니까?"

"네가 안은 그 아이."

그의 싸늘한 눈매를 보며 수현은 등이 서늘해지는 한기를 느꼈다.

"아직도 미행을 붙이십니까?"

"그 애와 결혼해라."

아버진 늘 명령조였고 그대로 행동에 옮길 때까지 같은 명령을 몇 번이고 반복했다. 수현은 또다시 벌어질 악몽에 암담해하며 중얼거렸다.

"싫습니다."

"그 아이 네가 처음이었지? 핏자국이 있었다던데. 침대 시트에."

수현의 얼굴이 순식간에 일그러졌다.

"역겹군요."

"요즘 계집애들답지 않게 깨끗해서 더욱 마음에 드는구나. 그 애와 결혼해라. 내가 그리 무리한 걸 요구한다고 생각하지 않는다. 여자라면 벌레처럼 싫어하던 녀석이 안은 걸 보면 아주 마음에 없는 건 아니지. 내가 봐도 추물은 아니더구나. 사내에게 닳고 닳은 몸도 아니고 그만하면 인물도 괜찮고 다른 병력도 없더구나. 건강한 몸이야."

건강한 몸이라는 단어에 소름이 돋고 지독한 구토감이 밀려왔다. 수현은 자리에서 벌떡 일어나 테라스로 걸어갔다.

"내일 그 아이를 만나 결혼 얘기를 꺼낼 거다. 똑똑한 아이라면 손해 보는 장사가 아니란 걸 알 테지. 게다가 매력적인 제안을 해볼 참이다. 아버지 사업이 어려워졌으니 내 도움이 필요할 게야. 내가 일이 쉽도록 잠깐 손을 써보았지."

"무슨 짓을 하신 겁니까?"

"허름한 사업체 따위 무너뜨리는 건 일도 아니지. 걱정 마라. 장난삼아 흔들어본 것뿐이니. 너희들이 결혼한다면 내 힘이 닿는 데까지 키워줄 생각이다."

"도대체 왜 이러십니까!"

수현의 외침에 용준이 슬쩍 웃으며 그를 노려보았다.

"정말 왜 이러는지 몰라서 묻는 거냐? 난 갖고 싶은 것은 무엇이든 갖는다. 평생을 살면서 한 가지를 제외하곤 모두 가졌지."

"제 인생입니다."

수현은 자신의 목소리가 너무나도 한심하게 들렸다. 수없이
반복한 이 말. 공허함 외침.

"아직도 그런 소릴 하는구나. 하나마나한 소리. 네게 속한 것
은 내 인생이기도 하다. 손에 넣지 못한다면 부서뜨려서라도 갖
는다는 걸 잘 알고 있겠지? 네가 싫다고 해도 억지로 끌어다가
앉힐 거다. 보기가 좀 안 좋긴 하겠지만."

"아들 인생 망가뜨린 걸로 모자랍니까?"

"너 스스로 망친 거다. 내 탓이 아니야. 황송할 만큼 충분히
보상해 줄 작정이다. 너란 놈과 결혼하는 목적이란 어차피 돈
아니냐."

뻔뻔한 아버지의 얼굴 앞에서 수현은 무기력함과 분노 속에
파묻혔다. 두 팔과 다리를 잘린 채 바닥에서 몸부림치는 기분이
다.

"그 아이, 결국 결혼할 수밖에 없을 거다. 이런 제안은 거절하
기 어렵지. 결혼이 싫거든 아무것도 하지 마라. 경솔하게 초만
치지 말라는 거다. 어른들 앞에서 얌전하게 굴고 식장에 가만히
서 있도록 해. 가라는 대로 가고 오라는 대로 와. 넌 그것만 하
면 돼. 나머진 내가 알아서 할 거다."

"아예 사람 취급도 하지 않는군요."

"넌 사람이 아니야. 내 아들이다."

　부자의 시선이 날카롭게 얽혔다 떨어졌다. 그동안 수현은 아무리 발버둥 쳐도 아버지에게서 벗어날 수 없었다. 그가 원하는 대로 하지 않았을 때 어떤 일이 벌어지는지 몸으로 뼈저리게 배웠다. 아버지는 수현의 답을 들으려고 온 게 아니라 최후통첩, 실수없이 움직이라고 명령하러 온 것이다.

　'내 실수야. 내가 안지만 않았어도 일이 이렇게 되진 않았어.'

　뒤늦게 후회해도 이미 늦었다. 먹잇감을 입에 문 아버진 죽어도 놓지 않을 것이다. 수현은 분노와 고통에 숨이 막혔다. 차라리 돈을 보고 달려드는 여자였다면 이런 죄책감은 들지 않을 것이다. 오히려 마음이 편했겠지. 적어도 그녀는 상처받지 않을 테니까. 하지만 한재인, 그 여자는 다른 여자와 다르다. 수현은 자신을 원하는 재인의 눈빛을 똑똑히 보았다. 성인이 되고 나서 처음으로 서수현을 인간으로 봐준 여자다. 그녀가 설레는 눈으로 자신을 볼 때 수현도 설레었다. 순수한 눈망울과 미소에 잠시나마 숨통이 트였었다. 좋은 여자를 상처 입히고 싶지 않다. 또 다른 서수현을 만들고 싶지 않다. 하지만 아버지의 그물에 걸린 한 결국 길은 하나다.

　'아버질 막을 길이 없어. 내가 반항하면 할수록 다치는 건 널 거야. 하지만 어떤 결말일지 뻔히 알면서 널 끌어들일 순 없어. 그건 너무나도 잔인한 짓이야.'

　호텔에서 돌아온 날부터 지금까지 아무리 잊으려고 해도 불쑥불쑥 그녀가 떠올랐다. 불쏘시개로 뇌를 마구 휘저은 것처럼 감각신경이 엉망이 되었다. 비서의 얼굴에서 그녀가 보이고 사람들과 악수를 할 때마다 그녀의 피부 감촉이 떠올랐다. 낯선 사람에게서 그녀의 향기를 맡고 일에 집중하지 못하고 멍해 있기를 몇 번째. 참다못한 수현은 회의 도중이라는 것도 잊고 벌떡 일어나 욕설을 중얼거리며 의자를 집어 던졌다. 이번엔 제대로 미쳤다는 소문이 돌 판이다.

결혼, 여자. 평생 가까이하지 않으려 했다. 이십대 중반까지만 해도 그까짓 결혼 해버리는 것도 나쁘진 않을 듯싶었다. 평생 귀찮게 굴 텐데 아무하고나 결혼해 버리고 돈으로 입막음을 하고 자유롭게 살고 싶기도 했다. 하지만 아버지 앞에선 눈 가리고 아웅이다. 그래서 평생을 싸워서라도 혼자 살겠다고 다짐했다. 아버지가 다른 여자의 집을 부도내 거리로 나앉게 하고 그 여자가 미쳐서 길바닥을 헤매고 다녀도 결혼 생각 따윈 하지 않았을 거다. 문제는 한재인이다. 수현은 재인이 그렇게 되도록 놔둘 수 없었다.

'어떤 게 네가 상처를 덜 받는 길인지 모르겠다. 다가서지도, 되돌아가지도 못하는 내가 한심해.'

수현은 거리에서 자신을 기다리는 재인을 보고 괴로운 얼굴로 고개를 숙였다.

스산한 밤공기가 싸늘하게 재인의 몸을 휘감았다.

"오겠지. 꼭 올 거야. 분명히 그랬잖아. 할 말 있다고, 기다리라고."

그런데 왜 이렇게 늦는 걸까. 벌써 네 시간이나 지났다. 중간에 바쁜 일이 생겼나? 혹시 사고라도 난 건가? 재인은 걱정이 돼서 안절부절못했다. 답답한 마음에 눈물이 그렁그렁 차오를 때였다. 검은 차 한 대가 재인 앞으로 다가왔다. 차에서 내리는 수현을 보고 재인은 자기도 모르게 한숨을 내쉬었다. 다행이다. 사고난 게 아니라서.

그는 느린 걸음으로 재인에게 걸어왔다. 전과 다름없이 무거운 눈빛과 싸늘한 표정에 가슴이 시렸지만 재인은 똑바로 수현을 바라보았다. 그는 그림자가 닿을 만큼 가까이 다가왔다. 어둠에 가려 표정이 또렷하게 보이지 않았지만 화난 듯 입매가 굳어 있었다.

"왜 아직도 기다리는 거야?"

"기다리라고 했잖아요."

"사람이 이유없이 늦으면 화내고 가버리는 게 정상 아니야? 왜 그렇게 미련해?"

"시간 따윈 상관없어요. 당신을 만나는 게 더 중요해요."

수현의 얼굴에 짜증이 스쳤다.

"아버지 만났다고 들었어. 거긴 왜 간 거지? 아버지가 네게 관심 가지는 이유를 몰라서 그래?"

멀뚱멀뚱 보기만 하는 재인을 두고 수현이 물었다.

“왜 말 안 해?”

“보고 싶었어요.”

수현은 잠시 말을 잃고 재인을 노려보았다. 그 말에 기껏 다 잡은 마음이 무장해제된다. 젠장. 그녀는 아버지만큼이나 이해하기 어려운 여자였다.

“너와 자고 나서 연락 한 번 안 했어. 보자마자 재수없는 말을 지껄이는데 보고 싶었다는 말이 나와?”

“하지만 좋은 걸 어떻게 해요. 당신 목소리 듣고 기뻤어요. 기다리는 내내 떨렸어요. 당신이랑 같이 있으니까…… 행복해요.”

재인은 눈가에 맺힌 눈물을 손등으로 훔치며 중얼거렸다. 같이 있어 행복하다니. 수현에겐 너무나도 낯선 말이었다. 누구도 그에게 그런 말을 해준 적이 없었다. 행복하다는 건 어떤 느낌일까. 수현은 재인을 딱하게 바라보며 말했다.

“너는 참 힘든 길을 가는구나. 세상에 좋은 사람은 얼마든지 있어. 왜 하필 나지?”

“어릴 땐 철없는 마음에 동경하는 줄 알았어요. 그런데 수현 씨를 다시 만나니까 똑같은 목소리가 들렸어요. 저 사람이야, 내가 찾던 사람. 저 사람을 만나려고 지금까지 살아온 거야.”

수현은 입을 굳게 다물고 재인의 깜빡이는 눈동자를 보았다. 말하는 그녀의 얼굴에 빛이 넘치고 있었다.

“수현 씨랑 있으면 심장이 얼마나 빠르게 뛰는지 몰라요. 세상이 더 힘차고 아름답게 보여요. 그래서 더 열심히 살고 싶어져요.”

그녀의 마음이 환한 얼굴에 고스란히 보였다. 이렇게 반짝이는 사람이 있구나. 보고 있으면 눈이 부시다. 자꾸만 욕심이 나고 곁에 두고 싶어진다.

“그 마음 오래가지 못할 거야. 환상이 걷히고 나면 그때부터는 날 증오하게 될 거야.”

“어떻게 될지 모르는 내일보다는 현재가 중요하잖아요.”

“내겐 현재도, 내일도 없어.”

“세상에 그런 사람은 없어요.”

‘아니야, 나는 그래. 그래서 누구도 곁에 두지 않았어. 그런데 넌 탐이 나. 나쁜 짓이란 걸 알면서도 내 곁에 두고 싶어. 나도 아버지와 다를 바 없는 인간인가 봐.’

수현은 재인에게 성큼 다가서서 뺨을 감쌌다. 그는 재인의 반짝이는 눈동자를 들여다보다 끌어당겨 키스했다. 재인은 놀라 떨면서도 그의 품속 깊숙이 안겼다. 그리웠던 재인의 향기가 수현의 폐 속으로 흘러들었다. 격렬하게 부딪치던 갈등이 차츰 가라앉고 결심이 굳어졌다. 수현은 입술을 떼고 재인과 눈을 맞췄다.

“후회할 거다. 나와 사는 게 지옥이 될지도 몰라.”

그가 무슨 말을 하려는지 깨달은 재인의 얼굴에 휘황한 빛이 감돌았다.

“난 괜찮아요.”

"평범한 결혼은 기대하지 마. 네가 희생해야 할 게 많을 거야."

"아무리 그래도 겁먹지 않을 거예요."

"나란 놈, 좋은 남편이 될 수 없을 거다. 그래도 괜찮다면……우리 결혼하자."

재인은 그를 힘껏 끌어안으며 가슴에 기댔다. 뜨거운 눈물이 뺨을 타고 흘러내렸다. 기뻐서 심장이 터질 것만 같았다.

"당신을 원해요. 당신과 결혼할래요."

"언제든 멈추고 싶으면 말해. 보내줄 테니까."

"청혼할 땐 절대로 보내주지 않겠다고 말하는 거예요. 행복하게 해주겠다고 하는 거예요."

재인은 수현을 보며 눈물을 글썽였다. 그의 말대로 지옥이 된다고 해도 상관없다. 그 안에 그가 있으니까. 지독히도 그립고 미칠 듯이 원하는 그가 있으니까. 지금 이 순간 재인은 누구도 부럽지 않을 만큼 행복했다. 걱정이나 두려움 따윈 까맣게 잊을 만큼.

재인이 청혼받고 삼 일 만에 수현이 집으로 인사를 왔다. 그로부터 일주일 후 양가 상견례가 있었다. 그가 처음 인사를 왔을 때 재인의 부모는 얼굴도 보지 않고 돌려보내려 했다. 재인은 안방에서 울고불고 난리를 친 끝에 간신히 부모를 끌고 나왔다. 수현에 관해 떠도는 온갖 소문들을 다 듣고 난 후라 그를 보는 눈이 곱지 않았던 식구들은 단정하고 예의 바른 수현을 보고 내심 놀랐다. 예의 바르고 점잖은 모습에 그동안 들었던 얘기가 터무니없는 악성 루머로 생각될 정도였다. 결국 가족은 재인의 설득에 못 이겨 결혼을 허락해 버렸고 바로 상견례를 치르고서 한 달 뒤에 결혼 날짜까지 정하게 됐다. 선보고 결혼까지 두 달도 채 안 되는 시간이 걸린 셈이니 재인과 식구들은 숨이 벅찰 따름이었다. 재인의 부모는 혼사를 서두르는 것이 불안하기도 하고 갑작스럽게 딸을 시집보내는 것이 아쉬워 겨울로 날짜를 잡는 것이 어떠냐고 슬쩍 운을 뗐지만 서 회장이 워낙 강하게 밀어붙여 결국 동의하고 말았다. 결혼 날짜가 정해지자마자 최 실장이 재인을 찾아왔다. 최 실장은 카페 소파에 앉자마자 재인 앞에 흰 봉투를 내밀었다.

"1억짜리 수표 일곱 장이에요."

재인이 깜짝 놀라 쳐다보자 미선이 싱긋 웃으며 말했다.

"회장님이 예단 값으로 주신 거예요. 회장님 쪽 분들이 워낙 까다롭고 격식을 많이 따지는 분들이라 재인 씨 혼자 준비하기 어려울 것 같아서 거들어주는 거라고 하셨어요. 챙겨야 하는 분들이 많아서 액수가 큰 것도 아니에요. 명단 보시면 알겠지만 작고하신 서지웅 회장님 슬하에 형제 네 분이 계세요. 모두 생존해 계시고요. 네 분 회장님 양복에 세 분 사모님 양장, 한복에 백은 하나씩 해드려야 합니다. 특히 큰집은 좀 더 신경 쓰셔야 해요. 이쪽에 사모님이 안 계셔서 그 집 사모님이 시어머니 역할 대신이신데 여간 깐깐한 분이 아니거든요. 적당히 했다간 호되게 혼날지도 모르니 마음에 흡족하게 해드리세요. 여기 리스트에 있는 곳으로 가서 예단하시면 됩니다. 그분들 취향을 잘 알고 있으니까 권하는 것으로 주문하시면 될 거예요."

재인은 다소 얼은 얼굴로 봉투와 매장 리스트, 팸플릿이 든

두툼한 파일을 넘겨받았다.

"회장님께서 결혼식은 별장에서 하길 원하세요. 조경에 특별히 신경 써서 공원 못지않아요. 워낙 급작스럽게 진행하는 결혼이라 호텔 잡기도 만만치 않고 이쪽 어른들이 번잡한 걸 싫어하시니 조용한 곳이 좋겠다 싶어 내린 결정이에요. 직장 동료나 친구는 제외하고 양가 가까운 친척만 모시는 것이 좋겠어요. 재인 씨가 많이 섭섭하겠지만 평범한 분들이 아니니까 이해해 주세요."

재인은 자신의 결혼이 아니라 다른 사람 결혼 준비를 구경하는 기분이었다. 처음부터 자신의 목소리가 끼어들 틈 없이 진행되는 결혼. 그저 고개 숙이고 받아들여야 하는 걸까. 재인은 어찌해야 할지 몰라 입도 뗄 수가 없었다.

"이제부터 재인 씨 스케줄은 제가 관리할 거예요. 웨딩드레스, 한복, 예단, 예물, 에스테틱, 들를 데가 정말 많아요. 학교는 언제 그만두실 건가요?"

멍하니 시선을 내리깔고 있던 재인이 고개를 번쩍 들었다.

"학교요? 학교는 계속 다닐 건데요."

미선의 얼굴에 낭패감이 스쳤다.

"상무님도 알고 계세요?"

"아직 거기까진 의논하지 못했어요."

그의 얼굴은 상견례 후 보지도 못했다. 회사 일은 혼자서 다 하는지 늘 바쁘다고 하는 터라 얼굴 보자는 말은 꺼내지 못했다.

"나중에 두 분이서 상의해 보세요. 회장님은 안 다니는 쪽으로 생각하고 계세요. 어른들은 결혼하면 직장은 그만두는 걸로 생각하시니까요."

재인은 얘기가 진행될수록 숨이 턱턱 막히는 기분이 들었다. 결혼을 준비할 때 이런저런 잡음이 많다더니 막상 자신에게 닥치니 이해가 갔다. 재인은 비로소 결혼이 무엇인가를 실감하며 잘 치를 수 있을지 암담했다.

"결혼 후 회장님 모실 필요는 없어요. 그분은 조용한 걸 더 좋아하시니까요. 신혼집은 상무님 집이 좋겠지요? 따로 생각해 둔 곳이 있으세요?"

"아니요."

"내일 오후에 저와 함께 둘러보세요. 본인이 원하는 인테리어나 가구가 있으면 팸플릿에 메모하시구요. 신혼여행은 어디로 생각하고 계세요?"

"그것도 상의해 봐야 하는데……."

"상무님께서 결혼식에 관한 건 모두 저에게 일임했어요. 최근 상무님 일정이 빠듯해서 긴 여행은 어려울 듯합니다. 파일에 있는 팸플릿 한번 훑어보시고 나중에 말씀해 주세요."

최 실장이 가고 나자 재인은 한숨을 푹 내쉬며 소파에 등을 기댔다. 카페 안은 시원한데 등에선 식은땀이 흘렀다.

"분명히 내 결혼이 맞긴 한 거야? 내 마음대로 할 수 있는 게 하나도 없네."

아직 시작도 안 했는데 벌써 지친다.

'부모님이 친척 외에는 못 부른다는 걸 알면 뭐라고 하실까. 학교 선생님들, 반 아이들에게는 뭐라고 말하지? 소식 듣자마자 축가 준비한다고 난리법석이었는데. 아, 어떻게 해.'

눈앞이 노래지면서 힘이 쭉 빠졌다. 부모, 친구, 동료 선생까지 절대로 만만히 할 결혼이 아니라고 좀 더 연애하고 결정하는 것이 어떠냐고 재인을 설득했다. 무모하고 경솔하다는 거 재인도 잘 알고 있었다. 그 사람을 제대로 알기도 전에, 더구나 안 좋은 소문까지 들리는 사람과 몇 번 만나보지도 않고 결혼을 결정하는 건 누구 말마따나 섶을 지고 불속에 뛰어드는 것이다.

'내가 내 발등을 찍은 건가.'

재인은 오늘 최 실장을 만나고 나니 정신이 번쩍 들면서 겁이 났다. 이렇게 흔들릴 때 그가 나서서 버팀목이 되어줘야 하는데. 이 남자는 일이 많다는 핑계로 얼굴 보기도 어렵고 겁나면 그만두라고 말할 게 뻔하니 말도 꺼내기 싫었다.

재인은 한참 만에야 카페를 나와 노트와 커다란 파일을 끌어안고 차를 타고 집으로 향했다. 집 앞에 거의 다 왔는데 길가에 눈에 익은 사람이 터덜터덜 걷는 것이 보였다. 차를 세우고 유심히 보니 대전에 있어야 할 친구 선주가 자신의 집 쪽으로 가고 있었다.

"선주야! 어떻게 왔어?"

얼른 차에서 내려 선주를 보니 그녀가 더위에 지친 얼굴로 한숨을 푹 내쉬었다.

"친구가 불구덩이로 뛰어드는데 한가롭게 술이나 팔고 있을 때냐?"

"내가 시집가지 죽으러 가니?"

재인이 눈을 흘기자 선주가 퉁명스러운 얼굴로 차에 올라탔다.

"어디 시원한 카페라도 들어가자. 안 그래도 더운데 널 보니 속에서 천불이 난다."

"걱정시켜서 미안해."

"미안하면 그 결혼 하지 마."

"쯧쯧, 낼모레 결혼하는 친구한테 잘하는 소리다."

"내가 오죽하면 이러겠니."

두 여자가 서로 흘겨보다 깔깔깔 웃음을 터뜨렸다. 둘은 사이좋게 커피숍으로 들어가 시원한 주스를 시켰다.

"그 어른은 누가 뜯어말릴까 봐 겁난다니? 왜 그렇게 결혼을 서둘러?"

"이왕 할 거 빨리 시키고 싶으시데."

"지금 것도 모자라 어디 애라도 있는 거 아니니? 이게 결혼이냐? 보쌈이지. 부모님 많이 섭섭해하시지?"

"그렇지 뭐."

늘 씩씩한 재인이 웬일로 어깨가 축 처졌다. 그 모습을 보는

선주도 몸에 기운이 쭉 빠져나갔다. 절연까지 각오하고 대전에
서 숨 가쁘게 올라왔는데 막상 얼굴을 보니 뜯어말릴 의욕이 사
라졌다. 자기가 좋아서 하는 결혼인데 핏기없이 해쓱하다. 늘
반짝거리고 윤기가 자르르 도는 얼굴인데 그 생기가 다 어디로
갔는지 마냥 안됐고 측은하다. 하고 싶은 말은 많지만 차마 하
지 못하고 얼음물로 속을 달래는데 재인이 먼저 입을 열었다.

"선주야, 나 오늘 예단에 보태라고 돈 받았다."

"우와! 얼마나? 칠천만 원?"

재인이 펼친 손가락 일곱 개를 보고 선주가 눈을 동그랗게 뜨
며 물었다.

"칠억."

"에엑? 진짜? 그 집 대단하다. 아니, 그런 집에 시집가는 네
가 더 대단하다. 땡잡았다, 애."

"그치? 나 땡잡았지? 예물 같은 것도 죄다 최고급으로 받아.
들어가서 살 빌라는 80평이래. 인테리어 비용이랑 가구랑 다 해
주신데. 내가 이렇게 비싼 몸인지 이번에 처음 알았어. 나 잘났
지? 그런 집에 시집을 다 가고."

"좋겠다, 지지배. 복이 터졌다."

말과 달리 재인과 선주의 얼굴은 점점 어두워졌다. 입으론 좋
다 좋다 하지만 마음이 아픈 건 어쩔 수가 없었다.

"우리 아버지 사업 힘든 것도 도와주셨어. 우리 부모님 고생
이제 끝났어. 다 잘될 거야."

"그래, 잘됐네. 진짜 잘됐네."

순간 재인이 숨이 멎을 것 같은 얼굴로 시선을 내려뜨렸다.

"그런데 선주야, 나 왜 이렇게 허전하고 속상하니. 좋다고 춤이라도 춰야 하는데 괴로워."

"내가 왜 그런지 말해줘? 옳지 않기 때문이야. 그건 결혼이 아니라 거래라서 그래."

재인의 얼굴에 괴로움이 번졌다. 선주는 그녀에게 상처되는 말임을 알면서도 담담히 말했다.

"그깟 돈, 보석, 집? 다 암덩어리야. 네 속 다 파먹고 껍데기만 남겨놓고 말려 죽일 거야. 그런데도 그거 다 받고 싶어? 그 결혼이 하고 싶어?"

"나 그 사람 사랑해."

절망처럼 들리는 말, 외로움이 배인 말. 정말 사랑하는구나. 선주는 기가 차서 눈물이 나올 것 같았다.

"너 혼자만?"

"그래, 나 혼자만. 그래도 좋아. 속 다 파먹히고 껍데기만 남아도 좋아. 결혼하고 싶어. 지금 이 사람 놓치면 평생 사랑 못할 거 같아. 죽기 전까지 후회할 거 같아. 나 바보 같지?"

"너 보기 전까지만 해도 결혼 못하게 머리 박박 깎아놓으려고 했는데 다 부질없다는 생각이 든다. 상처받을 사람도 너고 후회할 사람도 넌데 내가 무슨 자격이 있겠니. 옆에서 지켜보는 것밖에 할 수 있는 게 없어서 미안하다. 재인아, 그 결혼 해. 못하고 후회하느니 하고 후회하는 게 낫다고 하잖아. 그런데 결혼하고 나서 행복하지 않거든, 네 사랑만으로는 살 수 없거든, 그땐 주저 말고 도망 나와야 해. 그 사람 하나만 보고 뛰어든 것처럼 다른 시선 생각 말고, 오직 너를 위해서 나와야 해. 알았어?”

재인의 눈에 눈물이 가득 고였다. 재인이 선주의 손을 잡고 목멘 소리로 말했다.

“고마워, 선주야.”

“이혼하고 갈 데 없거든 대전 내려와. 내가 내 보조 바텐더로 취직시켜 줄게.”

“망할 계집애. 결혼도 안 했는데 악담을 해라.”

재인이 눈가의 눈물을 닦으며 피식 웃었다. 선주도 소매로 눈물을 쓱 닦으며 웃었다.

선주와 내일 다시 만날 것을 약속한 재인은 기운없이 집으로 돌아왔다. 엄마에게 오늘 받은 것을 내밀며 결혼식에 대해 얘기하니 별말없이 한숨을 푹 쉬셨다. 딸이 상처받을까 봐 내색은 못하고 속으로만 삭이는 게 눈에 보였다. 재인은 엄마를 끌어안으며 작게 속삭였다.

“엄마, 미안해.”

“미안하긴 뭐가 미안해. 내 딸이 재벌 아들에게 시집가서 자다가도 웃음이 나는구만. 게다가 혼수 걱정 안 해도 되니 대한민국에서 우리 같은 집도 없을 거다.”

“나 결혼해서 잘살게.”

"그럼 잘살아야지. 잘살고말고."

말하면서도 은숙은 가슴이 답답하고 목이 멨다. 세상 어려운 거 없이 밝고 반듯하게 자란 딸. 자신의 감정에 솔직하고 꿈이 많은 아이다. 가끔은 철이 없어 보이지만 속이 깊고 따뜻한 아이다. 어느 땐 한없이 무르고 약하지만 정말 마음을 먹으면 흔들리지 않고 앞만 보며 가는 강함도 있다. 그런 딸이 한 결정이라 어쩔 수 없이 허락을 해주었다. 애 아빠는 끝까지 허락하지 않겠다고 버텼지만 은숙이 설득했다.

딸의 눈을 믿는다. 뜨거운 가슴을 믿는다. 혹여 상처받아 만신창이가 되어도 끝내 일어설 거란 확신이 있었기에 본인이 하자는 대로 두었다. 세월을 통해 인생이라는 게 보이는 것이 다가 아니고 바른길은 없다는 걸 깨달았다. 남이 권하는 꽃길이 본인에게 진탕일 수 있고 남들에게 진탕이 본인에겐 꽃길일 수 있다. 자기가 경영하며 살 인생. 하고 싶은 대로 사는 것도 복이다. 은숙은 뒤돌아서 안방을 나가는 딸을 보며 속으로 거듭 되뇌었다.

'잘살 거야. 누구 딸인데. 어떤 아이인데.'

은숙은 새삼 자식을 믿어주는 것이 가장 어려운 일이란 걸 실감했다.

매일 저녁이 그렇듯, 재인은 휴대전화를 손에 들고 방황했다. 남편 될 사람 얼굴 보기가 하늘의 별 따기라 간신히 전화 통화만 하는 정도인데 그마저도 바빠서 하기가 눈치 보인다. 재인은 그에게 전화를 걸까 말까 망설이다가 그러는 자신에게 심통이 나 통화 버튼을 힘껏 눌렀다. 신호음이 간 지 한참 만에야 그가 전화를 받았다. 수현의 목소리가 들리자마자 재인이 대뜸 물었다.

"일요일 점심 약속 기억하고 있어요?"

재인은 그가 잊어버렸을까 봐 조급하게 덧붙였다.

"한 시에 웨딩드레스랑 슈트 가봉하러 가기로 했잖아요."

—최 실장에게 들었어.

무엇을 보는지 종이 넘기는 소리가 들렸다. 지금이 열 시인데 그는 이 시간까지도 일을 하는 모양이었다. 양가 상견례 후 오랜만에 만나는 거라서 설레기만 한데 수현은 무척이나 무뚝뚝했다. 재인은 이대로 전화를 끊기가 싫어서 생각나는 대로 물었다.

"우리 신혼여행 어디로 갈까요?"

묵직한 무언가를 덮는 소리. 다음 의자가 드르륵 밀리는 소리가 들렸다.

—회사에 문제가 생겨서 못 갈 것 같아. 결혼식 다음날 바로 일본 출장이야.

재인은 너무 실망해서 말도 나오지 않았다.

—원래는 지금이라도 가야 하는데 다른 임원진이 먼저 가서 시간을 벌고 있어. 거기 불부터 끄려면 바쁠 거야.

"하지만 한 번뿐인 신혼여행인데."

재인이 들릴 듯 말 듯 웅얼거리는데 그쪽 사무실에 누가 들어왔는지 다급하게 부르는 소리가 들렸다.

—어차피 내일 볼 테니 상의할 거 있으면 그때 하지. 그럼 바빠서 이만.

뚝 하고 전화가 끊겼다. 재인은 멍하니 휴대전화를 귀에 대고 있다가 힘없이 내려놓았다. 그는 미안하다는 말도, 나중에 가자는 말도 없었다.

오늘 하루 최 비서와 백화점과 가구점을 돌면서 너무나도 우울했는데, 신랑 없이 결혼반지까지 골라야 했는데, 그래서 그에게 투정 부리고 싶었는데 그럴 수도 없다. 재인은 이불을 뒤집어쓰고 엉엉 울고 말았다. 하루 내내 간신히 참았던 울음이 수현 때문에 터졌다.

'내가 지금 뭘 하는 거야? 이렇게까지 하면서 결혼해야 해?'

수현에게 화나고 서운하다. 자신이 의지하고 쉴 수 있는 시원한 그늘이 아니라 시린 눈보라가 몰아치는 언덕 같다.

'당신 정말 나빠. 나 정말 쉽게 한 결정이 아니란 말이야. 부모님께 상처 주면서까지 당신과 결혼하려는 나한테 실망하고 질린다고. 그래도 당신 곁에 있고 싶어서 참는데 당신은 어쩜 그래. 한 번쯤은 말해줘야지. 얼마나 힘드냐고, 곁에 있어주지 못해서 미안하다고 말해줘야지. 그래야 내가 덜 외롭지. 그래야 당신에게 더 다가가지.'

그에게 이런 말을 한다면 뭐라고 할까. 분명히 이런 일이 있을 거라고 경고하지 않았냐고 말할 것이다. 너무나도 무겁고 쓸쓸한 얼굴로. 그래서 마음이 아파 더는 묻지도 추궁하지도 못하게 만들 것이다.

점점 더 꼬이고 상처받고 헝클어지는 느낌. 스스로 걸어가는 것이 아니라 누군가에게 정신없이 떠밀려 가는 것 같다. 재인은 누구나 그렇듯 결혼식에 대해 소소한 꿈이 있었다. 엄마와 나란히 팔짱끼고 혼수 보러 다니고 신랑과 머리 맞대고 심각하게 고민하면서 가구를 고르고 싶었다. 그런데 이젠 그것마저도 할 수가 없다. 재인과 엄마가 가고 싶은 매장이나 물건은 이류쯤으로 취급되어 밀려나고 결국 최 비서에게 끌려 다니며 무조건 비싼 것, 고급스러운 것으로 사들이게 됐다. 평생 벌어도 못 모은 돈을 딸이 예물 값이라고 들고 오자 아빠의 얼굴에 쓸쓸함이 비쳤다. 시장이나 할인마트 물건을 쓰던 엄마가 백화점에서 수십 개의 물건이 배달되자 어색하게 웃으셨다. 재인은 부모님께 너무나도 미안해 고개를 들 수가 없었다. 그분들의 성실한 삶에 상처를 주어 마음이 아팠다. 그리고 근사한 결혼반지를 선물받는 꿈이 있었다. 그가 영화처럼 한쪽 무릎을 꿇고 반지를 끼워준다면 너무 기뻐 울어버릴 텐데. 그것도 욕심이라면 샵에 있는 많은 반지 중에 평생을 같이 할 반지를 찾아내 손에 끼워준다면 진심으로 행복할 텐데. 지금 재인에게 그런 건 감히 엄두도 못 낼 사치였다.

자신이 선택한 사람이고 원해서 하는 결혼인데 외롭고 힘들다. 그저 재력의 차이일 뿐인데 대단한 신분 상승으로 보는 주위 사람들, 그 와중에 상처받는 가족. 의지가 되기는커녕 안을 들여다볼 수 없는 높은 담장 같은 남자. 다른 사람들의 시선은 시간이 흐르면 익숙해질 테고 가족의 상처는 열심히 노력하면 다시 회복될 것이다. 하지만 수현과의 문제는 어찌 풀어가야 할지 암담했다. 지금 당장은 관계가 소원하지만 차차 다가가면 마음이 열릴 거라 생각했다. 하지만 오늘처럼 차가운 말투와 행동을 맞닥뜨리면 자신감은 쏙 들어가고 만다. 그는 어른들 앞에서도 눈길 한 번 제대로 준 적 없었다. 비즈니스처럼 차분하고 예의 바르게 굴 뿐 어떤 감정도 드러낸 적이 없었다. 이건 비즈니스가 아닌데, 두 사람이 평생을 약속하는 예식인데 그는 무심한 하객처럼 멀찍이서 바라만 본다. 열정만 믿고 무모하게 뛰어든 결혼. 재인은 그가 말한 대로 지옥이 될까 봐 겁이 났다.

"아니야. 내가 잘하면 돼. 내가 지옥으로 안 만들면 되는 거야."

실컷 울고 난 재인은 눈물을 닦으며 중얼거렸다. 여기까지 와서 좌절할 수 없다. 이것이 오기인지 그를 향한 열정인지 구분하기 어렵지만 포기하기 싫다. 아직 목소리를 크게 낼 수 없고, 그는 여전히 차갑지만 그래도 잘해 나갈 거다. 자신이 선택한 인생이니 온 힘을 다해서 살아야 한다.

재인은 흘끔 거울을 봤다가 화들짝 놀라 냉장고로 달려가 얼음팩을 꺼내왔다. 내일 예쁜 모습을 보여야 하는데 눈이 부으면 큰일이다. 재인은 얼음찜질을 열심히 하면서 자신에게 다짐하듯 말했다.

"나를 잃지 말아야 해. 나만 변하지 않고 지켜내면 다 잘될 거야. 한재인, 너는 할 수 있어."

할 수 있다고, 잘될 거라고 재인은 잠자리에 들기 전까지 수십 번 반복하다 까무룩 잠이 들었다.

모처럼 쇼핑에서 해방된 일요일. 재인의 웨딩드레스와 수현의 슈트 가봉 날이다. 재인은 약속 시간에 늦을까 봐 집에서 서둘러 출발해 청담동 웨딩드레스 샵에 도착했다. 재인이 도착하자 그도 막 왔는지 안으로 들어서고 있었다. 둘은 눈길을 맞추는 둥 마는 둥 어색하게 굴었다. 하도 오랜만에 보니 서먹서먹하다. 재인은 탈의실에서 드레스를 입어보며 수현에게 처음으로 선뵌다는 기쁨에 마음이 들떴다. 엄마, 윤아, 박은영 선생, 최 실장까지 동원해 고르고 또 고른 드레스였다. 그가 보고 기뻐해 주길 바라며 행복하게 결정했다. 재인은 그에게 예쁘게 보이고 싶었다. 그래서 이 여자 절대로 놓치면 안 되겠구나, 평생 사랑해 주며 살아야겠구나 하는 생각이 들게끔.

"여기 앉아 계세요. 곧 신부님 나오실 거예요. 차 드릴까요?"

"됐습니다."

커튼 뒤에서 그의 목소리가 들렸다. 재인은 몇 번이고 거울을 확인하며 머리를 매만졌다. 준비됐음을 알리자 곧 커튼이 열리고 소파에 앉아 있는 그가 보였다. 재인은 수줍게 웃으며 그 앞에 섰다. 그는 조용한 눈길로 재인을 훑어보았다. 한참의 침묵이 흐르도록 수현의 얼굴에 어떤 감정도 보이지 않자 재인은 마음이 조급해졌다. 별로 마음에 안 드는 걸까? 그렇게 신경 써서 골랐는데. 다들 예쁘다고 좋아했는데. 그의 조용한 얼굴은 좀처럼 속내를 알 수가 없었다.

"어떠세요? 신부님 정말 예쁘시죠?"

그가 아무 말도 하지 않자 어색하게 서 있던 여직원이 과장된 목소리로 칭찬했다. 재인의 얼굴에 실망감이 스치는데 수현이 짧게 내뱉었다.

"아름답군."

그의 말에 재인의 얼굴에 금세 화색이 돌았다.

"마음에 들어요?"

그가 고개를 끄덕였다. 재인은 날아갈 듯이 기뻐서 어쩔 줄 모르고 제자리를 빙그르르 돌아보며 방긋방긋 웃었다. 자신이 생각해도 푼수 같지만 그에게 처음으로 듣는 칭찬이라서 행복했다. 어젯밤 그를 원망하며 훌쩍이던 사람이 누군가 싶다.

둘은 드레스 가봉을 끝내고 청담동에서 조금 먼 곳에 있는 양복점으로 향했다. 대대로 집안 어른들이 이용하는 곳으로 예단 양복까지 한꺼번에 맞춘 집이다. 수현이 슈트를 입고 가봉을 하는 동안 재인은 조금 떨어져서 그의 실루엣을 흥분에 가득 찬 눈으로 지켜보았다. 수현은 결혼 예복으로 턱시도 대신 심플하고 세련된 블랙 슈트를 골랐다. 야외에서 하는 결혼식이라 클래식한 디자인 대신 슬림한 디자인에 검은 보우타이를 맬 계획이다.

"신부님은 좋겠어요. 이렇게 잘생긴 신랑이랑 결혼해서."

수현의 옷매무새를 매만지던 중년 남자가 재인을 보며 말했다.

"신랑이 더 좋죠. 저처럼 예쁜 신부 데려가니까요."

재인이 대답하자 주위 사내들이 껄껄껄 웃으며 고개를 끄덕였다. 유일하게 웃지 않는 사람은 서수현뿐이다. 무뚝뚝한 남자 같으니라고. 재인은 그를 살짝 흘겨보았지만 금세 얼굴을 풀고 사람들과 가벼운 수다를 떨며 끝날 때까지 기다렸다. 가봉하는 내내 시계를 보던 그는 끝나자마자 다시 회사에 나가봐야 한다며 양복점을 나섰다.

"점심했어요? 난 아직 점심 전인데."

"나도 아직. 그럼 가까운 데서 간단하게 먹지."

재인은 내키지 않는데 억지로 가는 듯한 인상을 풍기는 그가 못내 얄미웠지만 그래도 조금이라도 더 같이 있게 돼서 마냥 기뻤다. 가까운 레스토랑에 자리를 잡자마자 재인은 그의 얼굴을 뚫어지게 쳐다보았다. 어차피 많이 보지도 못할 사람 볼 수 있을 때 실컷 봐두고 싶었다. 그가 어찌 생각하던 말이다. 수현은 재인이 눈을 초롱초롱 빛내며 쳐다보는 것이 부담스러웠는지

PDA로 무언가를 열심히 확인했다.

"나 돈에 팔려가는 거 아니에요."

한참 동안 턱을 괴고 수현을 보던 재인이 불쑥 말했다. 수현은 무슨 뜬금없는 소리냐는 얼굴로 그녀를 보았다.

"휴, 말하고 나니 조금 시원하다. 나 며칠 전부터 이 말이 너무 하고 싶었는데 못했어요. 속병 나는 줄 알았네. 하루하루 지날수록 내가 결혼 준비를 하는 건지 옷가게를 차리는 건지 모르겠어요. 백화점에서 옷이랑 가방, 구두는 내가 다 쓸어오는 거 같아요. 정말이지 감당이 안 될 정도로 과하게 주세요."

"말하지 그랬어. 팔려가는 거 아니라고."

수현이 남의 일처럼 무심히 말했다.

"최 비서님에게 찍히기 싫었어요. 아버님 귀에 들어갔다가 결혼 무르자고 하면 어떻게 해요? 수현 씨 같은 사람을 어디에 가서 만나라구."

수현이 얼굴을 빤히 보자 재인이 물었다.

"왜 그렇게 봐요?"

"신기해."

"신기해요? 뭐가요?"

"그렇게 솔직할 수 있는 게."

흉보는 건 아닌 것 같아서 재인은 싱긋 웃었다.

"이럴 땐 너만 아니면 된다, 괜찮다, 잘해주겠다, 이런 말 안 해줘요?"

"우리가 그런 말 할 만큼 친한가?"

"그럼 안 친해요? 키스하고 자고 결혼까지 하는데 안 친해요?"

뒷부분에서 재인이 목소리를 낮추고 들릴 듯 말 듯 속삭였다.

"듣고 보니 친한 사이였군."

딴엔 농담처럼 한 말인지 몰라도 재인은 하나도 안 웃겼다. 그래도 마주 앉아 얘기라도 하니 속은 후련하다.

"후훗, 그래도 다행이에요. 내 말 다 받아주고. 난 그러지도 않을 줄 알았는데."

오늘따라 그의 모습이 평소보다 부드러워 보여서 재인은 기분이 다소 풀렸다. 하지만 그의 한마디가 기분을 바꿔놓았다.

"힘들어 보여서. 아버진 돈이라도 주지만 난 줄 수 있는 게 없으니 투정이라도 받아줘야지."

"줄 수 있는 게…… 없어요?"

재인의 얼굴이 순식간에 어두워졌다. 수현은 여전히 무표정한 얼굴로 말했다.

"없어."

재인은 가슴이 묵직해지는 기분이었다. 그러면 그렇지. 이 남자 정말 얼음이다. 재인은 애원하는 것처럼 보이지 않길 바라며 최대한 가볍게 물었다.

"나 사랑해 줄 수 없어요?"

"날 원한다고 했지? 내가 가진 것 마음대로 가져. 하지만 마음까지 바라진 마.”

“왜요?”

“애초에 없으니까. 그런 건 내 안에 없어.”

그의 눈빛이 복잡하다. 슬픔, 고통, 냉소가 뒤섞여 차갑게 고여 있다. 재인은 그의 이런 모습을 보면 화가 나기도 하고 안쓰럽기도 했다.

“세상에 마음이 없는 사람은 없어요. 누구에게나 사랑이 있어요.”

“누구나 결핍은 있어. 난 마음이 없는 불구야. 그러니까 너무 많은 걸 바라지 마. 그냥 그 외의 것으로 만족해. 그러면 다치지 않을 거야.”

“다쳐도, 아파도 가지고 싶다면요?”

재인은 간절했다. 지금도 벅찬데 희망마저 없다면 견딜 수 없을 것이다. 하지만 수현은 차갑고 냉정하게 바라볼 뿐이었다.

“다치고 아파하면서 지쳐 가겠지. 내가 경고했잖아. 지금이라도 멈추고 싶다면 그렇게 해.”

또 그 소리. 정말로 지치고 신물이 난다. 재인은 무릎 위에 놓았던 냅킨을 접어 다시 테이블 위에 올려놓았다. 그녀가 굳은 얼굴로 일어서자 수현이 올려다보았다.

“후회할 거란 말, 멈추라는 말 이제 그만 해요. 내가 왜 이렇게까지 해가면서 결혼하려는지 정말 모르겠어요? 수현 씨에게 모두 걸었단 말이에요. 나는 지금 당신밖에 안 보여요. 앞으로도 당신만 보며 달려갈 거예요. 절대로 멈추지 않을 거라구요."

레스토랑 안의 모든 사람이 쳐다보는 가운데 재인이 숨 가쁘게 외쳤다. 그녀가 가쁜 숨을 몰아쉬는 사이 재인과 수현의 시선이 뜨겁게 섞였다. 수현은 아무런 표정도, 말도 없이 재인을 보았다. 변함없는 그의 모습에 재인은 더욱 오기가 치밀었다.

"수현 씨가 마음이 없는 불구라면 무슨 짓을 해서라도 고쳐놓을 거예요. 내가 할 거예요."

재인은 그대로 뒤돌아서서 레스토랑을 나갔다. 그녀가 나가자 침묵이 깨지고 사람들이 웅성거렸다. 수현은 그녀를 따라가지 않았다. 그는 공허한 눈으로 앞을 응시하다 웨이터가 음식을 가져오자 시선을 들었다. 그는 다른 이들이 흘끔거리는 걸 무시한 채 천천히 스테이크를 먹었다. 아무것도 담기지 않은 건조한 눈빛. 하지만 겉으로 보이는 것과 달리 그의 머릿속은 생각으로 가득했다.

'넌 날 고칠 수 없어. 나는 손쓸 수 없이 망가져 버렸어. 이제 구원 따윈 바라지 않아.'

아주 오랜 옛날, 누구든 자신을 도와주길 바란 적이 있었다. 이 지옥에서 꺼내달라고 세상 모든 신에게 매달렸다. 밤이 오는 것이 두려웠다. 어둠 속에 지는 커다란 그림자를 보며 차라리 죽기를 바랐고 동시에 죽을까 봐 공포에 떨었다. 수현이 차츰 허물어지는 동안 그 무엇도 손을 내밀지 않았다.

'너에게 날 보여주고 싶지 않아. 그러니까 한 걸음 물러서 있어. 다가오지만 않으면 안전할 거야. 다만 외롭고 슬프겠지. 아무것도 기대할 수 없는 사랑에 결국 지치겠지. 네 열정이 싸늘하게 식어갈 때 내 곁을 떠나. 그편이 우리를 위해서, 너를 위해서 나으니까.'

웨딩드레스를 입은 재인은 무척이나 아름다웠다. 그 빛나는 눈과 발그레한 뺨과 붉은 입술에 입맞추고 싶었다. 하지만 그녀를 원할 때마다 검은 그림자가 스쳐 갔다. 최근 들어 부쩍 어둠이 그녀를 찢어놓고 검은 그림자가 그녀를 집어삼키는 꿈을 꾼다. 하지만 아주 가끔은 그녀를 안던 밤이 꿈에 보인다. 그 밤은 뼛속까지 스며들어 오는 한기에 시달리지 않고 편히 잠들지만 잠깐의 휴식일 뿐. 수현은 더는 희망을 품지 않았다. 희망 따윈 예전에 말라 버렸다.

'내가 이런데도 널 욕심내다니 사는 게 참 비겁해.'

씹는 고기가 무척이나 질기게 느껴졌다. 자신의 삶처럼, 목숨처럼.

✳

결혼식 전야. 재인네 식구들이 한자리에 모여 소주 파티를 했다. 함은 며칠 전에 받았고 식구들끼리 오붓한 시간을 보내려고 손님도 오지 말라고 해 간신히 숨을 돌리는 한가로운 저녁이었다. 아버지 진구와 어머니 은숙, 엊그제 미국에서 들어온 석과 윤아, 재인 이렇게 다섯 식구가 단란하게 모여 앉아 소주와 족발을 먹었다.

"그럼 오라비보다 먼저 가는 게 좋다 그거야?"

돌아오자마자 오빠가 결혼도 하기 전에 먼저 가는 게 어디 있느냐고 툴툴거리던 석이 소리쳤다. 그 말에 세 여자가 깔깔깔 웃었다.

"그러게 누가 밤낮 공부만 하는 범생이 되랬어? 자기가 연애 못해놓고 이제 와서 심통이야."

윤아 말에 석이 발끈하며 말했다.

"누가 공부만 하는 범생이야? 이래 봬도 외국 여자들한테 인기 많아. 러시아, 독일 출신 미녀들이 데이트하자고 매달린단 말이야."

"왜 아프리카 아가씨는 없어? 오빠 입술 두툼한 여자 좋아하잖아."

"석이 입술 두꺼운 아가씨 좋아하냐? 녀석, 취향도 특이하네."

아버지 물음에 석이 펄쩍 뛰는 가운데 옆에서 재인이 거들었다.

"오빠 좋아하는 배우가 안젤리나 졸리잖아요. 그 입술에 뽀뽀받는 게 평생 소원이래."

"허, 녀석 글래머를 좋아하는구먼. 그런 것도 날 닮았냐. 네 엄마가 왕년엔 쭉쭉 빵빵 글래머였지. 그래서 내가 반했잖아."

진구 말에 아들딸들이 까르르 웃었다.

"왕년에? 그럼 지금은 아니우?"

은숙이 흘겨보자,

"물론 지금도 쭉쭉 빵빵이지. 난 이 나이에도 우리 은숙이가 뽀뽀해 주면 심장이 막 떨려."

"오오오오."

아들딸이 일제히 환호하자 은숙의 얼굴이 붉어졌다. 이때 진구가 바로 덧붙였다.

"그리고 속으로 기도하지. 제발 여기까지만! 더는 진도 안 나가게 해주십시오."

"푸하하하!"

자식들이 폭소를 터뜨리는 와중에 은숙이 남편의 옆구리를 사정없이 쥐어박았다.

"이이는 자식들 앞에서 못하는 소리가 없어!"

"어때? 어차피 애들도 다 성인인데. 그리고 내일 맏딸이 시집가는데 이런 건 가르쳐 줘야지. 그러고 보니 세월 많이 흘렀네. 고물고물 기어다닌 것이 엊그제 같은데 벌써 시집을 다 가고. 재인아, 시집가서 잘살아야 해. 뒤에서 든든한 가족이 버티고 있으니까 기죽지 말고."

아버지 말에 식구들의 눈빛이 애틋해졌다. 워낙 대단한 집안으로 가는 시집이니 걱정이 컸다. 시댁 쪽에서 거의 다 준비해 몸만 가는 거나 마찬가지인 결혼. 게다가 회사 어려울 때 도움까지 받았으니 심적 부담이 컸다. 진구는 내색하지 않으려 노력하고 있지만 꼭 딸을 팔아넘기는 것 같아서 괴로웠다. 가까운 친척만 불러서 정신없이 해치우는 도둑 결혼이라 더욱 속이 상했다. 재인이 원하고 또 원해서 시키는 결혼이다. 그렇기 때문에 나중에 더 큰 상처를 받을까 봐 걱정이 컸다.

"매제가 속 썩이거든 이 오빠한테 말해. 내가 당장 날아와서 요절을 내줄 테니까."

"어이고, 요절은 무슨. 형부가 키도 더 크고 등치도 좋더구먼. 오빤 한주먹거리도 안 되겠더라."

윤아 말에 석이 눈을 동그랗게 뜨고 알밤을 먹였다.

"이게. 너 자꾸 오빠 무시할래? 원래 작고 마른 고추가 더 매운 법이야."

"어쨌거나 형부가 언니 괴롭히면 오빠가 나서서 혼내줘. 장남 됐다가 어디에 써. 그럴 때 써먹어야지."

윤아 말에 이번엔 재인이 펄쩍 뛰었다.

"아니, 이 사람들이. 우리 수현 씨가 깡패야? 왜 멀쩡한 사람을 두고 자꾸 이상하게 몰아가? 우리 수현 씨가 얼마나 점잖은 사람인데."

"이봐 이봐, 결혼 가기도 전에 편드는 거. 여자는 이래서 안돼. 너 까불면 내일 식장에 안 보낸다. 아버지, 애 시집 못 가게 기둥에 묶어놔요."

"이놈아, 네 동생이 서 서방을 얼마나 좋아하는데. 기둥 메고 식장으로 뛸 거다, 아마.”

아버지 말에 온 가족이 웃었다. 이렇듯 가족이 모여 소주를 마시며 웃고 떠드는 것이 참으로 오랜만이고 재인이 미혼으론 마지막이니 모두 섭섭했다. 다들 말은 안 하지만 많이 걱정하는 것을 재인은 알고 있었다. 모두 위태롭게만 보는 결혼. 그래서 더 잘사는 모습을 보여주고 싶다. 재력을 보고 선택한 결혼이 아니라 정말 사랑해서 하는 결혼이라는 걸 보여주고 싶다.

“나 결혼해서 잘살 테니 걱정하지 마요. 어른들께도 잘하고 남편한테 예쁨받으면서 살 거야. 내가 워낙 싹싹하고 명랑하잖 우.”

“그럼. 우리 딸은 어딜 가나 사랑받는 사람이지. 잘살 거야. 암, 그렇고말고.”

아버지가 옆자리에 앉은 딸을 꼭 안아주며 말했다. 모두 진심 으로 재인의 행복을 빌어주었다.

서용준 회장의 교외 별장에선 결혼식 준비가 한창이었다. 야외 결혼식인만큼 날씨가 좋지 않으면 어쩌나 걱정했지만 하늘은 구름 한 점 없이 맑고 화사했다. 결혼식장으로 쓰는 정원은 온통 꽃물결이었다. 크림색 리시안셔스, 보랏빛 수국, 라벤더, 화이트, 파스텔 톤의 장미, 화려한 서양란. 색색의 아름다운 꽃들이 오브제와 주례 연단이 있는 정자, 꽃문을 장식했다. 결혼식의 메인 컬러는 화이트와 스카이 블루. 하객들의 머리로 쏟아지는 햇살을 가려주기 위해 스카이 블루 천막과 라운드 테이블의 하얀 크로스가 햇빛을 받아 밝고 시원했다.

천막 아래 라운드 테이블 세팅이 한창 이뤄지는 가운데 옆에 마련된 작은 무대엔 사중주가 조율을 하고 음향 장비도 준비를 마쳤다. 이제 웨딩 케이크와 하객들이 다 도착하면 식이 시작된다.

아침 일찍 별장에 도착에 단장을 끝낸 재인은 이층에 마련된 신부 대기실에서 초조하게 식이 시작되기만을 기다렸다. 로맨틱한 핑크와 화이트로 예쁘게 장식한 신부 대기실에서 동생 윤아, 사촌들과 한바탕 사진을 찍는 동안 재인은 예쁘게 웃고 있지만 머릿속이 멍했다. 너무 떨리고 긴장되어 주위에서 하는 말들이 하나도 귀에 들어오지 않았다. 수현은 이미 도착해 있다는데 아직 만나지 못했다. 아무리 바쁘고 정신없어도 얼굴도 보여주지 않는 것이 재인은 못내 섭섭했다.

"언니, 긴장돼? 주스라도 한 잔 가져다줄까?"

윤아 말에 재인이 동생을 끌어당기며 속삭였다.

"윤아야, 수현 씨 온 거 확실해?"

"나 참, 신랑 도망갔을까 봐 걱정하는 거야? 지금 손님들께 인사 다니느라 정신없는 거 같아. 가서 불러올까?"

"아, 아니야. 됐어."

속으론 보고 싶었지만 불러달래기가 창피해서 꾹 참았다. 어젯밤 그가 식장에 나타나지 않는 꿈을 두 번이나 꿨다. 의자에 앉아 있는데 아무도 불러주지 않아 밖에 나가보니 그가 오지 않았다고 사람들이 말해주었다. 재인은 꿈속에서 엉엉 울고 말았다.

'좋은 꿈을 꿔도 모자란 판에 왜 그런 꿈을 꾸었을까. 안 그래도 긴장돼 죽겠는데.'

재인이 불안한 얼굴로 앉아 있는 사이 막 도착한 하객들이 와서 웨딩드레스가 예쁘다, 예물은 도대체 얼마짜리냐, 재벌 남편 돼서 좋겠다, 부럽다 등 온갖 말들을 쏟아내는 통에 정신이 하나도 없었다. 인사하고 같이 사진 찍고 비디오카메라를 보며 손을 흔들며 웃긴 하는데 기쁘고 설레기보다는 안이 텅 비는 느낌이다. 재인은 사람들의 말을 반쯤 흘려들으며 이따금 벽에 걸린 커다란 거울 속의 자신을 응시했다. 거울 속에 있는 사람이 진짜 자신인가 싶을 정도로 아름답다. 부드러운 컬로 흘러내리는 긴 머리, 청초한 화관과 눈부신 베일이 사랑스러운 느낌을 더했다. 아름다운 신부지만 그 속에 눈빛은 긴장과 떨림으로 가득했다.

'행복하니?'

재인이 거울 속 신부에게 물었다.

'겁이 나.'

거울 속 신부가 대답했다.

'겁내지 마. 생각했던 것보다 조금 다르게 시작할 뿐이야. 우리 잘해낼 거야.'

우리. 아직 실감이 나지 않는 말. 아직 그가 멀게만 느껴지지만 앞으로 살아가면서 가까워질 거다. 그리고 사랑받고 사랑하며 살아갈 거다. 재인은 거듭 자신에게 용기를 주었지만 쓸쓸함은 지워지지 않았다.

저주스러울 정도로 맑은 날씨다. 여름이지만 빛이 뜨겁지 않고 꽤 신선한 미풍이 불었다. 수현은 식장에서 멀리 떨어진 나무 아래에 서서 초록 잎사귀 사이로 보이는 하늘을 응시했다. 하늘을 보는 것이 오랜만이다. 내내 답답했던 가슴이 조금 트이는 기분. 하지만 그의 휴식은 오래가지 않았다.

"여기에 숨어서 뭘 하는 게냐."

용준이 다가왔다. 오늘따라 유난히 젊고 생기 넘쳐 보이는 아버지를 보며 수현은 자신이 아니라 그의 결혼식에 온 것 같았다. 수현은 나무에 기댄 채 무심한 눈으로 용준을 보았다.

"잠깐 쉬고 있었습니다."

"가서 어른들께 인사드려야지."

"드리고 온 참입니다. 저도 숨은 쉬어야지요."

그들의 대화는 담담했다. 결혼식인만큼 서로에게 날을 세우지 않으려 노력 중이었다.

"신부는 보고 온 게냐?"

"어차피 식이 시작되면 볼 텐데요."

"억지로 하는 결혼이라고 티 내지 마라. 보는 눈들이 많다."

수현은 잠자코 그녀가 앉아 있을 저택 창문을 응시했다. 지금쯤 재인은 어떤 기분일까.

"아버지, 흡족하십니까?"

수현이 물었다. 어떤 감정도 깃들지 않은 조용한 음성이었다. 지난 몇 년간 그토록 결혼을 바란 아버지. 그 광적인 집착이 결실을 이룬 지금 그의 소감이 궁금했다.

"나는 살면서 한 번도 흡족한 적이 없었다. 하나를 가지면 그보다 더 좋은 몇 가지가 생각나지. 인간이 다 그렇지 않느냐."

"다음엔 무엇을 가지고 싶으십니까?"

"차차 알게 될 거다. 오늘은 결혼식에만 집중해라."

"그녀는 망가뜨리지 마십시오."

용준의 눈빛이 흥미롭게 반짝였다.

"생각보단 아끼는가 보구나. 좋은 마음가짐이다."

"그녀는 다릅니다."

"우습구나. 그 아일 망가뜨릴 건 내가 아니라 너일 텐데. 애초에 이 결혼은 우리 부자의 쇼일 뿐이다. 그 아인 우리의 소모품이야. 난 그것에 대한 충분한 대가를 치러줄 작정이다. 넌 무얼 해줄 생각이지?"

"……."

"네가 어떤 인간인지 안다면 그 아이가 어떤 생각을 할 거 같으냐. 잘 숨겨라. 네 진짜 모습이 보이지 않도록. 당분간은 말이다."

"……."

수현의 얼굴에 차차 핏기가 가시기 시작했다. 용준의 얼굴에 잔인한 미소가 스쳐 갔다.

"자, 곧 결혼식이 시작된다. 네 자릴 찾아가야지."

용준이 느린 걸음으로 식장으로 걸어가자 수현이 그를 불렀다. 돌아보는 용준에게 수현이 다가갔다. 수현은 아버지의 눈을 똑바로 바라보며 말했다.

"아버지의 쇼이긴 하지만 억지로 하는 결혼이 아닙니다. 그녀도 나도 원해서 하는 결혼이에요. 그녀를 두고 함부로 말하지 마세요. 제 아내입니다."

수현은 눈을 가늘게 뜨는 아버지를 지나쳐 식장으로 걸어갔다. 용준은 아들의 모습이 예전과 비교해 바뀐 것을 느꼈다. 그는 날카로운 눈으로 수현의 뒤통수를 노려보았다.

"잠시 후 신랑 서수현 군과 신부 한재인 양의 예식을 거행할 예정이오니 내빈 여러분께서는 식장 안으로 들어오셔서 착석하여 주십시오."

사회자가 곧 식이 시작됨을 알리자 하객들이 모두 자리에 앉아 기다렸다. 신랑 쪽 하객 분위기가 대체로 엄숙한 반면 신부 쪽은 들뜬 속삭임과 웃음소리가 흘러나오는 등 비교적 자유로웠다.

"오늘의 주인공인 신랑 서수현 군의 입장이 있겠습니다. 신랑 입장."

음악이 흐르고 수현이 당당한 걸음으로 입장했다. 모두의 시선이 수현의 모습을 따라 움직였다. 세련된 블랙 슈트를 입은 그의 모습이 무척이나 핸섬해서 젊은 아가씨들이 동경에 가득 찬 눈으로 보았다.

"와, 무척이나 늠름해 보이네. 난 목줄에 끌려서 억지로 나올 줄 알았더니."

수현의 모습을 지켜보던 수찬이 중얼거렸다. 그러자 옆에 앉은 동생 수민이 그의 팔을 툭 치며 앞쪽에 앉은 자신의 어머니를 흘끔 보았다.

"조용히 해. 어른들 들어."

"수현이가 잘생겼냐, 내가 잘생겼냐?"

"거참, 조용히 하고 식이나 봐."

"인마, 대답해. 누구야?"

"외모는 수현이 형이 낫지."

"나는!"

"형은 날라리같이 생겼잖아. 혹자는 기생오라비라고도 하지."

"뭐, 날라리라고? 기생오라비?"

수찬의 음성이 높아지자 앞자리에 앉은 진혜라 여사가 눈을 흘기며 돌아보았다. 수찬과 수민은 어머니를 보고 씩 웃으며 입을 다물었다. 그러다 못 참겠는지 수찬이 한마디 했다.

"다른 여자들은 잘생겼다고 난린데 왜 기생오라비야?"

"남자가 보기엔 너무 빤질빤질해서 매력없어. 수현이 형처럼 점잖고 고급스럽게 생겨야 멋있지."

"저급스럽게 생겨서 미안하다. 그런데 넌 내 동생이거든? 인마, 너랑 나랑 비슷하게 생겼다는 걸 잊었냐?"

수찬이 있는 대로 열을 내는데 진 여사가 고개를 돌리고 낮은 목소리로 말했다.

"이런 경건한 자리에서 무슨 짓인가요? 조용히 하도록."

어머니의 한껏 우아하고 단호한 경고에 두 아들은 고개를 끄덕이며 입을 다물었다. 그때 사회자의 목소리가 흘러나왔다.

"다음은 신부 한재인 양의 입장이 있겠습니다. 신부 입장!"

흥미진진해하며 뒤쪽으로 시선을 돌린 수찬은 신부를 보고 낮게 중얼거렸다.

"와우, 그 아가씨네."

파티에서 본 그녀였다. 발랄하고 귀여웠던 아가씨. 파티에서 그렇게 세게 정강이를 차고 뛰어나간 아가씨가 수현의 신부일 줄이야. 수현이 결혼한다고 들었을 땐 또 다른 선을 보고 그 상대자와 하는 줄 알았다. 그룹 내에 서용준 회장이 엄청난 돈을 쥐여주고 거의 사오는 거나 마찬가지라는 소문이 돌아서 돈에 환장한 허영기 가득한 여자인 줄 알았다. 그런데 산뜻하고 귀여운 그녀라니.

수찬은 호기심 가득한 눈으로 걸어오는 신부를 보았다. 아름다웠다. 꼭 숲에 사는 요정이 자신에게 걸어오는 것 같다고 표현하면 미친놈이 되는 걸까. 과하게 화장하지 않아 청순하고 고운 얼굴에 하얀 드레스가 무척이나 잘 어울렸다. 선 고운 하얀 어깨를 드러내고 실크와 망사를 겹겹이 사용해 화사하고 풍성한 스커트가 꼭 안개에 싸여 있는 들꽃 같았다. 수찬은 현재 자신의 눈빛이 상당히 불순하다는 것을 알지 못한 채 조용히 걷는 재인을 따라 시선을 옮겼다.

'수현이의 아내가 되기엔 너무나도 아까운 여자인데.'

수찬은 그녀의 아름다운 얼굴, 우아한 긴 목과 사랑스러운 어깨, 풍만한 곡선을 그리는 가슴과 잘록한 허리, 걸을 때마다 부드럽게 움직이는 드레스의 움직임, 길고 물 흐르는 듯한 트레인을 황홀한 눈으로 지켜보았다.

'그때 놓치는 것이 아니었는데. 젠장.'

수찬은 자신도 모르게 신음을 흘렸다.

"형, 그 눈빛 좀 어떻게 해봐."

옆에 앉은 수민이 그의 팔을 툭 치며 낄낄거렸다. 수찬은 여전히 재인에게 시선을 두고 귀찮게 하지 말라는 듯 낮게 으르렁거렸다.

"제수씨한테 그런 불경한 눈빛을 보내다니. 누가 볼까 봐 겁난다."

"닥치고 좀 있어. 시끄럽다."

수찬은 분한 얼굴로 수현의 뒤통수를 노려보았다.

아버지의 손을 잡고 걷는 동안 재인은 혹시 발을 잘못 디뎌 넘어지지나 않을까 걱정이 돼 죽을 것만 같았다. 그동안 보아온 다른 신부들 모두 담담하게만 보였는데 왜 이렇게 떨리는지 부케를 든 손이 덜덜 떨렸다. 부모님께 상처만 안겨주면서 가는 것이 마음 아파 눈시울이 붉어졌지만 애써 꾹 참았다. 괜히 울었다가 억지로 하는 결혼처럼 보일까 봐, 사람들이 수현을 나쁜 사람으로 볼까 봐 참고 또 참았다. 자신은 이렇게 떨리는데 수현의 모습은 감탄이 나올 정도로 평온했다. 어떻게 오늘 같은 날 전혀 긴장을 하지 않을 수 있는지 놀라울 따름이다. 아버지의 손을 떠나 그에게 팔짱을 꼈을 때 재인은 수현의 근사한 모습에 가슴이 두근거렸다. 세상에서 가장 잘생기고 멋있는 사람으로 보였다. 그를 보자 떨림이 잦아들고 마음이 편안해졌다.

신랑 신부 맞절과 혼인 서약이 있고 나서 주례사가 시작되었을 때 재인은 수현의 옆모습을 슬쩍 보았다. 수현은 주례의 말이 귀에 들어오지 않는 듯 생각에 빠져 있었다. 무슨 생각을 하고 있을까 궁금한데 시선을 느꼈는지 수현이 고개를 돌렸다. 둘의 시선이 부딪히자 재인이 희미한 미소를 지었다.

'수현 씨, 괜찮아요? 난 무척이나 떨려요. 나를 위해 웃어주면 안 돼요?'

재인의 간절한 눈빛에 그의 담담한 눈빛이 조용히 일렁였다. 수현은 손을 들어 팔짱 낀 재인의 손 위에 차분히 덮었다. 그의 손이 부드럽게 감싸오자 재인은 가슴을 누른 커다란 바위를 내려놓은 기분이었다.

'고마워요.'

재인은 그를 바라보며 활짝 미소를 지었다. 눈물이 핑 돌 만큼 기뻤다.

주례사가 끝나고 케이크 커팅, 축가가 이어졌다. 초대되어 온 팝페라 가수가 문 리버를 부르는 동안 수찬이 수민을 또다시 귀찮게 했다.

"수민아, 너 조금 있다가 내가 하라는 대로 해."

"또 무슨 짓을 꾸미려고 그래?"

"수현이 자식 골탕 좀 먹이려고. 배 아파서 곱게는 못 보내주지."

"하여튼, 나이가 몇 살인데 아직도 장난질이야? 철 좀 들어라."

"억울해서 그런다. 억울해서!"

수찬의 말을 이해 못한 수민이 의아한 얼굴을 했다. 수찬은 동생에게 씩 웃어 보이며 슬쩍 자리를 나와 사회자 연단으로 향했다. 그가 사회자에게 다가가 귓속말을 하자 사회자가 알았다는 듯 고개를 끄덕였다. 수민은 엉뚱한 형이 또 무슨 짓을 하나 싶어서 잔뜩 긴장했다.

초대된 가수가 물러가자 사회자 멘트가 이어졌다.

"자, 다음 들으실 축가는 신랑 서수현 군이 신부에게 바치는 노래라고 합니다."

신랑 쪽 사람들이 뜬금없이 무슨 노래냐며 서로 보는 가운데 수찬과 수민이 크게 환호를 하며 힘차게 손뼉을 쳤다. 사람들이 덩달아 손뼉을 치는 가운데 당황한 건 수현과 재인이었다.

"노래 불러요?"

재인이 작게 속삭이자 수현이 어이없는 표정을 지었다.

"난 노래 같은 거 못해."

"그럼 어떻게 해요?"

"나 참, 누가 이런 장난을 치는 거야."

수현의 시선이 환호하는 수찬의 얼굴에 박혔다. 그러자 수찬이 씩 웃으며 엄지손가락을 번쩍 치켜들었다.

"신랑이 부끄럽나 봅니다. 다시 한 번 힘찬 박수 부탁드립니다."

노래를 하지 않으면 어색한 상황이 되어버렸다. 모두의 시선이 수현에게 몰려 있는 가운데 그는 난처한 얼굴로 서 있었다. 이런 장난을 치는 수찬의 목을 꺾어버리고 싶지만 그건 다음으로 미루고 우선 수습부터 해야 한다. 그가 못한다고 말하려는데 갑자기 재인이 손을 번쩍 들었다.

"제가 부르겠습니다!"

"오오오!"

하객들 사이에서 환호와 박수가 터져 나오자 수현이 놀란 얼굴로 재인을 보았다. 재인은 수현을 향해 어린아이처럼 천진하게 웃으며 속삭였다.

"괜찮아요. 나 노래 잘해요."

수현 쪽 어른들이 당황한 시선을 교환하는 가운데 재인이 마이크 앞으로 당당히 걸어왔다. 그녀는 얼굴이 붉어지긴 했지만 놀라는 친정 식구들을 향해 여유로운 미소를 지었다. 그녀는 뒤에 있는 사중주 쪽으로 몸을 숙이며 무언가를 열심히 설명했다. 악단은 재인을 향해 안다는 듯 웃으며 고개를 끄덕였다.

"와, 이 결혼식 재미있는데."

수찬이 흥미진진한 얼굴로 중얼거렸다. 모두가 대담한 신부를 지켜보는 가운데 귀에 익숙한 전주가 흘러나왔다. 퍼햅스 러브(Perhaps Love). 과거 존 덴버와 플라시도 도밍고가 부른 곡이었다.

  '아마도 사랑은 폭풍으로부터 안식을 주는 쉼터' 라는 첫 구절이 흘러나오자 사람들의 눈빛이 일제히 빛나기 시작했다. 재인의 목소리는 솜사탕처럼 부드럽고 마음을 따뜻하게 어루만지는 힘이 있었다. 재인은 수현에게, 결혼식에 참석한 하객들에게 사랑에 대해 노래했다. 마음에 평안을 주고, 따스함으로 감싸주고, 창문 혹은 열린 문과 같아 당신을 초대해 더 많은 것을 보여주는 사랑. 세상에 많은 사람이 있는 만큼 다양한 모습을 가진 사랑. 갈등과 아픔으로 가득 찬 바다와 같을지라도 추운 날엔 불과 같고 비 오는 날 천둥 같은 사랑.

  사람들은 재인과 수현의 결혼을 위험하고 무모하게만 보았다. 수현조차도 그리 생각했다. 하지만 재인은 믿고 있었다. 진심으로 사랑하고 상처를 보듬어 안는다면 수현의 마음에도 사랑이 자라나 아픔으로부터 벗어나게 해줄 거라고. 그리하여 두 사람이 행복한 삶을 살 거라고. 재인은 그 누구보다 수현에게 이 마음을 들려주고 싶었다.

  재인이 노래를 부르는 동안 사람들은 숨죽인 채 황홀한 눈으로 신부를 보았다. 수현과 눈을 지그시 맞추는 그녀의 모습이 무척이나 사랑스러웠다. 수현 또한 부드러운 눈빛으로 신부를 보았기에 두 사람은 지극히 다정하고 행복해 보였다. 하객들 사이엔 수현과 재인의 결합이 돈 때문에 이루어진 거라 생각하며 우습고 마땅치 않게 보는 이가 몇몇 있었다. 하지만 이 순간만큼은 저 둘이 서로 사랑하는 것이 아닐까 하는 생각이 들었다. 그만큼 둘의 오가는 눈빛이 따스했다.

재인의 노래가 끝나자 일제히 큰 환호가 터져 나왔다. 악단도 자리에서 일어나 용감한 신부에게 손뼉을 쳐주었다. 재인은 그제야 현실로 돌아온 듯 얼굴을 붉히며 숨을 돌렸다. 재인의 아버지와 오빠가 자리에서 벌떡 일어나 신나게 손뼉을 치는 동안 용준은 마땅치 않은 얼굴로 앉아 있었다.

그때 수현이 재인에게로 걸어갔다. 그는 재인의 손을 잡고 그녀의 손등에 우아하고 정중하게 키스했다. 뜻밖의 행동에 재인이 무척이나 기뻐하며 그를 보았다. 이 순간 그는 재인을 가장 행복하고 사랑받는 신부로 만들어주었다. 둘은 미소를 지으며 한동안 서로에게서 시선을 떼지 못했다. 생각지 못한 낭만적인 광경에 젊은 아가씨들 사이에서 들뜬 환호가 흘러나왔다. 모두 다정하고 부러운 눈으로 신랑신부를 지켜보는 동안 용준만은 차갑고 서늘한 눈으로 두 사람을 보았다. 그의 눈빛이 복잡했다.

"와, 수현이 형한테 저런 면이 있었네. 부러운걸."

수민이 연신 감탄하며 손뼉을 치는 동안 수찬은 의미심장한 미소를 지으며 가만히 팔짱을 꼈다.

'내가 들은 소문이 사실이 아니었나?'

수찬은 해맑게 웃는 재인을 보며 눈이 부신 듯 눈을 가늘게 떴다.

'예쁜 여자다. 저런 여자라면 나도 사랑이란 걸 해볼 수 있을

텐데.'

수찬은 왠지 입이 썼다. 지금껏 한 번도 수현을 질투해 본 적이 없는데 지금은 그가 서 있는 자리가 자신의 자리였으면 하는 생각이 들었다.

본식이 끝나고 포토타임이 이어졌다. 결혼 전 수현이 바빠서 웨딩 촬영을 생략했기 때문에 사진 찍는 시간이 조금 더 길었다. 끝나자마자 폐백 옷으로 갈아입으려고 이층으로 올라온 재인은 몇 분만 쉬게 해달라며 모두를 내보내고 대기실에 혼자 남았다. 재인은 휘청거리는 걸음으로 의자로 걸어가 쓰러지듯 주저앉았다. 식 중간에 기절 안 한 것이 다행이었다. 특히 축가를 부를 때는 거의 심장 마비가 오는 줄 알았다. 어찌나 떨리던지 음은 맞게 불렀는지, 혹시 가사가 엉망이 아니었는지 걱정이 되었다. 이제 거의 다 끝냈다는 안도와 피곤이 밀려오는데 문이 열렸다.

"윤아야, 나 조금만 더 쉴게."

재인이 고개를 돌리자 문 앞에 수현이 서 있었다. 뚜벅뚜벅 걸어 들어온 수현은 재인의 옆자리에 앉았다. 그도 피곤했는지 의자에 앉아 긴 숨을 내쉬었다.

"사람들을 피해 숨기엔 여기가 가장 좋은 것 같군."

재인은 그를 바라보며 어색한 미소를 지었다.

"힘들었죠?"

“너는?”

“정말 피곤하네요. 어디 가서 한숨 잤으면 좋겠어요.”

수현은 묵묵히 고개를 끄덕이며 자신의 발치를 바라보았다. 잠깐의 침묵이 흐른 후,

“아까는…….”

“아까는…….”

두 사람의 입에서 같은 말이 흘러나오다가 막혔다. 재인은 그의 얼굴을 바라보며 살짝 웃었다.

“아까는 정말 놀랐어요. 사람들이 참 짓궂어요. 그죠?”

“노래 부를 줄 몰랐어.”

“어디서 그런 용기가 났는지 모르겠어요. 내가 생각해도 신기해.”

“잘 부르던데.”

“정말요?”

재인이 예쁜 미소를 지어 보였다.

“아까 고마웠어요. 꿈이 이루어졌어요.”

“무슨 꿈?”

“행복한 신부가 되는 것. 평생 멋진 추억으로 남을 거예요.”

“난 한 게 없는데.”

“내 옆에 서 있어줬잖아요. 부드럽게 날 바라봐 주고 내 손등에 입 맞춰주었잖아요. 나 정말 행복했어요.”

수현의 얼굴이 점차 굳어가기 시작했다. 텅 비었다고 생각했

던 마음에 한 조각 양심이 남아 있었던가. 그저 아버지 때문에 억지로 하는 결혼이 아니란 걸 보여주고 싶었을 뿐이다. 스스로 원해서 하는 거라고 보이고 싶어서 식장에 담담하게 걸어 들어 갔다. 그녀가 노래를 불렀을 때 손등에 입을 맞춘 것은 싸늘한 눈길로 보는 아버지를 자극하기 위한 충동이었다. 한데 그녀는 행복하다고 한다. 너무나도 해맑은 얼굴로, 진심을 담아 미소 짓는다. 죄책감이 수현의 심장을 잡아 흔들었다.

'너는 왜 이렇게 작은 것에 기뻐하는 거지? 네가 그런 미소를 지으면 난 더 괴로워. 네가 다치게 될까 봐 전전긍긍하게 된단 말이다.'

무언가 많이 잘못한 느낌이 든다. 차가운 심장이라고 생각했는데 언제부터인지 뜨겁다. 자신을 향해 다가오는 그녀를 보았을 때 느꼈던 벅참, 축가를 부르는 모습에서 느낀 기쁨, 행복하다고 말하는 그녀에게 느낀 갈망을 머릿속에서 지우고 싶다. 가슴에서 밀어내고 싶다. 아무것도 보지도, 느끼지 않았다고 최면이라도 걸고 싶다. 수현은 재인의 눈을 똑바로 바라 볼 수 없었다. 그녀 가 맑은 얼굴로 다가올수록 그는 더욱 도망치고 싶었다.

애프터 드레스로 갈아입고 피로연장에 갔을 때 재인과 수현은 지쳐서 나가떨어지기 일보 직전이었다. 온종일 제대로 먹은 것이 없고 그동안 누적된 피로에 몸이 천근만근이었다. 하지만 수현과 재인은 테이블마다 돌며 열심히 인사를 다녔다. 재인이 어찌나 방긋방긋 웃는지 덩달아 사람들의 얼굴에 웃음이 가득했다. 서 회장이 특히 피로연에 신경을 많이 써서 호텔에서 식기, 음식, 서버까지 데려오고 화려한 꽃장식으로 꾸며서 테이블이 풍성하고 화려했다.

무척이나 길게 느껴지는 피로연이 끝났다. 하객들이 별장을 떠날 즈음엔 석양이 지고 어둠이 드리워졌다. 애초엔 호텔 최고급 스위트룸에서 첫날밤을 보낼 계획이었지만 일본 출장을 가는 수현이 집에서 자는 것이 덜 피곤할 거라고 재인이 우겨서 결국 신혼집에서 자게 됐다. 당분간 신혼여행도 못 가는데 첫날밤도 집에서 잔다니 이를 두고 섭섭해하는 엄마에게 재인은 그저 속없이 웃어 보였다.

"그래, 지금 네가 뭔들 안 좋겠니. 아무리 서 서방이 좋아도 그렇게 티 내는 거 아니다. 엄마 아빠 섭섭하게."

엄마의 핀잔에도 재인은 마냥 즐거울 뿐이다. 그녀는 엄마를 꼭 안아주며 볼에 쪽 소리가 나도록 뽀뽀하며 아양을 떨었다.

"여행이야 언제든 갈 수 있는 거고 그때 가서 좋은 호텔에서 자면 되잖아."

"누가 호텔에서 못 자서 그래? 첫날밤인데 특별했으면 해서 그러지. 평생 한 번뿐인 밤인데."

"난 괜찮아. 집에서 잘 자고 좋은 꿈 꾸면 되지 뭐."

"서 서방 아침 잘 챙겨 먹이고 어른들께 잘해. 아까 보니 보통 어른들이 아닌 거 같아서 걱정이더라. 어찌나 목에 힘을 주고 있는지 깁스한 줄 알았다."

"후후후, 내가 어른들께 예쁨받는 편이잖아. 잘할 거야."

"아까 노래 부른 걸로 책잡히는 거 아니니? 큰집 마나님이 눈을 요래 뜨고 쳐다보더라. 시어머니 없다고 그 양반이 군기 반장하는 거 아니니?"

은숙이 눈을 새침하게 뜨고 오만한 표정을 흉내 내자 재인이 깔깔깔 웃었다.

"그분이 약간 깐깐하다고는 하던데 별일이야 있겠어?"

"무슨 일 있으면 혼자서 속 끓이지 말고 엄마한테 얘기해. 전화 자주 하고."

"오래 못 보는 것처럼 말하네. 서 서방 출장 가면 도로 갈 텐데 뭐."

"너무 자주 오진 마. 흉잡혀."

"알았어. 알아서 잘할게."

이제 각자 다른 집에서 잠잔다 생각하니 비로소 결혼한 실감이 난다. 모녀는 한 번 더 서로 꼭 껴안고 등을 토닥여 주었다.

친지의 배웅을 받고 재인은 수현과 함께 신혼집이 있는 청담동으로 향했다. 오늘 식에서 입은 드레스, 한복을 챙겨서 이층 빌라로 올라오니 피로가 몰려오며 전신의 힘이 쭉 빠져나갔다. 재인은 집에 들어오자마자 소파 위로 쓰러지듯 누웠다. 어제 잠도 잘 못 자고 종일 제대로 먹은 것이 없어서 기운이 쭉 빠졌다. 그래도 잊지 않고 시아버지와 친정에 안녕히 주무시라는 전화를 넣고 나서야 한숨 돌리며 눈을 감았다. 남은 짐을 마저 챙겨서 올라온 수현은 재인을 흘끔 보고는 잠자코 물건들을 정리했다. 집 안엔 온통 결혼 선물과 꽃바구니로 가득했다. 재인의 담임 반 아이들이 만들어준 결혼 축하 플래카드, 동료 선생과 학교 동창들이 준 선물이 거실 한가득이었다. 미처 다 뜯어보지도 못한 선물들 속에서 잔뜩 지쳐서 누워 있던 재인은 깜빡 잠들었다가 수현이 흔들어 깨우는 바람에 부스스 눈을 떴다.

"목욕물 준비해 놨어. 씻도록 해."

그는 언제 씻었는지 캐주얼 셔츠와 면 팬츠로 갈아입고 머리가 촉촉하게 젖어 있었다. 늘 구김없이 반듯하고 세련된 정장 차림만 보다가 평상복 입은 것을 보니 새롭고 설렌다.

'우와, 내 남편 정말 잘생겼다. 이렇게 근사한 사람이 내 남자인 거지? 이게 꿈은 아니지?'

재인은 그의 향긋한 샴푸 냄새를 맡으며 기분 좋게 미소 지었다.

"나 욕실까지 안아다 주세요."

재인은 자신이 생각해도 뻔뻔하게 느껴졌지만 왠지 어리광을 부리고 싶었다. 수현은 재인을 물끄러미 보다가 별말 없이 안고 욕실로 걸어갔다. 재인은 그의 목을 끌어안고 넓고 단단한 가슴에 기댔다. 따뜻하고 마음이 편안하다.

'아, 이제 이 사람과 한 침대에서 잠이 들고 깨겠구나. 우리는 부부구나.'

머릿속으로 여러 생각이 스치는데 그가 욕실 문을 열고 들어가 조심스레 내려놓았다. 수현이 돌아서 나가려 하자 재인이 손을 붙들었다.

"나 머리핀 좀……. 어찌나 잔뜩 꽂아놨는지 아파서 건드리지도 못하겠어요."

재인이 욕실 바닥에 주저앉자 수현도 옆에 앉아 머리카락을 고정한 실 핀을 하나씩 조심스럽게 뺐다. 너무나도 진지한 그의 얼굴에 재인은 살짝 웃음이 나기도 했지만 수현의 얼굴을 가까이 보아서 기분이 좋았다. 이 남자 겉으론 무뚝뚝해도 목욕물도 준비해 주고 귀찮은 부탁도 순순히 들어준다. 결혼 전 한 얘기 때문에 무척 긴장했지만 이 정도 지옥이라면 얼마든지 감내할 자신이 있다. 재인은 그가 머리핀 빼는 걸 도우며 수현의 얼굴을 흘끔흘끔 보았다. 보고 또 봐도 질리지 않는 내 남자의 얼굴. 실 핀을 다 빼내는 데는 한참이 걸렸다. 꽤 고단한 작업이었는지 마지막 핀을 빼자 그가 후련한 표정을 지었다.

"고마워요. 수현 씨 알고 보면 참 자상한 사람 같아요."

"글쎄."

"나 결혼한 실감이 안 나요. 이제부터 단둘이 한집에 산다고 생각하면 이상하기도 하고. 수현 씨는 언제부터 혼자 살았어요?"

"고등학교 졸업식 이후에."

"아……."

재인은 그날 일이 떠오르자 갑자기 말문이 막혔다. 그날 일이 떠오르자 가슴이 시큰시큰하다. 그도 그때가 생각나는지 얼굴이 어두워졌다. 재인은 얼른 다른 말을 생각해 냈다.

"아 참, 나 학교 계속 다녀도 되는 거죠? 그 얘기 할 틈이 없었네. 괜찮죠?"

"다니고 싶으면 다녀."

“최 비서님이 어른들이 싫어하실지도 모른다고 했어요.”

“어른들 욕심 맞춰주려면 한도 끝도 없어. 원하는 대로 해.”

“우힛, 그럼 난 내 남편만 믿고 다녀야지.”

기분 좋게 웃는 재인을 보며 수현의 얼굴에 어색한 표정이 떠올랐다.

“남편이란 단어 낯설죠? 나도 부르면서 이상해요. 수현 씨도 아내라고 불러봐요. 자꾸 불러야 입에 붙는데요.”

“난 됐어.”

수현이 얼른 일어나 문 쪽으로 갔다. 재인은 그의 뒤를 쪼르르 따라가며 말했다.

“아내라고 해봐요. 아니면 여보는 어때요?”

“참 뻔뻔하기도 하군.”

수현이 난처해하며 대꾸했다.

“크크, 내가 원래 좀 뻔뻔해요. 어서 해봐요. 그게 정 어려우면 자기야는 어때요?”

그가 눈에 힘을 주고 재인을 노려보았다. 인상을 찡그리는 모습이 상당히 귀여워서 재인은 더욱 놀려주고 싶었다.

“그게 힘들면 한발 양보해 줄게요. 재인아라고 해봐요. 언제까지 호칭 없이 부를 거예요?”

“피곤하다면서 종알종알 말만 잘하는군. 어서 씻기나 해. 물 식어.”

수현이 화급히 나가자 재인은 닫힌 문을 보고는 피식 웃어버렸다.

"내 남자 은근히 귀엽구나. 앞으론 자주 놀려줘야지."

재인은 콧노래를 흥얼거리며 예복을 벗었다.

느긋하게 목욕을 마치고 나오니 그는 서재에 있었다. 재인은 샤워 가운 차림으로 서재 문 앞에 섰다. 수현이 서재 책상에서 노트북을 들여다보고 있었다.

"안 피곤해요? 이제 자야죠. 내일 출장 가려면 충분히 쉬어야 하잖아요."

"준비할 게 많아. 먼저 자."

재인의 입이 있는 대로 나왔다. 그녀는 서재로 성큼 들어서며 불만에 가득 찬 목소리로 말했다.

"그래도 첫날밤인데 나 혼자 자요?"

"아까만 해도 피곤하다고 했잖아."

"피곤하긴 하지만 이대로 자는 건 뭔가 억울하다구요."

수현은 재인에게 시선도 주지 않고 일에만 열중했다. 첫날밤에 신부가 같이 자자고 조르는 경우가 세상에 어디 있담. 재인은 새침한 얼굴로 돌아서서 침실로 갔다. 커다란 침대를 보니 혼자 들어가서 자고 싶은 마음이 사라졌다.

"뭐야, 첫날밤부터 독수공방이라니."

툴툴거리던 재인은 며칠 전 싸두었던 출장 가방을 거실로 옮기고 내일 아침에 차려줄 음식 재료를 미리 준비하며 바쁜 척 부산을 떨었다. 열한 시가 다 되도록 수현은 서재에서 나오지 않았다.

'이런 무심한 남자 같으니라고. 이렇게 예쁜 신부를 혼자 두다니.'

팔짱을 끼고 서재 문을 노려보던 재인은 문득 아이디어가 떠올라 드레스룸으로 뛰어갔다. 그곳 한쪽에 세탁을 맡기려고 둔 웨딩드레스가 걸려 있었다. 재인은 웨딩드레스를 입고 핑크빛 립글로즈를 도톰한 입술에 듬뿍 발랐다.

채 물기가 마르지 않아 촉촉한 머리에 웨딩드레스, 쭉 빨아들이고 싶은 뇌쇄적인 입술. 이만하면 무쇠가 아닌 다음에야 유혹에 넘어오겠지?

재인은 생글거리며 서재로 향했다. 문을 슬쩍 열고 보니 그가 안경을 쓰고 노트북과 서류를 열심히 비교하며 보고 있었다. 재인은 문을 활짝 열고 안으로 들어섰다. 소리를 듣고 고개를 든 수현이 재인을 보고 들고 있던 서류를 내려놓았다. 재인은 그의 눈빛이 자신을 찬찬히 훑는 것을 느끼며 전신에 짜릿한 전율이 흐르는 것을 느꼈다. 재인은 그에게 다가가 손을 뻗어 촉촉한 머리칼을 쓸어 넘긴 후 쓰고 있는 안경을 책상 위에 올려놓았다. 그리고 반듯한 이마와 콧날, 입술을 쓰다듬었다. 그의 얼굴이 손가락을 통해 몸속에 각인되는 느낌이다. 그녀의 손가락이 천천히 움직일 때마다 수현은 복잡한 눈빛으로 재인을 보았다. 재인은 고개를 숙여 그의 귓가에 숨결을 불어넣었다.

"나 지금 당신 유혹하고 있어요."

그의 몸이 눈에 띄게 굳었다.

"나 일해야 해."

수현이 말했다. 하지만 일하고 싶은 눈빛이 아니다. 당장이라도 허리를 휘감아 으스러지도록 안고 싶은 뜨거운 눈빛.

"난 수현 씨가 옆에 있어야 잠이 올 거 같아요. 낯선 곳에서 처음 맞는 밤이잖아요."

재인의 가슴과 허벅지가 그의 몸에 스치듯 닿았다. 재인은 달콤한 악마처럼 그를 유혹했다.

"키스해 줘요."

나른한 속삭임에 수현의 얼굴에 갈등과 체념이 차례로 스쳐 갔다. 그리고 유혹에 항복하듯 거칠게 재인을 끌어당겨 무릎에 앉히고 그녀의 입술을 빨아들였다. 그의 뜨거운 몸에서 갈망의 향기가 훅 끼쳤다. 재인은 두 손으로 수현의 뺨을 감쌌다. 입속을 파고들어 온 그의 혀가 예민한 흥분점을 두드리며 훑어 내렸다. 수현은 재인의 혀를 휘감아 빨아들이고 자신의 혀를 깊숙이 넣어 휘저었다. 재인은 그의 체액을 들이마시며 힘껏 매달렸다. 오랫동안 굶주린 것을 보상받으려는 듯 거친 키스. 그가 이 밤을 그냥 지나치려 했다는 게 믿기지 않을 만큼 욕망이 강렬했다.

"거짓말쟁이."

숨이 멎을 것만 같아 입술을 떼고 가쁜 숨을 몰아쉬던 재인이 속삭였다. 수현은 그녀의 드러난 어깨를 입술로 쓸며 허리를 힘껏 끌어안았다. 그리고 의자에서 일어나 재인을 책상 위에 눕혔다. 재인의 등 아래 서류가 구겨지고 찢어졌지만 그는 전혀 개의치 않았다. 수현은 재인의 얼굴을 두 손으로 감싸고 이마와 콧등과 입술에 입을 맞추었다. 입술과 입술 사이에서 뜨거운 숨결과 체액이 오가고 수현의 입술이 목선을 타고 내려와 드레스 라인 위로 드러난 가슴을 힘껏 빨며 붉은 자국을 만들었다. 수현이 양 가슴 사이에 얼굴을 묻자 재인이 그의 어깨를 감싸고 정수리에 입을 맞추었다.

"너 때문에 혼란스러워."

수현이 하얀 웨딩드레스를 끌어 내리며 고통스러운 목소리로 말했다. 혼란스럽다는 건 흔들리고 있다는 것. 재인은 그가 자신 때문에 흔들리는 것에 설레었다.

"좋은 시작이에요. 우리 그렇게 서로 다가가요."

"부서뜨릴까 봐 걱정돼."

"난 인형이 아니에요. 그리 쉽게 부서지지 않아요."

수현이 드레스 위로 드러난 살구빛 유두를 입속에 머금고 힘껏 빨자 재인이 작은 신음을 흘렸다. 수현은 스커트 속으로 손을 집어넣어 재인의 엉덩이를 힘껏 움켜쥐었다. 코끝을 자극하는 그녀의 향기로운 체취와 탄력있는 살결이 욕망을 자극했다. 수현은 금방이라도 폭발할 것 같은 흥분에 낮게 으르렁거리며 재인을 일으켜 안아 들었다. 재인은 그의 어깨를 끌어안으며 목에 얼굴을 묻고 스킨 냄새와 체취를 맡았다. 그를 안게 된다는 설렘과 흥분에 온몸이 짜릿했다.

　수현은 책상과 가까운 긴 소파에 앉아 재인을 허벅지 위에 앉혔다. 풍성한 웨딩드레스 속에 파묻혀 그녀를 바라보고 있노라니 눈이 부셔 똑바로 볼 수가 없었다. 햇살 아래 서 있는 듯한 착각을 주는 찬란한 여자. 그 빛에, 뜨거움에 몸이 녹아버릴 것 같은 여자. 수현은 그녀와 열정적인 키스를 나누며 눈을 감았다. 서로 뺨이 닿고, 숨결이 닿고, 욕망에 우뚝 솟은 남성과 촉촉하게 젖기 시작한 여성이 닿았다. 몸이 스치자 둘의 입에서 동시에 신음이 흘러나왔다. 수현은 한 손으로 재인의 허리를 감싸고 다른 손으론 결혼반지를 낀 손을 잡았다. 질릴 만큼 화려하고 거추장스러운 예식과 값비싼 다이아몬드 반지로 이런 여자를 얻었다고 생각하니 기분이 묘했다. 그런 것으로 데려오기엔 너무나도 아까운 여자. 아무리 거리를 두려고 해도 스스로 다가와 미쳐 버리게 하는 여자. 죄책감에 파묻힌다 해도 이 여자를 안고 싶다. 지나간 과거나 불확실한 미래 따윈 머릿속에서 지워 버리고 오직 이 순간, 이 여자에게 모두 걸고 싶다.

　수현은 재인의 뒷목에서부터 척추를 따라 부드럽게 등을 쓰다듬으며 키스했다. 얼얼할 정도로 뜨거운 키스와 매끈한 등의 감촉이 황홀하다. 그는 황급히 바지를 내리고 아플 정도로 딱딱하게 팽창한 남성을 꺼냈다. 그리고 하얀 실크 속에 숨어 있는 그녀의 은밀한 곳을 찾아내 흠뻑 젖은 팬티를 밀치고 바로 삽입했다. 두 사람의 입술에서 동시에 가쁜 신음이 터져 나왔다. 수현은 금방이라도 폭발해 버릴 것 같아서 그녀 몸 안에서 잠시 움직이지 못했다. 촉촉하고 부드러운 살결이 수현을 휘감으며 유혹했다. 뜨거운 열정으로 어서 이끌어달라고 달콤하게 조여 왔다. 그녀 아래서 수현은 자신이 너무나도 무기력한 사내 같았다. 그녀가 조금만 엉덩이를 들어 올리거나 깊숙이 파고든다면 그대로 함락되어 버릴 것이다. 수현은 가까스로 힘을 끌어 모아 버텼다. 잠시 후 저릿한 쾌감이 조금 다스려졌을 때 천천히 움직였다.

재인은 수현의 몸 위에서 얌전한 학생처럼 굴었다. 그가 이끌면 이끄는 대로 멈추면 멈추는 대로 따라오면서 그의 머리를 가슴에 안았다. 그의 억눌린 신음, 웨딩드레스 자락이 사각거리는 소리, 젖은 살결이 부딪치는 유혹적인 소리가 허공에 맴돌았다. 재인은 그처럼 두 눈을 꼭 감고 몸에 퍼지는 쾌감을 음미했다. 빠르게 도는 피톨, 그의 살결과 닿은 부위가 뜨거워 견딜 수가 없다. 처음에 느낀 고통은 기억 아득한 곳에 있고 지금은 황홀한 감각만이 몸을 지배했다. 재인은 자신과 수현의 몸을 적시며 흘러내리는 체액을 느꼈다. 몸속에 물이 모두 빠져나와 그에게 건너가는 듯했다. 재인은 서서히 정상을 향해 오르자 그가 이끄는 대로만 갈 수는 없었다. 고개를 숙이고 수현의 어깨를 끌어 안으며 엉덩이를 깊숙이 밀어 넣었다. 그의 몸이 자신의 몸 깊숙이 닿는 느낌과 함께 쾌감이 등줄기를 적셨다. 동시에 그의 입술에서 뜨거운 숨이 터져 나왔다. 커다란 두 손이 재인의 엉덩이를 강하게 움켜쥐고 천천히 들어 올렸다가 끌어당겼다. 짜 릿한 마찰에 쾌감이 전신에 퍼져 나갔다.

"더 빨리. 빨리."

재인이 어쩔 줄 몰라 하며 그를 재촉했다.

"안 돼. 아직."

그가 잠긴 목소리로 중얼거렸다. 그는 있는 힘껏 뒤로 물러났 다가 비명이 흘러나올 정도로 천천히 밀고 들어왔다. 재인의 입 술에서 흐느낌이 새어 나왔다.

"수현 씨…… 제발……."

애원하는 재인의 목소리에도 그는 좀처럼 속도를 내지 않았 다. 재인은 몸이 저릿저릿해 발가락을 꼭 오므리며 그에게 매달 렸다. 재인은 견디다 못해 패브릭 소파를 움켜쥐고 수현 쪽으로 몸을 힘껏 밀었다. 그가 가쁜 숨을 몰아쉬며 붙드는 대도 엉덩 이를 움직이자 그는 더는 거부하지 못하고 재인이 이끄는 대로 따라왔다. 재인은 수줍음 따윈 모두 털어버리고 대담하게 움직 였다. 어느 땐 빠르고 리드미컬하게 어느 땐 잔잔한 물결처럼 서서히 오르내렸다. 믿을 수 없을 만큼 절절한 환희가 둘을 휘 감고 절정보다 더 높은 곳으로 데려갔다. 수현은 재인을 소파에 누이고 온몸으로 부딪혀 더 높이 올라섰다. 재인은 그의 옷자락 을 움켜쥐고 긴 비명을 내질렀다. 머릿속이 하얗게 부서져 내리 는 그 순간, 수현이 허리를 깊숙이 빼서 재인의 몸 밖에서 사정 했다. 둘은 서로 꼭 끌어안고 거친 숨을 골랐다.

"이럴까 봐……."

수현이 가쁘게 숨을 몰아쉬며 중얼거렸다.

"이럴까 봐 널 안을 수가 없었어. 이렇게 되어버릴까 봐."

그의 목소리에 혼란과 두려움이 어수선하게 뒤섞여 있었다. 재인은 땀에 젖은 그의 이마를 어루만지며 속삭였다.

"내가 먼저 다가오길 잘했죠?"

"덕분에 난 준비도 제대로 못하고 일본에 가게 됐어. 무능력한 남자로 보일 거야."

"결혼하고 바로 다음날이잖아요. 다들 이해해 줄 거예요."

"부끄러움이 없는 아내로군."

아내. 재인은 흰 꽃처럼 화사하게 웃으며 그의 목을 끌어안았다. 재인의 심장이 마구 쿵쾅거렸다. 수현이 느낄 정도로. 재인은 눈을 반짝이며 말했다.

"당신 좋아하는 걸 부끄러워해야 하나요?"

"젠장. 그런 눈으로 보지 마. 날 제어할 수가 없어."

수현이 재인의 등 아래로 손을 넣어 웨딩드레스 지퍼를 내렸다. 재인은 눈을 동그랗게 뜨고 그를 보았다.

"왜요? 우리 또 해요?"

"먼저 유혹한 건 너야."

"하지만…… 가능해요?"

"지금 같아선 몇 번이라도 할 수 있어."

"몇 번이나? 언제까지 하려구요?"

"공항으로 출발해야 하는 시간 전엔 끝나겠지."

"아, 맙소사."

재인이 얼굴을 붉히며 두 손으로 얼굴을 가렸다. 수현은 웨딩 드레스를 벗기며 하얀 피부에 진한 입맞춤을 했다.

다음날 재인이 눈뜬 시각은 오전 열한 시 반쯤이었다. 날이 밝아올 때 기절하듯 잠이 들어 눈뜨고 보니 해가 중천이다. 재인은 비몽사몽 중에서도 그의 아침을 챙겨야 한다고 중얼거렸지만 수현은 그녀를 침대 속으로 밀어 넣으며 이마에 입을 맞췄다. 그렇게 새색시는 결혼 첫날 출장 가는 남편을 보지도 못한 채 쿨쿨 잠만 잤다.

침대에서 부스스 눈을 뜬 재인은 몸을 일으키려다 말고 작은 비명을 지르며 누워버렸다. 온몸이 두들겨 맞은 것처럼 아프다. 얼마나 아픈지 눈물이 찔끔 날 정도다. 게다가 아래가 쓰리고 약간 부은 느낌. 이렇게 만든 그가 원망스럽지만 다 자신이 자초한 일이니 할 말은 없다. 도대체 몇 번을 한 걸까. 세 번? 네 번? 생각해 보니 아침이 밝으면서 침대에서 가볍게 한 것까지 더해 다섯 번이다.

"휴, 일해야 한다더니. 왕내숭."

투덜거리면서도 얼굴엔 행복한 미소가 가득이다. 재인은 이불 속에서 나른한 기지개를 켜다가 옆 스탠드에 붙은 메모지를 보았다.

도쿄 뉴 오타니 호텔 0000—000000.
현지 비서 전화 090—xxxx—xxxx.

"와, 일본 전화번호네. 자상도 하셔라."

재인은 신기하고 기뻐서 그의 깔끔한 글씨를 한참 들여다보았다. 그와 나눈 격정적이고 뜨거웠던, 부드럽고 달콤했던 사랑이 단순한 섹스가 아님을 재인은 알고 있었다. 그가 자신을 받아들이고 있다. 마음의 문을 연 것이 느껴졌다. 여성에게 있어서 연애는 영혼에서 감각으로 옮아가고, 남성에게 있어선 감각에서 영혼으로 옮아간다고 하던가. 재인은 그가 다가오는 것이 무척이나 기뻤다. 재인은 번호를 본 김에 전화를 걸었다. 현지에서 수행하는 비서에게 전화를 걸자 지금 회의에 들어가서 받을 수 없다고 메모를 남기겠다고 했다.

"아침은 먹었을까? 많이 피곤하겠다. 오면 맛있는 거 해줘야지."

재인은 행복한 기분으로 자리에서 일어나 알몸에 가운을 걸치고 주방으로 갔다. 그가 커피를 마시고 갔는지 향이 좋은 커피가 내려져 있었다. 근사한 아침을 차려주려고 다 준비해 놨는데 겨우 커피 한 잔이라니. 엄마가 알면 등짝이 남아나지 않을 게 분명하다. 그래도 나중에 잘 차려줬다고 해야지. 밤새 바빠서 못 챙겨줬다고 어찌 말한단 말인가.

재인은 머그컵에 커피를 가득 따라 거실을 지나 테라스로 걸어갔다. 한낮의 햇살이 눈부시다. 재인은 커피를 마시며 수현을 생각했다. 지난밤 그에 관해 확실한 몇 가지를 알았다. 우선 그는 섹스할 때 절대 옷을 벗지 않는다. 몸에 용 문신이라도 있는지. 그리고 절대로 몸 안에다가 사정하지 않는다. 급하면 질외사정을 하거나 서랍에서 콘돔을 꺼내와 썼다. 정신이 없어서 피임 같은 건 안 해도 된다고 말하지 못했다. 그는 조금 더 천천히 아이를 갖고 싶은 걸까?

"돌아오면 얘기를 많이 해야겠어. 아직 서로 모르는 게 너무 많잖아. 미래에 대한 계획도 맞춰보지 못했고. 그는 몇 명이나 낳고 싶어할까? 난 아이가 많았으면 좋겠는데. 둘이 싸우면 하나는 심판을 봐야 하니 셋 정도가 적당할까?"

재인은 커피를 마시고 간단한 아침을 만들어 먹으며 지난밤에 다 써버린 에너지를 모았다. 그리고 선물을 정리하고 집 안 청소를 했다. 매일 청소해 주는 아주머니가 있어서 집은 치울 것이 많지 않았다. 휴대전화 전원이 꺼진 줄 모르고 있었던 터라 전원을 켜자마자 많은 사람의 문자가 와 있었다. 동료 선생과 아이들, 친구들이다. 재인은 일일이 정성껏 답장을 해주고 엄마와 짧게 수다를 떨고서 곱게 단장하고 친정으로 향했다. 오늘 오빠 석이가 미국으로 들어가는 날이라 공항까지 배웅을 나가야 한다. 출장 가는 신랑은 얼굴도 못 봤는데 오빠 배웅을 나가니 한편으론 우습고 미안하다. 그나저나 가족들 얼굴은 어찌

본다지. 재인은 친정으로 가는 내내 얼굴을 붉혔다.

*

미선은 침대에서 몸을 일으키며 벽시계를 보았다. 아침 아홉 시. 오랜만에 늦잠을 잤다. 그동안 쌓인 피로에 어젯밤 긴 사랑을 나눈 터라 몹시 피곤했던 모양이다. 미선은 따뜻한 물에 샤워를 하고 나서 서재로 향했다. 용준이 서재 책상에서 책을 보고 있었다.

"아침 드셨어요?"

"늦게 일어났군."

"깨우지 그랬어요."

"곤히 자는 것 같아서."

"그동안 많이 피곤했나 봐요."

"결혼식 준비하느라 수고했어."

그답지 않은 칭찬이다. 미선은 얼굴이 화끈해져 창가 쪽으로 시선을 돌리며 말했다.

"서 상무는 잘 갔겠죠? 쉬지도 못하고, 피곤하겠어요."

용준이 손목시계를 확인하며 말했다.

"지금쯤 도착했겠군."

"좋은 꿈 꿨나 모르겠네요. 신부가 참 사랑스럽죠? 전 그 아가씨가 마음에 들어요. 사람이 참 투명해요."

"크게 관심없어."

생판 남처럼 말하는 용준의 목소리가 싸늘하기 그지없다. 미선은 애써 밝게 말했다.

"둘이 잘 어울려요. 잘살 거예요."

"글쎄."

"기쁘지 않으세요?"

"그 아인 자기가 가진 거 오래 지키지 못할 거야. 결국 망가뜨리고 말겠지. 늘 그래 왔잖아. 변변치 못한 놈."

"왜 그렇게 말해요?"

"사실이 그러니까."

그가 이런 식으로 말할 때마다 몸에 소름이 돋는다. 아들이 아니라 물건을 감정하는 것처럼, 아니, 그보다 더 혹독한 시선.

"아들인데 따뜻하게 봐주면 안 돼요?"

"그런 낙오자에게는 동정도 아까워."

수현에 관한 얘기가 길어지자 용준의 얼굴에 짜증이 짙어지기 시작했다. 미선은 그가 아들에게 너그러워지기를 바랐지만 부자의 관계는 여전히 차가웠다. 실망을 넘어선 증오와 배신감. 그리고 다시 아들의 인생을 장악하려는 욕망. 미선은 용준의 곁을 지키면서도 아무것도 바꾸지 못하는 자신이 무기력하게 느껴졌다.

"회장님 아들이에요. 한국에 돌아온 후론 누구보다 헌신적으로 일하고 실력도 뛰어나다고 모두 말하는걸요."

"그래 봤자 남들 눈엔 정신병자고 내 눈엔 실패작일 뿐이야."

"회장님."

미선의 간절한 눈빛을 보며 용준의 눈동자가 싸늘하게 가라 앉았다.

"그만 해. 그만하면 많이 받아준 거야. 쓸데없는 일로 얼굴 붉 히지 말자. 오랜만이잖아, 이런 아침."

냉정한 목소리가 부드럽게 바뀌었다. 용준은 미선을 끌어당 겨 허리를 감쌌다. 그의 손길에 저항 의지가 꺾여 버린 미선은 하는 수 없이 입을 다물었지만 눈빛엔 괴로움이 스쳐 갔다.

'제발 그런 식으로 말하지 말아요. 그렇게 만든 건 당신이잖 아요.'

미선의 입속에 차마 내뱉지 못한 말이 맴돌았다. 성공을 위해 선 혈육조차도 도구로 만들어 버리는 남자. 피가 얼음물처럼 차 가운 남자.

'혈육에게조차 이런데, 나 같은 건 쓸모없어지면 미련없이 버 릴 거야.'

미선은 쓸쓸한 눈으로 사랑하는 이를 응시했다.

서용준의 비서로 일한 지 십이 년, 그의 여자가 된 지 구 년이 라는 세월이 흘렀다. 그동안 수현에 관한 일만큼은 지나치리만 큼 가혹하고 냉정한 그를 지켜보며 괴로웠다. 어느 때는 두려울 만큼 강한 집착에 무섭기도 했다. 오직 자신만을 사랑하는 남 자. 주위 모든 것은 용준의 성공을 위한 발판이자 화려하게 치장하기 위한 장식품이었다. 수현과 미선도 그의 도구이자 제물이다. 그랬기에 더욱 수현을 동정했지만 그녀는 힘이 없었다. 그의 말 한마디 한마디에 복종하고 희생하는 것이 삶이 되어버렸다. 스스로 노예가 되어 그의 옆을 지키는 것에 만족하는 삶. 비참하고 외로웠지만 다른 선택이 없었다. 시간이 지나면 수치심과 양심은 무뎌지고 자기가 보고 싶은 것만 보게 된다. 그를 사랑하고, 그에겐 내가 있어야 한다. 미선은 오직 그것에 의지해서 지금까지 살아왔다.

이렇듯 어리석은 자신을 변호하려고 미선이 내세운 변명은 출생이었다. 미선은 고아였다. 아기 때 버려져 보육원에서 자랐다. 공부를 잘해 지방 국립대학에서 전액 장학생으로 졸업했고 유일상선에 취직했다. 상무실과 전무실을 거쳐서 회장실 막내 비서가 되었을 때까지만 해도 미선은 약혼자와 결혼을 두 달 앞두고 있었다. 그때까지 삶은 평범했지만 그를 만나고 더는 예전과 같을 수 없었다. 열여섯 살이라는 나이 차가 믿기지 않을 만큼 용준은 젊고 매력적이었다. 모두를 휘어잡는 카리스마와 조금의 흐트러짐 없이 완벽한 모습과 행동. 그는 미선에게 동경의 대상이자 열망이고 두려움이었다. 그에게서 그토록 열망해 왔던 부정(父情)과 험난한 세상으로부터 지켜줄 강한 수컷의 모습을 보았다. 바라는 것을 다 가진 용준에게 빠져드는 것은 너무나 당연한 순서였다.

미선의 마음이 그에게 기울어지는 동안 약혼자의 부모가 파혼을 요구했다. 약혼자가 그녀가 고아인 걸 숨겨오다가 들켰기 때문이다. 남자 쪽 집안에선 누구 씨앗인지도 모르는 여자가 자신의 집에 들어오는 것이 불쾌하다고 했다. 미선이 말수가 적고 싹싹하지 못한 점도 음침해서 싫다고 했다. 그들은 내내 싫었지만 딱히 꼬투리를 잡지 못하다가 결정적인 것을 잡아내 후련하다는 얼굴로 별별 말을 퍼부어댔다. 그 숱한 치욕 속에서도 미선은 그다지 슬프지 않았다. 이미 그에게 마음이 떠나 버렸기에 상처받았지만 미련은 없었다.

미선은 다시 혼자가 됐지만 외롭지 않았다. 용준을 향한 마음을 숨긴 채 삼 년이라는 시간을 보내는 동안 태어나 처음으로 행복하기까지 했다. 그를 돕고 옆에서 지켜보는 것은 기쁨이었다. 처음부터 그의 관심이나 사랑은 꿈도 꾸지 않았다. 그저 옆에서 지켜보는 것으로 위로를 삼을 뿐. 그런데 어느 날 믿기지 않는 일이 일어났다. 어둡고 외로운 삶에서 벌어진 눈부신 기적.

"내 여자가 되어주겠나."

홍콩 야경이 한눈에 보이는 배 위에서 그가 말했다. 미선이 아무 말도 못하고 떨고만 있을 때 그가 재킷을 벗어 어깨에 덮어주며 말했다.

"네가 날 원하는 걸 알고 있어. 언제부터인지는 모르지만 고개를 돌리면 항상 날 보고 있더군. 간절히 원하는 눈빛으로 말이야."

그가 어깨에 손을 얹으며 말했다.

"난 너와 결혼할 수 없어. 넌 평생 정부가 되어야만 해. 네가 그 이상을 원하면 난 널 버릴 거야. 하라는 대로 하지 않으면 주저없이 내칠 거야. 그래도 상관없다면 내 여자가 되어줘."

어리석게도 평생 정부가 되어달라는 말이 평생 사랑하겠다는 말로 들렸다. 그땐 두려운 것이 없었다. 너무나도 어렸고 그를 몰랐고 자신을 몰랐다. 미선은 그날부터 용준에게 자신을 오롯이 걸었다. 그의 여자로, 비서로 많은 시간을 함께 했다. 용준은 한 번도 다른 여자를 안지 않았다. 그를 유혹하던 당대 최고의 여배우, 여가수를 외면하고 미선을 선택했다. 용준 같은 남자가 그토록 성실하게 자신을 원하는 것이 어느 때는 기쁘고 어느 때는 두려웠다. 그를 깊숙이 알아갈 때마다 두렵고 괴로웠지만 떠날 수가 없었다. 미선은 용준을 사랑했다. 곧 마흔이 되는 지금도 여전히.

'나란 여자, 언제쯤 당신을 벗어날 수 있을까요. 과거에 당신이 수현이에게 무슨 짓을 했는지 알아요. 당신은 정말로 무서운 사람이에요. 그런 당신을 사랑하는 내가 무서워요.'

미선은 서글픈 눈으로 용준을 바라보았다. 용준은 미선의 여린 몸을 부드럽게 쓰다듬다가 턱을 당겨 부드럽게 키스했다. 여민 가운 속으로 들어오는 그의 손이 몹시도 차다. 미선은 그의 손이 속옷 속으로 들어와 가슴을 움켜쥐자 지그시 눈을 감으며 그에게 안겼다. 그는 죽기 전까진 벗어날 수 없는 늪과 같았다.

주간 비지니스코리아—재벌가를 해부한다 ⑧

유일상선 서용준 회장과 서수현 상무 편.

기업인들은 종종 유일상선 서용준 회장과 서수현 상무(경영기획팀)를 비교하곤 한다. 부자는 놀랍도록 흡사하고 정반대의 모습을 가졌다. 둘 다 지독한 워커홀릭이며 사람을 휘어잡는 카리스마와 매력적인 외모를 가졌다. 젊은 나이에 회사 중책을 맡고 혹독한 경영수업을 받아야 했고 사내 임원과 그룹 사장단의 우려에도 자신의 자리를 착실히 찾아갔다. 다른 점이라면 아버지 서용준 회장은 치밀하고 공격적인 경영을 구사하는 반면 아들 서수현 상무는 신중하고 합리적인 경영방식을 가졌다. 혹자는 둘의 특성을 표현하길, 서용준 회장은 야누스(Janus), 서수현 상무는 포커페이스(poker face)라 칭했다. 두 개의 얼굴을 가진 자와 무표정한 얼굴을 가진 자. 그만큼 드러나는 감정선이 확연히 다르다.

과거 서용준은 버려진 왕자였다. 유일그룹 창립자인 고 서지웅 회장은 장남 서기준(현 유일건설 대표이사)을 지독히 편해하며 유독 둘째 아들을 싫어했다고 한다. 어릴 적 서용준은 외할머니 손에서 유년시절을 보냈고 초등학교에 다닐 무렵 아버지와 같이 살았지만 작은 실수에도 호되게 혼나는 등 부자간의 정이 없었다. 그런 환경에서 자란 서용준이 아버지에게 반감이 없었을 리 없다. 그는 경영 일선으로 나오자마자 서지웅 회장과 끊임없이 경영 마찰을 빚었다. 훗날 왕자의 난이라 불린 유일건설 인수합병 시도는 그간 쌓였던 부자간의 앙금이 폭발한 사건이었다.

왕자의 난이 실패로 돌아가자 서용준 회장은 아버지로부터 성북동 자택에 가택연금이나 마찬가지인 처분을 받았다. 왕이 반역을 꾀한 아들에게 내린 귀양인 셈이다. 서지웅 회장은 아들의 옆집 옥상에 비디오 카메라를 설치하고 측근의 사무실을 도청하는 등 혹독하게 감시했다. 서용준 회장이 자택에서 느꼈을 치욕은 굳이 설명하지 않아도 충분히 알 수 있다. 더욱이 교통사고로 아내까지 잃는 불행을 겪으면서 그는 생애 가장 지옥 같은 한 해를 보내야 했다. 폭풍우가 지나고 나서 서용준 회장은 겉으론 아버지에게 순종하는 듯했으나 사업을 확장하고 착실히 세를 모으며 그룹 내 이인자로 커나갔다. 그리고 2006년 서지웅 회장 타계 후 제왕의 자리를 놓고 장남과 차남의 대결이 이어졌다. 그것은 서기준 회장의 장남이자 황태자로 불리는 서수찬(유일그룹 경영전략본부) 전무와 서수현 상무의 대결이기도 했다.

재계는 언론에 잘 알려진 서수찬 전무보다 경영에 참여한 지 얼마 안 돼서 괄목할 만한 성과를 보이는 서수현 상무에게 관심을 보이고 있다. 서수현 상무에 대해선 알려진 것이 거의 없다. 한국에서 고등학교를 나와 미국으로 건너갔고 조지워싱턴대학 경영학 석사 과정을 마쳤다는 것이 전부다. 어릴 적부터 천재라는 수식어와 함께 하버드 경영학 박사 학위를 받고 그룹 내 CEO들에게 화려한 경영수업을 받는 서수찬 전무에 비하면 소박하기

까지 하다. 그런 그가 유일상선에 입사하자마자 거둬 올린 성과
는 다른 재벌 3세들의 행보와 비교해 패 두드러졌다. 더욱이 최
근 유일상선이 6개 해외 전용터미널 시설의 지분 38%를 넘기는
대가로 일본 사토시은행 펀드로부터 투자금을 유치한 것이 그의
주도하에 이뤄진 것이라는 게 알려지면서 놀라움을 주었다. 6개
해외 전용터미널의 가치는 미화 8억7,000만 달러로 평가됐으며
이번 계약을 통해 유일상선은 3,000억 원 이상의 자금을 확보하
게 된다.

"남의 가정사를 연예인 가십거리처럼 써놨군."

기사를 중반까지 읽어 내려간 수현은 잡지를 치우며 씁쓸하
게 중얼거렸다. 사람들에겐 호기심거리일 뿐이지만 당사자에겐
떠올리고 싶지 않은 고통스런 기억이다. 수현은 과거를 떠올리
며 자신도 모르게 몸에 힘을 주고 어금니를 깨물었다. 그때 문
을 열고 송 비서가 들어왔다.

"상무님, 곧 회의 들어가셔야 합니다."

"알았어요."

수현이 자리에서 일어나자 송 비서가 수첩에서 메모를 꺼냈
다.

"서울에서 사모님이 전화하셨습니다. 당부하신 대로 회의 중
이라고 말씀드렸습니다."

"내가 나중에 전화하지."

수현은 그대로 자리에서 일어나 회의실로 향했다. 그가 가고 나서 얼마 안 돼서 젊은 직원이 들어왔다. 그는 입사한 지 얼마 안 돼서 상무실에 발령난 초짜였다.

"대리님 시키신 대로 준비했습니다. 언제 도착하신데요?"

송 대리가 손목시계를 보며 말했다.

"일곱 시 비행기로 오신다고 했으니 준비해. 정중히 모셔. 중요한 분이야. 그리고 잠깐 상무님 휴대전화 좀 대신 가지고 있어. 중요한 일 아니면 회의 들어가셨다고 해. 나 잠깐 보고서 가지고 본부에 들어갔다가 와야 하니까 급한 건 개인 전화로 하고."

송 대리가 수현이 앉았던 책상으로 가 서류를 정리하고 있을 때였다. 수현의 휴대전화로 전화가 왔다.

"네, 여보세요. 아, 사모님. 안녕하세요. 제가 곧 공항으로 모시러 갈 겁니다. 공항에서 호텔로 모셔다……."

사내가 말하고 있는데 얼굴이 하얗게 질린 송 대리가 달려와 그의 전화를 낚아챘다. 송 대리는 반쯤 얼이 나가 있는 사내를 죽일 듯이 노려보다가 목소리를 가다듬고 말했다.

"여보세요? 사모님, 상무님은 아직 회의 중이십니다. 네, 회의가 길어지는 모양입니다. 아, 좀 전에 전화요, 직원이 다른 분으로 착각한 모양입니다. 네, 그럼 회의 끝나시는 대로 바로 보고하겠습니다. 네, 들어가십시오."

전화를 끊은 송 대리가 얼떨떨한 얼굴로 서 있는 사내에게 어퍼컷을 날렸다. 어찌나 세게 쳤는지 사내는 얼굴을 감싼 채 바닥에 굴렀다.

"이 새끼가 누구 모가지 날릴 일 있어? 네가 방금 무슨 짓을 저지를 뻔했는지 알아?"

"왜, 왜요……. 결혼하신 사모님이 오시는 거 아니에요?"

사내가 고통스러운 얼굴로 턱을 움켜쥐고 신음했다.

"아니야! 아니라고! 캐나다에서 오는 분이라고 말할 때 뭐 들은 거야?"

"그, 그럼……."

"그래, 다른 여자라고, 덜떨어진 자식아!"

송 대리가 씩씩거리며 악을 썼다.

"아니, 왜……. 혹시 사모님이 눈치 채셨을까요?"

두 사내의 얼굴이 흙빛으로 변했다. 이 일이 발각되는 날엔 둘 다 목이 날아갈 판이니 불안해 미칠 노릇이었다.

"모르지. 목소리 톤은 모르고 넘어간 것 같긴 한데 눈치 빠른 사람이라면 금방 알아챘겠지."

"으윽, 저는 당연히 사모님인 줄 알고. 혹시 나중에라도 알았다가 우리 잘리는 건 아니겠죠?"

"우리? 네가 사고 쳤으니 너 혼자 잘려. 나는 왜 끌고 들어가?"

"대리님……."

사내는 거의 울 듯한 얼굴이었다.

"젠장, 내 심장이 다 떨어지는 줄 알았다. 모르면 절대 아는 척하지 마. 너처럼 눈치없으면 절대로 윗분들 못 모셔."

"휴……."

두 사내의 입에서 신음이 흘러나왔다. 갓 결혼한 사내가 아내가 아닌 다른 여자를 출장지에 부를 줄 누가 알았겠는가. 그들은 놀란 가슴을 몇 번이고 쓸어내리며 이 사실이 사모님 귀에 안 들어가기만을 기도했다.

✾

남편의 출장 일정은 3박 4일. 오려면 아직 하루나 더 남았다. 수현이 한국을 떠나 있는 동안 재인은 쓸쓸하게 보내지 않으려고 부단히도 노력했다. 첫날 하루는 집에서 꼬박 정리하고 청소하면서 보냈다. 다음날엔 결혼식에 초대하지 않았다고 토라진 친구들과 만나서 밥 먹고 엄마에게 들러서 입에 맞는 반찬거리를 한 아름 싸왔다. 결혼 축하받고 수다 들어주는 것도 큰일이다. 남들 같으면 신혼여행 가서 신나게 놀고 있을 텐데.

남편 없는 하루는 너무나도 길고 텅 빈 집은 무척이나 넓었다. 재인은 그의 목소리가 듣고 싶어서 일본으로 전화를 걸었다. 무슨 놈의 회의를 밤낮 가리지 않고 하는지 전화 통화하기가 하늘의 별 따기다. 그가 출장 가고 목소리 들은 건 딱 한 번뿐. 그것도 저녁 만찬이 있다고 곧 끊은 것이 전부였다. 오늘 밤

역시 바쁜지 전화를 받지 않는다. 재인은 시무룩하게 앉아 있다가 재미있는 것을 생각해 냈다.

남편의 서재 탐험. 재인은 결혼하면서 침대와 가구 몇 가지만 바꾸고 서재는 그대로 두었다. 그러니 서재 어딘가에 과거 애인과 찍은 사진이라던지, 의외의 취미 생활이 숨겨져 있을 것이다. 재인은 잔뜩 들떠서 그의 서재로 쳐들어갔다. 삼십 분 동안 서재와 그의 컴퓨터를 꼬박 뒤진 재인은 아무것도 찾지 못하자 김이 새버렸다. 이 남자 어찌나 깔끔한지 자기 흔적이라는 것이 별로 없다. 애인 사진은커녕 친구들과 찍은 사진도 없고 야한 잡지, 동영상도 없다. 첫날밤 매번 느낌이 달랐던 다섯 번의 사랑은 도대체 어디에서, 누구에게 배웠단 말인가.

재인은 이번엔 드레스룸으로 향했다. 종종은 드레스룸 구석진 곳에 뭔가를 숨겨놓는 경우도 많다니까 뭔가 특별한 것이 있을지도 모른다. 재인은 구석구석 열심히 뒤졌지만 아무것도 발견하지 못했다. 가지런히 걸려 있는 슈트와 드레스셔츠, 구두, 넥타이, 벨트, 커프스, 손수건, 양말까지 모두 다 깔끔하게 정리되어 있었다. 거의 다 점잖은 옷들뿐, 캐주얼한 옷은 몇 벌뿐이고 흔한 삼각팬티도 없었다. 자고 간 애인이 흘린 스타킹 같은 건 물론 없고.

"에이, 재미없어. 무슨 남자가 이래?"

재인은 심심하다고 혼자 칭얼거리다가 DVD 한 편을 보고 일찍 침대 속으로 들어갔다. 그래도 내일 저녁 비행기로 온다고 했으니까 조금 위로가 된다. 재인이 까무룩 잠이 들었을 때였다. 한참 달게 자는데 문득 문 여닫는 소리가 들렸다. 잠귀가 밝은 재인은 금세 눈을 뜨고 몸을 일으켰다.

"혹시…… 왔나?"

재인은 얼른 침대에서 빠져나와 거실로 나갔다. 거실 한쪽에 여행 가방과 쇼핑백들이 놓여 있었다. 재인이 소리없이 환호하는 가운데 수현이 서재에서 나왔다. 재킷을 벗은 드레스셔츠 차림에 넥타이와 커프스를 풀고 약간 피곤한 모습. 오랜만에 보니 황홀하게 섹시하다. 출장에서 돌아와 피곤한 남편을 두고 엉큼한 생각을 하는 것 같아 미안하지만 그래도 그런 걸 어찌하리. 재인은 자신이 슬립 차림이라는 것도 까맣게 잊은 채 눈을 초롱초롱 빛내며 그의 품으로 뛰어들었다.

"수현 씨, 언제 왔어요? 오면 온다고 미리 얘기해 주면 나갔을 텐데. 나보고 싶어서 빨리 온 거죠? 나 많이 보고 싶었어요?"

숨 가쁘게 질문을 퍼붓는 재인을 보고 수현이 어이없는 미소를 지었다.

"조금 전에 왔고, 자는데 방해하고 싶지 않았어. 그쪽 일이 생각보다 쉽게 정리돼서 빨리 왔는데 그런 식으로 물어보면 부정하지 못하겠군."

"아이, 좋아. 보고 싶어서 혼났다구요. 바쁘다고 전화 연결 안 되지, 호텔로 걸면 회의 중이라고 하지, 나 화나기 일보 직전이었어요. 나 화나면 어떤지 알죠?"

“알지. 그런데 지금부터 복수 시작인가? 많이 무겁군.”

수현은 힘껏 매달리는 재인이 무거웠는지 쩔쩔매면서 팔을 풀었다. 재인은 간신히 그에게서 떨어지면서 강아지처럼 뒤를 따라다녔다.

“저녁은 먹었어요?”

“지금 새벽 세 시야.”

“출출하지 않아요? 간식 줄까요?”

“괜찮아. 씻고 싶어.”

“씻어요. 내가 목욕시켜 줄까요?”

수현이 욕실로 가다 말고 재인을 흘끔 보았다. 재인은 씩 웃으며 ‘농담’이라고 말했다. 재인은 그가 샤워할 동안 부지런히 움직였다. 속옷도 가져다 놓고 전자렌지에 우유를 데워서 쿠키와 함께 준비했다. 그리곤 파우더룸으로 쪼르르 달려갔다가 자신이 슬립 차림이라는 것에 화들짝 놀라 재빨리 가운을 걸치고 향수를 뿌렸다.

샤워를 마치고 나온 수현은 그대로 서재로 향했다. 재인이 의아해하며 그를 따라갔다.

“일해야 해요?”

“아침까지 정리할 게 있어.”

“피곤할 텐데 한숨 자고 일어나서 해요. 내가 깨워줄게요.”

“괜찮아. 그리고 난 앞으로는 손님방에서 잘 거야.”

재인은 깜짝 놀라서 우두커니 서 있었다. 수현은 별다른 감정

표현 없이 담담하게 말했다.

"누군가와 한 침대를 쓰는 게 익숙하지 않아."

"하지만."

"누가 내 몸에 닿는 거 싫어한다고 했잖아."

"그럼 트윈 베드 들여놓을게요."

"그냥 손님방 쓸게. 피곤해. 빨리 끝내고 자고 싶어."

재인은 그가 정말로 피곤해 보여 더는 물을 수 없었다.

"그래요, 잘 자요."

재인은 애써 미소 지으며 뒤돌아섰다. 그가 돌아와 정말 좋지만 각방을 쓰자고 하니 금세 기분 가라앉았다. 조금은 열렸다고 생각했는데 문이 또다시 닫혔다. 어떻게 해야 그가 마음을 열어 줄까.

재인은 침실로 가려다 말고 거실 한쪽에 있는 출장 가방을 정리했다. 세탁소에 보낼 것과 집에서 빨 것을 정리하는데 쇼핑백 속에 선물들이 보였다. 잠깐 보니 아버지에게 선물할 양주나 명품 손지갑, 향수 같은 것이 보였다. 공항 면세점에서 샀을 물건들. 또다시 어깨가 축 처진다. 재인은 가방을 정리하고 손님방에 침대 시트를 살핀 후 침실로 돌아와 누웠다. 좀처럼 잠이 오지 않아 뒤척이는데 밖에 그의 발소리가 들렸다. 일을 끝내고 손님방으로 가는 걸까? 재인은 그를 생각하다 다시 잠들었다.

얼마나 잤을까. 침실 문 열리는 소리가 들렸다. 그 소리를 듣고 잠이 깬 재인은 그의 기척을 들으며 자는 척 눈을 감았다. 재인이 누워 있는 반대쪽 스탠드를 켠 수현이 불빛을 낮추고 침대 옆으로 다가왔다. 그는 재인 옆에 앉아서 잠든 모습을 가만히 들여다보았다. 그러다가 흘러내린 머리칼을 손가락으로 조심스럽게 치우고 얼굴을 찬찬히 보았다. 재인은 그의 시선을 느끼며 많은 생각을 했다.

'지금 이 순간 그는 무슨 생각을 할까. 우리에 대해서? 결혼 생활이나 미래에 대해?'

수현의 머릿속은 알 수 없지만 지금 느낄 수 있는 건 그가 쓸쓸하다는 것이었다. 그의 움직임, 숨소리만으로도 재인은 막연히 느낄 수 있었다. 그의 손을 잡아주고 싶다. 안아주고 싶다. 재인은 더는 견디지 못하고 가만히 눈을 떴다. 은은한 불빛 속에서 자신을 가만히 들여다보고 있는 눈빛과 마주쳤다. 그는 가구에 반쯤 기대 말없이 재인의 뺨을 쓰다듬었다.

"일은 다 끝냈어요?"

"응."

"피곤하지 않아요?"

"피곤해."

"어서 자요."

"잠이 안 와."

"이불 속으로 들어올래요? 내가 자장가 불러줄게요."

피곤한 듯 보이는 눈빛이 살짝 흔들렸지만 조용한 대답이 흘러나왔다.

“아침 일찍 중요한 회의가 있어.”

“오늘은 유혹이 안 통하네.”

그 말에 수현이 희미하게 미소를 지었다.

“너무 늦었어.”

“키스는 해도 되죠?”

재인은 대답을 기다리지 않고 몸을 앞으로 숙여 그의 입술에
살짝 입을 맞추었다.

“잘 자요.”

“그래, 잘 자.”

수현이 자리에서 일어나 침실을 나갔다. 재인은 입술에 남아
있는 그의 따뜻한 체온을 되새기며 수현에 대해 곰곰이 생각해
보았다.

9

결혼 전까지만 해도 결혼이란 사랑하는 사람 옆에서 잠자고 눈 뜨는 것으로 생각했다. 각각 다른 인격체가 사랑으로 묶여서 한 공간에서 생활하는 건 얼마나 즐겁고 행복한 경험일까. 그와 현실로 부딪혀 갈 많은 일상이 신대륙을 탐험하는 것만큼이나 흥미진진했다. 낭만적인 상상들로 가득 찬 재인을 두고 이미 결혼한 친구들은 한껏 비웃어댔다. 한 친구는 연애는 사랑이고 결혼은 생활이라고 냉정하게 평가했고, 한 친구는 네가 좋아 죽을 것 같다가 너 때문에 죽을 것 같다로 바뀐다며 웃음 반 진담 반으로 말하기도 했다.

"결혼 전까지만 해도 있는 대로 깔끔을 떨더니 막상 살아보니까 얼마나 드러운지 아니? 몇 번이고 잔소리를 해야 간신히 씻는다니까. 그놈의 손모가지는 어떻게 되먹은 건지 빤스 한 장, 양말 한 짝도 빨래 바구니에다가 넣는 꼬라지를 못 봤다.”

“처음엔 유머 감각이 넘친다고 생각했는데 막상 살아보니 유머 감각은 얼어죽을. 내가 무슨 말만 하면 꼭 딴지 거는 거야. 한 번씩 이기죽거릴 때마다 양말을 입속에 콱 쑤셔 박아줬으면 좋겠어.”

“이 인간은 집에 오기만 하면 피곤해 죽겠다고 엄살이야. 누가 뭐라나. 괜히 몸이 아프다 피곤하다 하면서 침대 속으로 들어가. 침대에서 맨살이라도 닿을까 봐 끄트머리에 딱 붙어서 잔다니까. 나 참, 누가 잡아먹니? 신혼 땐 밥 먹다가도 덤벼들더니만.”

친구들은 이제 막 결혼한 재인에게 결혼에 대한 현실적인 얘기들을 잔뜩 늘어놓았다. 재인은 그 얘기를 들으며 자신도 얼마 안 가 저 대열에 합류하게 되는 건 아닐지 걱정됐다. 확실히 결혼하면 연애 때 같은 감정은 덜해지겠지. 하지만 연애와는 또 다른 기쁨들이 있지 않을까? 나와 정반대의 성향이 있는 사람을 새롭게 알고 서로 맞춰서 살아가는 기쁨을 누릴 수 있지 않을까? 재인의 말을 듣고 친구들은 하나같이 말했다.

“너도 살아봐라.”

어디까지나 환상이고 꿈인 걸까. 우선은 그가 출장에서 돌아온 첫날부터 환상이 깨지긴 했다. 그것은 재인이 생각하기에 가장 고민스럽고 불만 가득한 문제였다. 각방. 정말로 생각하지도 못한 난관. 새벽에 출장에서 돌아와 피곤한 모습을 보고 잔소리하고 싶지 않아 넘어가긴 했지만 분명히 둘이서 대화로 해결해야 할 문제였다.

그와 한 침대에서 일어나지 않으니 결혼에 대한 실감이 좀처럼 나지 않는다. 여전히 따로 사는 느낌. 아침 일찍 일어나니 집 안엔 벌써 커피 향이 감돌고 있었다. 많이 피곤할 텐데, 잠을 자긴 했을까. 걱정돼서 주방에 가니 수현이 아일랜드 식탁 앞에 앉아 신문을 보고 있었다. 단정한 머리, 깔끔한 정장과 세련된 넥타이가 눈에 쏙 들어온다. 꼭 잡지에서 금방 튀어나온 사람 같다. 너무나도 완벽한 그의 모습을 보니 잠옷 차림에 부스스한 머리를 한 자신이 신경 쓰여서 재인은 멋쩍은 얼굴로 다가갔다.

"벌써 준비 끝낸 거예요? 이제 여섯 시인데."

"못다 한 일은 회사에 가서 마무리하려고. 오후 두 시까진 끝마칠 수 있을 거야. 끝나는 대로 데리러 올 테니 같이 잠원동 가자."

"내가 아침 차려주려고 했는데."

"원래 아침 안 먹어. 커피 한 잔이면 돼."

"나는 아침에 꼭 밥이랑 국이랑 먹어야 하는데. 토종이거든요. 앞으론 조금 더 일찍 일어나서 차릴 테니까 같이 먹어요. 앞으로 수현 씨 바쁘면 아침이나 밤늦게야 얼굴 볼 텐데 같이 밥 먹을 시간이 없잖아요."

재인의 말에 수현이 이해한다는 듯 고개를 끄덕였다.

"그래 그럼."

"좋아요. 그럼 내일부터 같이 밥 먹는 거예요."

재인은 싱긋 웃어 보였다. 이렇게 서로 알아가고 맞춰가고 그러다 보면 자연히 서로에게 녹아들게 되겠지. 남남처럼 각방 쓰지 않고 속마음도 털어놓으면서. 재인은 아직 익숙하지 않을 뿐이라고 생각하면서 각방 쓰는 일로 많이 신경 쓰거나 쉽게 비관하지 않기로 했다. 이럴 땐 낙천적이고 긍정적인 성격이 천만다행인 듯싶다.

수현이 출장에서 돌아온 후 바쁜 나날이 지나갔다. 그와 친정에 가서 인사를 드리고 정성 들여 준비한 이바지 음식을 싸서 시댁으로 가 저녁 식사를 하고 돌아왔다. 자고 가겠다는데도 굳이 보내는 시아버지. 부자 사이가 냉랭한 건 결혼 전이나 후나 똑같다. 그 밖에도 인사드리러 가야 할 곳이 많았다. 주례 선생님도 찾아 봬야 하고 양가 친척 집에도 들러야 한다. 재인은 며칠 남지 않은 결혼 휴가를 인사 다니느라 보내는 게 아까웠지만 인사 예절이 그 집안 얼굴이고 품격이라고 배운 터라 힘든 내색하지 않고 다녔다. 어느덧 학교 출근을 하루 앞두고 큰집에 인사드리러 가는 날이 되었다. 최 실장이 누누이 얘기했듯 큰어머니가 상당히 깐깐한 분이라니 재인은 특별히 옷차림에 신경을 썼다.

어른들께 예쁘게 보이려고 머리를 단정하게 올리고 한복을 곱게 차려입었다. 예쁜 새색시 차림으로 단장을 하니 수현이 차로 데리러 왔다. 그는 오늘도 회사 일을 하고 온 참이었다. 재인은 그 앞에서 빙그르르 돌며 물었다.

"나 예뻐요?"

"예뻐."

늘 그렇듯 무뚝뚝한 대답이 흘러나왔다. 그래도 묻는 것에 꼬박꼬박 대답을 잘하는 편이다. 그건 마음에 든다.

"큰어머님이 무척 어려운 분이라고 해서 긴장돼요."

"독특하신 분이지."

수현이 고개를 끄덕이며 말했다. 재인은 그 말이 왠지 우스웠다. 재인의 눈엔 그와 시아버지가 더 독특해 보이기 때문이다. 아무튼 그가 그리 말할 정도면 상당히 독특하신 분이겠구나 생각하며 큰집에 도착했다. 결혼식 때 본 모습이 굉장히 세련되고 고고한 귀부인이어서 집도 그리 화려할 줄 알았다. 더구나 큰아버님이 그룹 최고경영자시니 시아버지 집보다 더 크고 웅장할 줄 알았다. 그런데 막상 발을 들여놓으니 소박하고 정갈한 한옥이었다. 꽃과 난을 좋아하시는지 정원부터 안채까지 화단과 화분이 참 많았다. 집 안은 밖에서 볼 때보다 넓고 깔끔했다. 서양식으로 약간 개량하긴 했지만 한국적인 느낌이 물씬 나는 인테리어, 벽에 걸린 홍매도, 물려받아 잘 관리한 듯 보이는 고가구가 인상적이었다. 재인이 정신없이 응접실을 둘러보는데 연한 쪽색 저고리에 꽃무늬가 수놓인 은회색 치마를 입은 대가댁 부인이 들어왔다. 정말이지 조선시대 정경부인 같다. 머리는 쪽을 지고 노리개에 가락지까지 완벽하게 갖추고 내딛는 걸음이 무척이나 느리고 우아했다.

"어서 와요."

그녀가 정중히 공대하자 재인이 예의 바른 미소를 지으며 말했다.

"안녕하세요, 큰어머님."

진 여사가 미운 며느리 꼬투리 잡으려는 시어머니처럼 찬찬히 훑어보자 재인은 조금씩 긴장되기 시작했다.

"회장님이 갑자기 일이 생기셔서 나가셨어요. 저녁은 우리끼리 먹어야겠네요."

그녀의 분위기가 조금 차가워서 재인은 더욱 밝고 사근사근하게 굴었다.

"아, 네. 큰아버님께서 주신 선물 받고 감사 인사드리고 싶었는데 다음으로 미뤄야겠네요. 큰어머님, 이건 친정에서 가져온 꿀하고 더덕이랑 표고버섯이에요. 외삼촌이 직접 채취하신 거라 믿을 만하고 맛있어요."

재인이 보자기에 정성껏 포장한 선물을 내밀자 그녀가 받아들면서 말했다.

"고마워요. 잘 먹을게요. 어머님께 감사 인사 전해주고."

"네. 그런데 큰어머님, 말씀 놓으세요."

"최 비서에게 못 들었나요? 나는 아랫사람에게도 늘 존대를 합니다."

그녀가 약간 싸늘하며 도도하게 말했다. 보통 분이 아니라는 것이 온몸으로 느껴졌다. 재인은 군기 잡을지도 모른다는 최 비서와 엄마 말이 자꾸만 머릿속에 떠올랐다. 그때 준수한 미남이 응접실로 들어왔다. 결혼 예식 때 본 사촌동생이다.

"이야, 형님 오셨네요. 결혼하더니 얼굴이 더 좋아졌어요."

수현은 다른 사람들과 달리 그에게는 부드럽게 웃어주었다.

"고맙다."

"형수, 만나서 반가워요. 오늘도 정말 예쁘시네요."

재인이 활짝 미소 지으며 인사하려는데 진 여사가 미간을 좁히며 말했다.

"형수에게 무슨 경망스런 말버릇인가요. 정중히 인사드리도록 해요."

"네, 어머님."

수민은 정중히 허리를 숙이면서도 고개를 들 때 장난스럽게 눈짓했다.

"서 전무는 무얼 하고 있나요?"

서 전무? 재인이 누굴까 생각하는데 수민이 말했다.

"형 지금 막 들어와서 샤워해요. 곧 올 거예요."

"얼른 저녁 준비하라고 해야겠군요. 담소 나누고 있어요."

진 여사가 자리에서 일어나자 재인도 따라 일어났다.

"질부는 앉아 있어요. 도와줄 거 없어요."

“아니에요. 제가 거들어야죠.”

“오늘까진 손님이니까 앉아 있어요. 앞으로 많이 드나들 텐데 굳이 오늘부터 물에 손 담글 필요는 없지요.”

재인이 얼떨떨해하며 말을 새겨보는데 그녀가 응접실을 나갔다. 그러자 수민이 재인 옆으로 가까이 앉으며 말했다.

“형수, 결혼식날 노래 잘 들었어요. 가까이서 보니까 더 예쁘시네요. 수현이 형은 좋겠다.”

“아, 네.”

재인이 싱긋 웃었다. 성격이 쾌활하고 귀여운 면이 많은 도련님이다. 이 집안에서 유일하게 싹싹한 남자인 거 같아서 마음에 들었다.

“우리 집안이 여자가 귀해요. 사촌들도 죄다 남자라서 예쁜 형수가 오면 다들 쌍수 들어 환영하죠. 우리 잘 지내봐요.”

수민에게선 밝고 명랑한 분위기가 흘렀다.

‘우리 수현 씨도 이런 성격이었으면 좋았을 텐데.’

재인은 밝은 수민을 보며 내내 생각했다. 지금 있는 그대로의 수현을 좋아하면서도 이따금 쓸쓸한 뒷모습을 보면 안타까웠다. 그 외로움을 자신이 걷어내길 바라지만 좀처럼 가까이 갈 수 없는 그. 재인은 수민과 말하는 그의 밝은 얼굴을 지켜보며 자신과 있을 때도 늘 저런 모습이기를 바랐다.

“아 참. 형, 저 이번에 신사옥 디자인 프로젝트에 참가해 보려고 하거든요. 설계도 그린 게 있는데 좀 봐줄래요? 수찬이 형은 너무 평범하다고 하는데 전 베이직한 스타일이 좋거든요."

"그래, 가서 한번 보지."

"형수님은 잠깐만 앉아 계세요. 곧 수찬이 형이 와서 말벗 해 줄 거예요."

수민이 한쪽 눈을 찡긋하고 수현을 데리고 나갔다. 혼자 남은 재인이 방 안의 가구들을 흥미롭게 살펴보고 있을 때였다.

"오랜만이에요."

익숙한 목소리가 등 뒤에서 들렸다. 고개를 돌리자 낯익은 남자가 미소를 지으며 서 있었다. 저 남자를 어디서 봤더라. 곰곰이 생각하던 재인이 손뼉을 치며 말했다.

"아, 창립 파티 때 도와주신 분?"

"후후후. 다행히 기억하는군요."

"그럼요. 아주버님이셨구나. 다시 만나뵙게 돼서 기뻐요."

"윽, 아주버님이라고 하니까 무척이나 늙은 것 같군요. 하지만 촌수로는 그게 맞죠. 전 이 집 큰아들 서수찬입니다."

그가 손을 내밀자 재인은 얼떨떨해하며 그의 손을 잡았다. 수찬은 재인의 작은 손을 꼭 쥐고 한동안 놓지 않았다.

"결혼식 때 노래 잘 들었어요."

"그날 오셨었어요?"

"그럼요. 일이 있어서 피로연까지 못 있었지만 메인 이벤트는 잘 봤어요. 내가 본 가장 인상적인 신부였어요."

재인은 어색하게 웃으며 손을 뺐다. 자신을 보는 그의 눈빛이 뭔가 다르지만 그것이 무엇인지 집어낼 순 없었다.

"신혼 재미가 어때요? 수현이가 잘해줘요?"

그가 자리에 앉으면서 물었다.

"네. 보기보다 다정한 면이 많아요. 잘해줘요."

"그럴 리가."

그가 들릴 듯 말 듯 속삭이자 재인이 물었다.

"네?"

"뜻밖이라서요. 차디찬 놈이라고 생각했거든요. 아내에게는 다른 모양이죠?"

"무뚝뚝하긴 하지만 차갑진 않아요."

재인의 맑은 얼굴을 보며 수찬은 거짓말은 아니라고 생각했다. 정말로 꿈에 들뜬 새색시 얼굴이다. 아직 모르는 건가, 아님 모른 척하는 건가. 수찬이 재인을 차분히 관찰하고 있을 때 집안일을 돕는 아줌마가 와서 저녁 준비가 다 됐다고 알렸다. 재인은 수현과 함께 진 여사와 그녀의 아들 둘과 같이 저녁을 먹었다. 저녁은 비교적 즐거웠다. 주로 얘기하는 건 쾌활한 수민이고 수찬은 이따금씩 대꾸를 해주고 수현과 진 여사는 조용히 밥만 먹었다. 저녁을 먹고 나자 진 여사가 재인을 다실로 데려갔다. 다실은 작은 차 박물관처럼 오래된 다기에서부터 책, 각국의 진귀한 차로 가득했다. 자리에 앉아서 조용히 찻물을 따르는 진 여사를 보며 재인은 정말로 기품있는 분이라고 생각했다. 그런데 왜 그리 깐깐하다는 소문이 도는 걸까?

"이 집안은 어른께 공손하고 예절 지키는 것을 중요하게 생각합니다. 특히 성실히 내조해야 하는 안사람에게 중요한 덕목이지요. 회사에서 큰일을 하는 분들이고 더 나아가 나라 경제에 공헌하는 분들이에요. 그러니까 옆에서 잘 보필해야 하는 막중한 사명감이 있어요."

그녀의 말에 재인은 자못 비장해져서 허리를 꼿꼿이 세우고 경청했다.

"무엇보다 자신의 감정에 휘둘리지 말고 현실을 직시하고 차분히 대처해 가는 자세가 필요합니다."

"네, 큰어머님."

재인은 공손히 고개를 숙였다.

"차 들어요."

그녀의 말에 재인은 다소곳하게 차를 들었다. 그 모습을 보던 진 여사가 물었다.

"앞으론 내가 아니라 누구의 아내로 불릴 때가 더 많을 거예요. 우선 그것에 익숙해지는 것이 중요합니다. 본인의 의견이나 개성보단 어른들과 남편에게 맞춰가게 되지요. 요즘 젊은 사람들은 그것을 어려워하더군요. 하지만 힘들어도 해야만 해요. 보기에 그냥 아름다운 꽃은 없어요. 많은 것을 포기하고 인내해야 하는 자리예요. 충분히 각오하고 들어왔다고 생각하겠어요."

"네, 큰어머님."

재인은 이제부터 시작이구나 하며 마음을 단단히 먹었다.

"특히 처신에 신경 쓰도록 해요. 너무 튀거나 처져선 안 돼요. 결혼식 때 보인 가벼운 행동을 말하는 거예요. 보는 내가 얼마나 얼굴이 화끈거리던지. 앞에선 웃지만 뒤에 가선 누구네 집 며느리가 이러더라, 흉잡는 게 사람들이에요. 그때그때 기분 내키는 대로 행동했다간 여러 사람 입에 오르내리기 십상입니다. 앞으로 그런 일은 없도록 해요."

"큰어머님이 보시기에 제 노래 실력이 그렇게 엉망이었어요? 그래도 노래 실력은 빠지지 않는다고 생각했는데. 제가 노래방에서 90점 밑으론 내려가 본 적이 없거든요."

재인이 불쑥 묻자 진 여사가 눈을 동그랗게 떴다.

"지금 그걸 두고 말하는 게 아니에요. 어른들 계신 자리에서 경박하게 나선 것을 탓하는 거예요."

"아…… 네, 알겠습니다."

재인은 그제야 알아듣겠다는 듯 시무룩한 얼굴로 고개를 끄덕였다.

"다도는 배웠나요?"

"아직 모릅니다."

"그림이나 클래식을 좋아하나요?"

"그림은 잘 모르고 클래식은 유명한 곡 위주로 조금 들었습니다."

"흐음."

진 여사는 별로 내키지 않는 얼굴을 했다.

“할 줄 아는 음식은 뭐가 있나요?”

그 말에 재인의 얼굴이 비로소 밝아졌다.

“김치찌개랑 계란말이를 잘합니다. 아 참, 카레라이스도요. 그리고 알탕이 기가 막힌다고 아버지가…….”

언제 시무룩했었냐는 듯 밝은 얼굴로 말을 이어가는 재인을 보고 진 여사가 기막힌 얼굴로 말을 끊었다.

“됐어요, 거기까지. 골프나 테니스 같은 건 칠 줄 알아요?”

“모릅니다. 요가는 좀 하는데요.”

진 여사의 고운 이마에 주름이 지더니 암담하다는 표정이 스쳤다. 재인이 바짝 긴장하는데 진 여사가 말했다.

“정말 배워야 할 것투성이군요. 어디부터 손을 대야 할지 모르겠어요. 아내는 내조를 잘해야 해요. 내조라는 게 집에서 살림만 잘하는 것이 아니라 바깥어른을 도와 사람을 만나고 좋은 인상을 심어주고 더 나아가 보탬이 돼야 하지요. 재계 부인회 같은 곳에서 활동하다 보면 그림 전시회나 음악회, 골프나 테니스 모임이 많아요. 회원권을 끊고 골프부터 배우도록 해요. 그림과 음악에 관련된 책도 열심히 보고 손님 접대하는 법, 테이블 세팅, 음식, 다도도 능숙하게 할 줄 알아야 합니다.”

그녀의 말에 재인은 침을 꼴깍 삼키고 거듭 고개를 끄덕였다. 무식하면 용감하다고, 아무것도 모르고 뛰어든 곳이 호랑이 굴이었나 보다. 역시 보통 결혼과는 확실히 다른 곳이다.

“시어머니가 있었다면 가르쳤겠지만 없으니 당분간은 내가 붙들고 이것저것 참견할 거예요. 토요일마다 이곳에 와서 음식부터 배우도록 해요. 시어머니도 아닌데 무리한 요구라고 보나요?”

“아니에요. 열심히 배우겠습니다.”

방싯방싯 웃는 재인을 보고 진 여사가 새침하게 시선을 깔았다.

“됐어요, 그럼. 그리고 직장 다닌다면서요? 언제 그만둘 거지요?”

“계속 다닐 생각입니다.”

“계속 다닌다구요? 서 상무와 얘기가 된 건가요?”

“네.”

“여기는 다른 집과는 달라요. 직장 다니면서 병행할 수 없어요. 물론 여자가 자기 일을 갖는 건 좋은 거라 생각해요. 하지만 내조와 아이 키우는 것도 그만큼 가치있고 힘든 거예요.”

“하지만…….”

“요즘 젊은 사람들 자아실현이니 뭐니 하면서 고집을 부리는데 이기적인 생각이에요. 자신의 삶을 발전시키는 것도 중요하지만 남편과 아이를 돌봐야 하는 책임이 있어요. 이런 어려운 자리에 들어올 때엔 그 책임을 받아들일 각오쯤은 하고 왔어야죠. 겉으로 화려하고 호사스러운 것만 보고 온 건가요? 자신의 것만 지키느라 책임과 의무는 저버릴 건가요? 난 그렇게 이기적인 사람은 불쾌해요.”

속이 따끔따끔할 정도로 날카롭고 매서운 몰아침이었다. 하지만 틀린 말이 아니라는 생각에 재인은 정신이 번쩍 났다.

"제가 아직 부족한 게 많아서 죄송해요. 차차 신중히 생각해 보도록 하겠습니다."

어른이 말씀하시는데 자기 생각만 고집할 수 없어서 한발 물러났다. 재인은 자신을 찬찬히 훑어보는 매섭고 싸늘한 눈빛을 보며 이분과 친해지려면 어떻게 해야 할지 곰곰이 생각했다.

다실을 나오니 문 앞에서 수민이 기다리고 있었다. 수민을 본 진 여사가 언짢은 얼굴로 말했다.

"거기 왜 그러고 선 거지요?"

"어머니께서 형수를 한입에 쏙싹했을까 봐 지키고 서 있었습니다. 다행히 형수가 무사한 거 같아 마음이 놓여요. 하하하."

"버릇하고는."

천연덕스런 아들을 두고 진 여사가 눈을 흘겼다.

"형수는 제가 데려갈게요. 형수, 이제 젊은 사람이랑 놀 차례예요."

수민은 잡아끌자 재인은 어쩔 수 없이 끌려가는 척했다. 수민은 재인을 형제끼리 쓰는 응접실로 데려갔다. 응접실 소파에 앉자마자 한숨 쉬는 재인을 보고 수민이 싱긋 웃으며 말했다.

"많이 힘들었죠? 조금 더 겪어보면 알겠지만 어머니가 겉으로 차가워도 속마음은 따뜻한 분이에요. 오늘은 그래도 양호했던 모양이죠? 지난번 사촌 형수는 훌쩍이면서 나왔는데."

“그랬어요? 저는 크게 나무라진 않으셨어요. 다 주의하고 배워가야 할 것들인데요.”

“우리 어머니 별명이 뭔지 알아요?”

재인이 고개를 젓자 수민이 작은 목소리로 중얼거렸다.

“징해라여사. 크크크, 다른 별명으론 진빼라여사가 있죠.”

“설마요.”

재인이 웃자 수민도 따라 웃었다.

“진짜예요. 이 계통에선 유명하죠. 그래도 생트집은 안 잡으시니까 기분만 잘 맞춰 드리면 무탈해요. 우리 형 만났어요?”

“네.”

“우리 형도 이 세계에선 유명하니 조심하세요.”

“왜요?”

“워낙 짓궂거든요. 이상한 장난 많이 치니까 조심하세요.”

“인상이 참 좋던데.”

“흐흐, 겉으로는 멀쩡하죠. 그런데 속은 안 그래요. 회사 사람들과 조찬하면서 농담하고 허허 웃다가 저녁에 모가지 댕강. 도무지 속을 알 수가 없고 자기 마음에 안 들면 차갑기가 말도 못해요. 그래서 약혼녀도 무섭다고 외국으로 도망간걸요. 그나마 어른들 생각해서 파혼 못했지 나 같아도 도망갔어요. 몇몇 사람들은 우리 형 결혼하면 몇 개월 못 갈 거라고 내기도 걸어놨데요.”

“뭐, 결혼하면 몇 개월 못 가? 어떤 자식들이 그래?”

뒤에서 수찬의 목소리가 들리자 수민과 재인이 화들짝 놀라서 돌아보았다. 응접실에 수찬과 수현이 들어오고 있었다. 수민이 과장되게 웃으며 말했다.

"하하하. 형, 바둑은 다 뒀어?"

"다시 말해봐, 이 자식아. 결혼이 뭐가 어쩌고 저째?"

"오죽이나 이상하게 굴면 사람들이 그래? 안 그래요, 수현이 형?"

수현이 별다른 대꾸가 없자 수찬이 동생에게 잔소리를 한가득 늘어놓았다. 그때 수현이 재인을 보며 말했다.

"집에 가자. 내일 출근인데 일찍 쉬어야지."

그가 자신의 출근을 걱정해 주는 것이 좋아서 재인은 미소를 지으며 소파에서 일어났다. 그때 수민이 불만스럽게 말했다.

"형, 좀 더 놀다 가지요. 형수랑 할 얘기 많은데."

수찬이 여전히 분통을 터뜨리며 말했다.

"아직도 할 얘기가 남았어? 너는 사내자식이 왜 그렇게 수다스럽냐? 그런 유전자는 도대체 누구한테 물려받은 거야?"

"후천적인 거야. 워낙 말없는 사람들이랑 살다 보니까 답답해서 살 수가 있나. 환경이 이렇게 만든 거라구."

"넌 그 주둥이 때문에 망할 거야."

"내가 말아먹어도 돈 많은 형이 도와줄 건데 뭐. 내가 몇 개 말아먹어도 끄떡없잖아?"

투닥거리는 형제를 보고 재인이 피식 웃었다. 노상 말싸움하는 것 같지만 꽤나 우애있어 보였다. 외아들로 자란 남편에게 이들 같은 형제가 있었다면 좋을 텐데. 재인은 수현의 무덤덤한 눈빛을 보며 자신이 좋은 가족이 되어주겠다고 다짐했다.

재인은 집으로 돌아오는 차 안에서 깜빡 잠이 들었다. 며칠 여기저기 다니느라 노곤했던 모양이다. 한참 자고 있는데 그가 어깨를 흔들었다.

"일어나. 집에 다 왔어."

"벌써 다 왔어요? 나도 모르게 잠이 들었네. 운전하고 오는데 심심했겠다."

재인이 하품하며 기지개를 켜는데 수현이 물끄러미 바라보았다. 그의 눈빛은 늘 생각을 하는데 무슨 생각인지 알기가 힘들다.

"왜 그렇게 봐요?"

재인이 묻자 수현이 나지막이 대답했다.

"다른 사람과 집에 들어가는 게 낯설어서."

"오랫동안 혼자 살아서 그런 걸 거예요."

"힘들지 않아? 나와 이 집안. 쉽지 않을 텐데."

"쉽지 않을 거란 생각은 처음부터 했어요. 아니다. 내 딴엔 각오했다고 생각했는데 막상 겪으니까 훨씬 더 어렵긴 해요. 멋모르니까 뛰어들었지 아는 사람은 못했겠다 싶기도 하고. 그래도 잘해 나갈 거라고 생각해요. 내 장점이 늘 긍정적인 거니까."

"부럽군. 늘 그럴 수 있다니."

"당신은요? 언제나 생각이 많아 보여요. 무슨 생각을 그리 해
요?"

수현의 눈빛에 망설임이 스쳐 갔다. 재인은 주저하지 말라고,
마음을 보여달라고 부드러운 눈빛으로 속삭였다. 그가 마음을
보여줘야만 다가갈 수 있다. 그래야만 서로 가까워질 수 있다.
재인이 따뜻한 눈길로 보는데 문득 그가 시선을 피했다.

"차에서 이러고 있지 말고 올라가자. 답답해."

수현이 차 문을 열고 내리자 재인의 얼굴에 실망이 스쳤다.
역시 아직은 갈 길이 먼 건가. 조급해지지 않겠다고 생각하면서
도 마음은 그게 안 된다. 그의 생각을 듣고 싶고 마음을 갖고 싶
다. 아직은 이른데 자꾸만 욕심이 앞선다. 재인은 차에서 내리
는 동안 기분이 가라앉았다.

집에 들어오자 두 사람은 각자 다른 욕실에서 씻고 옷으로 갈
아입었다. 재인은 면 원피스인 데 반해 그는 여름에도 긴 팔 티
셔츠에 바지다. 저 남자는 뭐든 꽁꽁 싸매지 않으면 직성이 풀
리지 않는 걸까. 재인이 서재에 앉아서 또 무언가를 시작하려는
그를 물끄러미 바라보았다. 그는 출장에서 돌아오고서 재인을
안아주지 않았다. 늘 일이 바쁘다고 했고 일이 끝나면 손님방에
서 잤다. 물 마시러 가는 척하면서 보니 손님방엔 언제나 불이
켜 있고 텔레비전 소리가 끊이지 않고 들렸다. 잠을 자기는 하
는 걸까? 걱정스러운 마음과 의아함이 자꾸만 머리를 괴롭힌다.

"수현 씨, 또 일해요?"

문 앞에 선 재인을 보고 그가 건성으로 고개를 끄덕였다.

"칫, 나랑 좀 놀아줘요. 심심해요."

"미안해. 일이 많아."

"일은 늘 많잖아요. 조금 쉬기도 해야 해요. 매일 그렇게 죽어라 일하면 병나요. 나 귀찮게 하지 않을 테니까 같이 영화나 한 편 보면서 머리 식혀요. 내가 DVD 몇 개 샀거든요. 그거 같이 봐요."

수현은 고민하는 눈길로 보다가 결국 서재를 나왔다. 재인은 신이 나서 영화 한 편을 가지고 왔다. 그녀는 이미 본 영화지만 그와 같이 보고 싶었다. 수현을 소파에 뉘고 푹신한 쿠션을 머리맡에 받쳐 주었다. 그리고 주방으로 쪼르르 달려가 복숭아와 포도, 주스, 과자를 바구니에 담아 가지고 왔다. 재인은 소파 아래에 앉아서 영화를 틀었다. 인디 가수이기도 한 글렌 핸사드 주연의 〈ONCE〉. 이렇게 누워서 영화 보는 것이 처음인 듯 소파에 어색하게 누워 있던 수현이 영화가 시작되자 비로소 편안하게 풀어져서 보았다.

한 남자가 거리에서 기타를 메고 노래를 부른다. 절박하고 고통스런 목소리로 세상과 혹은 누군가와 소통하고 싶다고 간절히 노래한다. Say It To Me Now. 지금이 네가 기다려 온 시간, 그리고 솔직해질 시간이라고. 그러니 할 말이 있다면 지금 내게 말해달라고. 재인은 그에게도 똑같이 말하고 싶었다. 무엇이든 말해달라고. 그게 무엇이든 같이 나누자고.

영화는 거리의 가수와 가난한 체코 소녀에 관한 이야기였다. 각자 사랑의 상처와 외로움을 가지고 살아가는 사람들. 좁혀질 듯하면서도 좀처럼 다가서지 못하는 마음. 그와 그녀는 아름다운 멜로디를 통해 서로 이해하고 교감한다. 그들은 노래로 소통하지만 재인과 수현은 아직은 소통할 것을 찾지 못했다. 이렇듯 가까이 있지만 무척이나 먼 거리. 재인은 그를 알고 싶었다.

'당신과 나는 무엇으로 마음의 거리를 좁혀갈까요. 이렇게 가까이 있어도 당신이 너무 멀게 느껴져요. 같은 공간에서 숨을 쉴 때도 같이 영화를 볼 때도 당신 혼자 아주 먼 곳을 떠도는 것 같아요. 어떻게 해야 당신의 마음을 잡을까요. 당신도 분명히 나를 원하는데 망설이는 것 같아요. 너무 어려워하지 말고 그저 손만 내밀면 되는데 그러면 내가 그 손을 잡을 텐데.'

영화를 보는 내내 재인의 머릿속에 많은 생각이 떠다녔다. 그리고 긴 생각에서 깨어났을 때 마지막 씬이 끝나고 엔딩 크래딧이 올라가고 있었다. 재인은 소파에 누운 그를 보며 물었다.

"영화 어땠어요?"

"괜찮았어."

"다음엔 영화관에 가서 봐요. 거기에서 보는 게 훨씬 더 좋으니까."

"가본 적이 없어."

"말도 안 돼. 그런 게 어디 있어요. 친구랑 극장 가본 적도 없단 말이에요?"

"없어."

"에이, 정말 재미없게 산다. 가끔은 즐길 줄도 알아야 해요. 너무 일에 쫓겨 사는 건 안 좋아요."

재인의 눈을 가만히 들여다보던 수현이 그녀를 끌어당겨 소파 위에 눕혔다. 둘은 서로 마주 보며 누워 각자의 얼굴을 가만히 살폈다. 재인은 손가락으로 그의 턱을 가만히 쓸었다. 까끌까끌한 검은 수염 자국, 고집스럽게 다문 입술, 잘생긴 귀, 섬세한 콧날. 눈빛은 애써 쳐다보지 않았다. 그의 눈빛은 늘 어둡고 묵직하다. 그래서 재인은 한 손으로 그의 두 눈을 가리고 얼굴을 찬찬히 들여다보았다. 그는 잠든 것처럼 움직이지 않았다. 또 무슨 생각을 하는지는 굳이 생각하지 않기로 했다. 그냥 보이는 대로 느끼려고 노력한다.

그에게선 늘 청결한 향이 난다. 술과 담배는 하지 않는다. 가끔은 숨 쉴 때 커피 향이 난다. 재인은 수현의 입술을 벌리고 하얗고 가지런한 이를 보았다. 손가락으로 톡톡 두드려 보다 충동적으로 입술에 입을 맞추었다. 다문 입술 위로 살짝 입술이 스치는 담백한 키스. 혀끝으로 그의 입술을 살짝 쓸어보았다. 레몬 푸딩처럼 매끄럽고 달콤한 맛이 난다. 그가 푸딩이라면 은수저로 아주 천천히 아껴 먹을 텐데. 재인은 그의 눈을 가린 손을 살짝 치워보았다. 까만 눈동자가 자신을 보고 있다. 에스프레소처럼 쌉쌀한 눈빛. 아무리 뜨거워도 꿀꺽 삼키고 싶다. 그 뜨거움과 쌉쌀함을 마음속에 가두고 입 안이 얼얼할 때까지 달콤한 입술을 맛보고 싶다. 재인은 그의 입술에 다시 입을 맞추었다. 푸딩을 맛보듯 혀로 보드랍게 쓸면서 달콤함을 느낀다. 그러자 그가 팔로 허리를 당겨 안았다. 그의 가슴에 가슴이 닿고 누군가의 심장이 빠르게 뛰는 것을 느낀다. 그는 아침에 일어나자마자 한 시간씩 러닝머신 위를 뛴다. 그래서 그런지 몸이 탄탄하다. 그는 한재인이라는 여자에 대해서 얼마나 알까. 재인은 그의 한쪽 가슴에 손을 얹은 채 말했다.

"그거 알아요? 난 목욕할 때 노래 듣는 걸 좋아해요."

"그래서 욕실에 라디오가 있군."

"응. 뜨거운 물에서 노래 들으면서 망고 주스 마시는 걸 좋아해요. 단 게 좋아. 초콜렛, 쿠키, 푸딩, 과일 주스."

재인이 종알거리는데 수현이 그녀를 끌어안고 목에 고개를 묻었다. 그리고 재인이 말할 때마다 울리는 부드러운 느낌에 집중한다. 수현은 그녀의 가벼운 수다가 싫지 않았다.

"나 학교에서 별명이 별나라 공주예요. 정신이 별나라에 가 있다나. 욕 같진 않은데 그리 좋은 것도 아닌 것 같아요. 그 별명이 붙은 게 부임하고 얼마 안 됐을 때였어요. 복도를 가는데 우리 반 아이들이 너무 시끄러운 거예요. 그래서 앞문을 열고 '너희 왜 이렇게 시끄럽니, 조용히 안 해?' 하고는 뒷문을 열고 음, 이 반은 조용하네. 이래 버렸지 뭐예요. 난 가끔 우리 반 뒷문하고 옆 반 앞문이 헷갈려요."

수현이 슬그머니 웃자 재인도 따라 웃었다. 그의 미소가 보기 좋아서 가슴이 들뜬다.

"건망증도 약간 있어요. 한 번은 속옷을 안 하고 학교에 갔지 뭐예요. 교무실에 들어서는데 앞자리 남선생 얼굴이 벌게지는 거예요. 왜 그러나 했는데 옆자리 선생님이 귓속말로 말해주는 거예요. 한 선생, 부라자 어디 갔니? 크크크. 그날따라 왜 흰색 블라우스를 입어가지고선."

수현의 웃음소리가 더 커졌다. 그는 껄껄껄 웃으면서 재인의 작은 손을 만지작거렸다. 재인은 수현의 웃음소리에 용기를 얻었다.

"수현 씨도 재미있는 얘기 해줘요."

수현의 웃음소리가 잦아들고 긴장하기 시작했다. 수현은 재인을 보며 나지막한 목소리로 말했다.

"난 너처럼 재미있는 사람이 아니야."

"무슨 얘기든 해봐요. 하하하 웃어줄게요."

수현은 망설이며 좀처럼 말을 꺼내지 못하다가 조심스럽게 말했다.

"난 초등학교 3학년 때까지 산타클로스를 믿었어."

"정말? 순진했네. 나는 유치원 때 뻥이라는 거 알았는데."

"학교 앞에서 파는 병아리를 사다가 닭까지 키워본 적 있어."

"와, 정말? 대개 일찍 죽지 않아요?"

"혹시나 죽을까 봐 안절부절못했지. 학교에서 오면 똘이를 먼저 보러 갔어."

"똘이는 병아리 이름?"

"응."

"다 커서는요?"

"매일 똘이만 들여다보는 걸 아버지가 알고 치워 버렸어. 운 전기사들끼리 먹었다나 봐. 학교에서 돌아와서야 그걸 알았지. 그 후론 병아리를 봐도 사오지 않았어."

"아, 너무해. 어린 마음에 얼마나 마음이 아팠을까."

재인이 수현의 가슴을 부드럽게 어루만졌다. 그러자 그가 편 안하고 따스한 미소를 지었다. 수현은 재인의 머리칼을 쓰다듬 으며 중얼거렸다.

"난 비 오는 걸 좋아해. 유리창에 빗방울이 굴러 떨어지는 게 좋아."

"나도 좋아해요."

"나뭇잎 타는 냄새도 좋아해. 나뭇잎을 모아다 태울 때 계단 에 앉아서 그 냄새를 맡곤 했어."

"나도요. 학교 수위 아저씨가 저녁이면 모아다가 태우곤 했잖 아요. 기억나요? 그 아저씨가 가꾸던 토마토 밭."

"그래, 기억나."

"애들이 다 따먹는다고 막 화내고 그랬잖아요. 그런데 사실은 아이들 주려고 했던 거 같아요. 토마토 따먹다가 딱 걸린 적이 있었는데 아저씨가 가져가서 먹으라고 몇 개 줬던 기억이 나 요."

"난 그때 학생주임이 정말 싫었어."

"아! 에이즈! 그거 한번 걸리면 죽는다고 선배들이 지어준 거라면서요. 처음에 그거 듣고 얼마나 웃었다구요. 아주 잘 어울리잖아. 그분은 지금 뭘 하고 계실까?"

둘은 고등학교 때 괴짜로 유명했던 선생들을 얘기하며 웃었다. 처음 얘길 시작할 때만 해도 무슨 얘기를 해야 할지 몰라 망설이던 수현은 그녀가 이끄는 대로 이야기를 따라갔다. 먼 곳에 뚝 떨어져 있는 것만 같던 두 사람이 차근차근 서로에게 다가가 얘기하고 생각지도 못한 공통된 화제를 찾는 것이 신기했다. 말할수록 점점 가까워지는 느낌. 재인은 지금 이 느낌이 너무나도 좋았다. 이렇게 밤새도록 얘기할 수 있다면.

"고마워요."

재인이 그의 가슴에 기대 조용히 말하자 수현이 물었다.

"뭐가?"

"지금 내 옆에 있어줘서."

"고마워."

그 말에 재인이 놀란 얼굴로 그를 보았다. 수현은 잔잔하고도 부드러운 눈빛으로 말했다.

"내가 말할 수 있도록 해줘서. 말하고 싶지 않은 건 묻지 않아줘서 고마워."

"내가 당신을 기쁘게 해요?"

"그래."

"내가 당신을 편안하게 해요?"

"그래."

"됐어요. 지금은 그거면 충분해요."

재인은 그를 꼭 끌어안으며 품속으로 파고들었다. 수현은 재인의 정수리에 입을 맞추고는 그녀의 턱을 들어 입을 맞췄다. 재인이 했던 것처럼 달콤한 푸딩 키스. 그는 매끈거리는 입술과 달콤함을 맛보며 아주 천천히 안으로 들어왔다. 재인은 자신을 열어 그를 받아들였다. 수현이 점점 가까이 다가서는 게 느껴진다. 재인은 느리고 조심스러운 걸음에 맞추려고 노력하며 그에게 다가섰다. 수현의 마음을 열려고 먼저 자신의 마음을 열어 보여주었다. 이렇게 조금씩 가까워지다 보면 닫힌 마음은 활짝 열리고 아무것도 얽매이지 않은 채 사랑할 수 있을 거라고 재인은 믿었다. 오늘도 한 걸음 더 다가섰다.

겨우 일주일 비웠을 뿐인데 오래 자리를 비운 것처럼 학교는 낯설고 신선한 분위기로 가득 차 있었다. 재인은 한껏 들뜬 마음으로 학교에 들어섰다. 모두의 축하와 부러움 속에서 유부녀가 된 실감이 부쩍 든다. 담임 반 첫 수업에 들어서자 아이들의 환호가 들렸다. 칠판에 '샘 결혼 축하해요'라고 커다랗게 쓰여 있었다. 재인은 미소를 머금은 채 칠판에 있는 글을 하나하나 다 읽은 다음 고개를 끄덕이며 인사를 받았다.

"선생님, 더 예뻐지셨어요."

“정말?”

재인이 웃으며 묻자 아이들이 일제히 ‘네’ 하고 대답했다. 그러고는, ‘샘, 첫날밤 얘기해 주세요오오’ 하며 장난스럽게 소리쳤다. 그러면 그렇지, 그냥 넘어갈 리가 없다. 아이들이 외치는 소리에 재인이 점잖은 표정으로 헛기침을 하며 말했다.

“어허, 밤톨만 한 애들이 못하는 소리가 없네. 어서 책 펴. 진도 어디까지 나갔다고 했지?”

“우우우. 첫날밤! 첫날밤!”

아이들이 수업하기가 싫은지 아예 책을 덮고 초롱초롱한 눈으로 빤히 본다. 재인은 마지못해 책을 덮고 진지한 얼굴로 말했다.

“너희들 뜻이 정 그렇다면 아주 조금만 말해줄게. 어디 가서 말하면 안 된다. 흠흠, 식이 끝나고 밤이 됐는데 너무 피곤한 거야.”

재인이 말을 시작하자 아이들은 설마하는 표정과 기대 가득찬 눈빛으로 경청했다. 교실은 언제 시끄러웠냐는 듯 고요했다.

“피곤해서 씻을 생각도 못하고 소파에 누워 있는데 신랑이 물 받아놨으니 샤워하라고 하지 뭐니. 그래서 씻고 나오니까 남편이 슬슬 다가오는 거야.”

아이들 표정이 가관이다. 어떤 아이는 침을 꼴깍 삼키면서 진지하게 들었다. 재인은 웃음이 새어 나오는 걸 억지로 참으며 말했다.

"그러더니 내 어깨에 손을 얹으며 말했어. 과인은 수궁의 으뜸인 임금이요, 너는 산중의 조그마한 짐승이라. 과인이 우연히 병을 얻어 고생한 지 오래되었도다. 어서 네 간을 내놓아라."

아이들의 벙찐 표정을 보며 재인이 씩 웃으며 말했다.

"자, 이제부터 나갈 진도는 우리 고전의 맛과 멋, 토끼전이지? 자, 누가 먼저 읽어볼래. 음, 6번 송은희 읽어보자."

"우우우. 선생님, 너무해요."

"울 샘 낚시 지대다. 히잉."

아이들이 있는 대로 불평하는 사이 재인이 교탁을 탕탕 치며 말했다.

"어서들 책 펴. 너희들은 선생님 사생활이 왜 그리 궁금하니? 세계에서 선생님 첫날밤에 대해 물어보는 대담한 학생들은 우리나라밖에 없을 거다."

"우우우."

"자꾸 그러면 너희 결혼했을 때 내가 쫓아가서 첫날밤 어땠냐고 물어본다. 어서 책 펴!"

재인이 웃으며 수업을 하는 동안 아이들은 연신 투덜거리면서도 곧 분위기를 바꾸고 열심히 따라왔다. 첫날밤 얘기해 달라는 건 어느 교실을 가나 똑같다. 어르고 달래서 간신히 수업을 하고 나니 다른 때보다 부쩍 힘이 든다. 4교시 수업 끝내고 교무실로 오니 박은영 선생이 물었다.

"수업 잘했어? 아이들이 첫날밤 얘기해 달라고 안 해?"

"하죠."

"하하, 고 녀석들. 그래서?"

"자꾸 물으면 쪽지 시험 보겠다고 했더니 암말 안 하던데요."

"나도 궁금한데 나한텐 얘기해 줄 거지?"

"선생님!"

재인이 흘겨보자 박 선생이 후훗 웃으며 말했다.

"그나저나 한 선생 집들이는 언제 할 거니? 신랑 얼굴 안 보여줄 거야?"

"어려울 것 같아요. 그이도 바쁘고 저도 당분간은 시댁에서 이것저것 배우느라 바쁘거든요."

"바쁘다니 어쩔 수 없지. 그래도 그냥 입 싹 닦진 않을 거지?"

"그럼요. 언제 날 잡아서 한턱 쏠게요."

"그래, 약속했다. 우리 멤버 소집할 테니 거하게 삼차까지 가야 해. 재벌 사모님인데 그 정도는 우습지. 안 그래?"

"남편이 부자지 제가 부자예요?"

"그 살림 누가 다 할 건데. 어차피 자기 거잖아. 아 참, 자기 차도 바꿨더라. 최근에 나온 세단이던걸."

"시아버지가 바꾸라고 해서요."

"그 집 시아버진 여전하셔?"

"네. 늘 바쁘시고 그렇죠 뭐."

"어려운 자리라 고생 좀 하겠다. 그래도 싹싹한 사람이니 잘하겠지. 신랑이 잘해주지?"

"그럼요."

"아이고, 신랑 얘기하니 금세 얼굴이 활짝 피네. 신랑이 좋긴 좋구나."

박 선생의 놀림에 재인은 배시시 웃어 보였다. 이따금 그를 떠올리면 마음이 간질간질하고 자신도 모르게 웃음이 난다. 그도 나처럼 이렇게 행복하고 들뜰까. 재인은 하루에도 몇 번씩 수현을 생각했다. 그와 결혼한 것이 달콤한 상상 같아서 깨고 나면 다시 예전으로 돌아갈 것 같다.

그렇게 바쁜 학교생활이 흘러갔다. 어른들이 일하는 걸 안 좋아하시지만 재인은 조금 더 설득해 일해보기로 했다. 일하느라 남편에게 소홀히 한다고 보이기 싫어서 더욱 열심히 살았다. 다섯 시에 일어나 아침밥을 짓고 그가 출근하면 시아버지에게 전화해 아침 인사드리고 골프 연습장에 들렀다가 학교에 갔다. 워낙 일찍 일어나니 저녁 아홉 시만 돼도 졸음이 밀려왔다. 수현은 일찍 들어오는 경우가 거의 없었다. 거실 소파에 누워 그를 기다리다 잠이 들면 자정 가까이 되어 들어온 그가 안아다 침대에 눕히곤 했다. 재인은 그의 품속에서 익숙한 냄새를 맡다가 그가 떨어지려고 하면 여전히 눈을 감은 채 졸음 가득한 목소리로 말했다.

"오늘 하루 어땠어요?"

"바빴어."

"저녁은?"

"당연히 먹었지."

"얼굴 보고 싶은데 눈이 안 떠져요."

"늦었어. 어서 자."

"잘 자요."

침대 시트를 덮어준 그가 문을 열고 나간다. 재인은 그가 옆에 없는 게 잠깐 쓸쓸하지만 생각할 겨를도 없이 잠 속으로 굴러 떨어졌다. 한 걸음 다가섰다 싶으면 한동안 정체. 부부로 한 집에 사는데도 늘 그가 그립다.

재인은 주말마다 꼬박꼬박 이태원동에 있는 큰집에 들렀다. 진 여사에게 다도와 꽃꽂이를 배우고 요리 연구가 선생을 불러서 손님상 차림에 어울릴 만한 요리를 배웠다. 늘 기품있고 당당한 진 여사는 엄격한 코치처럼 재인을 하나하나 감독했다. 재인은 성실하고 다소 엉뚱한 학생이었다. 요리 실습을 하면서 손가락을 썰 뻔해서 기함시키고, 생선 구분을 잘 못하고 꽃꽂이 솜씨가 형편없어 진 여사를 실망시켰지만 그래도 씩씩하게 배워 나갔다.

오늘 배운 요리는 안심 로스 편채, 닭고기 겨자 냉채, 새송이 떡갈비였다. 수현이 손님 저녁 접대가 늦어질 것 같다고 해서 재인은 아주 이 집에서 저녁을 먹고 가기로 했다. 다른 식구들은 아직 안 들어오고 진 여사와 단둘이 테이블에 앉아 저녁을 먹었다.

"큰어머님, 이렇게 혼자 저녁 드실 때가 많으세요?"

재인이 살갑게 묻자 진 여사가 조용히 대답했다.

"종종 그렇죠. 다들 바쁜 분들이니까요."

"저도 그래요. 그이가 늘 늦으니까 혼자 먹을 때가 많아요. 큰어머님 혼자 드시기 적적하시면 절 불러주세요. 와서 이렇게 맛있는 음식도 먹고 얘기도 하면 좋으니까요."

재인을 보며 진 여사가 무표정한 얼굴로 물었다.

"내가 불편하지 않아요?"

"아니요. 전혀요. 큰어머님이 제 롤모델이신걸요. 저도 큰어머님처럼 사회봉사 열심히 하고 가정적이고 자상한 어머니가 되고 싶어요."

"말이라도 고맙군요."

"입에 발린 말 아니에요. 아직 큰어머님과 많이 친해지진 못했지만 어려운 아이들을 위해 많이 노력하신다는 걸 알고 큰 감명을 받았어요. 저도 어릴 때부터 남들에게 도움이 되는 사람이 되고 싶었거든요. 저도 배우고 싶어요."

진혜라는 재인의 얼굴을 가만히 보았다. 다른 사람이 하면 입에 발린 아부로 생각해 불쾌할 말을 이 아이는 참 진심으로 들리게 하는 힘이 있었다.

'참 따뜻하고 좋은 아이구나.'

혜라는 마음속으로 생각했다. 그렇기에 더욱 불안하고 못마땅한 면이 많은 아이였다. 이런 세계에선 쉽게 상처 입고 다칠 아이다. 이런 부류는 진심이면 통한다고 믿으니까 더욱 겁이 없고 진취적이다. 다른 사람들도 다 내 맘 같을 거라 생각하니까 상처도 크다. 돈과 권력, 허영과 명예가 한데 얽힌 사회가 더 비열하고 악랄한 법이다. 이런 곳에서 재인 같은 여자가 버텨낼 수 있을까.

'그러고 보니 수현이 엄마하고 비슷하구나. 그 사람도 꿈이 많고 열정적이었지. 한데 시간이 흐를수록 점점 말라가기 시작했어. 너무나도 자유로운 사람이라 견디지 못하고 무너지고 말았지. 저 아이는 그렇게 되지 말아야 할 텐데.'

혜라는 담담한 눈길로 재인을 보면서 깊은 걱정에 잠겼다.

재인과 진 여사가 거실에서 과일을 먹고 있을 때였다. 막 저녁 약속을 마치고 들어온 수찬이 재인을 보며 깜짝 놀란 얼굴을 했다.

"아니, 이 시간까지 어머니가 붙들어둔 거예요?"

덩달아 깜짝 놀란 재인이 황급히 손을 저으며 말했다.

"아니에요. 제가 큰어머님이랑 저녁 먹고 싶다고 해서 있었는걸요."

"억지로 먹어서 체한 거 아니에요? 소화제 먹어야겠네."

"정말 괜찮은데. 왜 그런 말을 하세요? 그러는 거 아니에요."

도리어 재인에게 혼나자 수찬이 하하하 웃으며 머리를 긁적였다.

"죄송해요, 어머니. 다들 어머니 앞에서 벌벌 떠니까 당연히 그러려니 했죠. 저녁 맛있게 드셨어요? 적적하진 않으셨겠네요."

진 여사는 아들의 넉살을 못마땅하게 쳐다보며 물었다.

"저녁은 들었어요?"

"그럼요."

"큰어머님, 그럼 저는 이만 가볼게요. 집에 가서 그이 기다려야죠."

"차고에 차 없던데 택시 타고 왔어요?"

수찬이 물었다.

"버스 타고 왔어요. 친정어머니 시골 내려가시는데 쓰시라고 빌려 드렸거든요. 조금 나가서 버스 타고 가면 돼요."

"내가 있는데 버스를 왜 타요. 내가 데려다 줄게요."

수찬은 진 여사의 진지한 눈빛을 받으며 태연하게 말했다.

"괜찮아요. 버스 타고 가면 되는데."

"버스 태워 보냈다가 수현이한테 원망 들으면 어쩌려구요. 자, 가요."

재인은 수찬이 우겨서 결국 그의 차를 얻어 타고 가기로 했다. 진 여사에게 저녁 인사를 하고 차고로 내려가자 수찬이 벤츠에 시동을 걸고 있었다. 그는 귀에 익숙한 팝송을 틀고 청담동으로 향했다. 수찬이 운전하면서 물었다.

"수현이는 뭐 해요? 오늘 같은 날 둘이서 데이트해야 하는 거 아닌가?"

"일 때문에 바쁜데요."

"아무리 그래도 이렇게 예쁜 색시를 쓸쓸하게 두는 건 너무

한데."

"조금 섭섭하긴 하지만 괜찮아요."

"무조건 이해해 주지 말고 한번은 강하게 요구하고 끌어당길 때도 있어야 해요. 남자들은 아무 말 안 하면 정말 불만이 없어서 그런 줄 아니까. 배려해 주면 그게 당연한 건 줄 알죠."

"그래요? 그럼 나도 잔소리 좀 해볼까요?"

재인이 웃으며 말했다.

"사람이라는 게 정말 좋은 건 제일 늦게 알아보는 법이에요. 내게 편하고 좋은 건 드러나지 않은 곳에서 조용히 지켜보는 법이니까. 그러니까 가끔은 옆에 있다는 걸 가르쳐 줘야 해요."

"와, 의외네요. 사람이 다시 보여요."

"뭐가요?"

"진지하고 생각이 깊어 보여서요. 작은 도련님이 정반대로 얘기했거든요."

"수민이 그 자식이 무슨 말을 했건 믿지 말아요. 그 자식은 어딜 가나 내 험담하고 다니는 놈이니까."

"사이가 참 좋아 보여요."

"나이 차이도 꽤 지는 편이고 녀석이 어리광쟁이다 보니 받아주다가 친해졌죠."

재인과 수찬은 생각보다 말이 잘 통했다. 화제가 술술 나왔고 깔깔거리면서 웃다가 이런 면이 있구나 내심 놀라게 만드는 부분이 서로 많았다. 빌라에 도착하자 수찬이 말했다.

"내가 한 말 잊지 말아요. 바라보고 기다린다고 오진 않아요. 당당하게 요구해요. 재인 씨는 그럴 자격 있어요."

"네. 그럴게요."

재인이 인사를 하고 빌라로 들어가자 수찬은 그녀의 뒷모습을 물끄러미 바라보았다. 알면 알수록 사랑스럽고 반짝반짝 빛이 나는 여자. 자꾸만 그녀가 여자로 보이기 시작한다. 수찬은 오스트리아 빈에 있는 약혼녀를 떠올렸다. 어른들이 짝지어준 정략결혼. 마지막으로 본 그녀는 겁에 잔뜩 질린 어린애였다. 여자가 아니라 동생 같기만 한 그 아이. 이제 스물두 살인가. 차라리 이런 감정이 그 아이에게 든다면 좋을 텐데. 하필 사촌동생의 아내라니.

재인이 사라진 입구에서 이층으로 시선을 들어 올린 수찬은 창가에 서서 자신을 보는 수현과 눈이 마주쳤다. 수현은 가라앉은 표정으로 수찬을 노려보다가 이내 고개를 돌리고 커튼을 내렸다. 수현에게 재인은 너무나도 밝고 화사하다. 그는 그것을 못 견뎌할 수도 있다. 아니면 그가 변하던지. 수찬은 강한 질투를 느끼며 차에 올라탔다.

"어머, 수현 씨 언제 왔어요?"

집에 막 들어선 재인이 거실에 서 있는 수현을 보며 반갑게 물었다.

"오 분 전쯤."

유난히 무뚝뚝하게 대답한 수현이 소파에 앉으며 말했다.

"그렇구나. 난 큰어머님 댁에서 저녁 먹고 오는 길이에요. 아주버님이 데려다 주셨어요. 조금만 빨리 왔으면 마주쳤겠네. 손님 접대한다고 했죠? 저녁 맛있게 먹었어요?"

"응."

재인은 벽시계를 흘끔 보았다. 아홉 시. 수현이 이렇게 일찍 들어온 건 처음이다. 그와 놀 생각하니 신이 난다.

'일한다고 서재에 들어가기 전에 확 낚아채야지. 뭐 하고 놀까?'

요리조리 궁리하던 재인이 그를 보며 말했다.

"수현 씨, 우리 장 보러 가지 않을래요? 장 봐놓은 거 거의 다 떨어져서 봐야 해요. 이 근처에 열두 시까지 하는 마트 있던데 같이 가요."

"그러지."

웬일로 수현이 순순히 받아들였다. 재인은 한껏 신이 나서 장 볼 목록을 적어놓은 수첩과 지갑을 가지고 와서 그와 함께 마트로 향했다.

"난 수현 씨가 쇼핑하는 거 안 좋아하는 줄 알았어요."

"나도 가끔 해. 일 끝나고 들어오다가 장 봐오곤 했어."

"정말? 그럼 앞으로도 종종 가자고 해야지."

신이 난 재인은 그와 함께 식품 코너를 돌면서 내내 좋아하는 음식이 뭔지, 뭐가 먹고 싶은지 물어보았다. 그가 잡채를 좋아한다고 하자 엄마에게 전화해 잡채에 들어가는 재료를 받아 적고는 부지런히 다니며 재료들을 골랐다. 활기 넘치는 재인을 보며 수현은 아까 본 수찬의 눈빛을 떠올렸다. 무심코 창밖을 내다보았을 때 수찬의 차가 들어오는 것을 보았다. 나란히 앉은 둘을 본 순간 기분이 몹시 나빴다. 그리고 밝게 미소 짓는 재인을 보자 뒷목이 서늘해지면서 언짢았다. 그 미소는 나에게만 보여주는 것이 아닌가? 다른 남자에게 환히 웃어주는 아내에게 화가 났다. 그리고 아내를 보는 사촌 형의 눈빛을 보고 더욱 분노가 치밀었다. 혼란스러운 눈빛. 서수찬 여성 편력이야 이 바닥에서 유명하긴 하지만 그런 진지한 눈빛은 기분이 나쁘다.

'네가 아무리 그런 눈으로 보아도 재인은 내 아내야. 이 세상에서 나만이 당당하게 그녀를 안을 수 있어.'

격한 감정이 조금 누그러져서야 이 감정이 질투란 걸 깨달았다. 수현은 자신에게 이런 감정이 인다는 것이 놀랍고 두려웠다. 태어나 한 번도 느껴본 적 없는 혼란스러운 감정. 수현은 오렌지를 고르는 재인을 물끄러미 바라보았다. 그녀가 갑자기 자신의 인생에 뛰어들자 모든 것이 헝클어졌다.

'너를 원해. 네 작은 몸에 숨겨진 것을 모두 찾아내 내 것으로 만들고 싶어. 너를 보는 사내들의 눈이 다 멀어버렸으면 좋겠어. 이 세상에서 나만이 너를 보고 느낄 수 있었으면. 하지만 난 아직 네가 두려워. 널 믿지 못하겠어.'

그녀를 원하면서도 가슴 밑바닥엔 두려움이 고여 있다. 자신

에 대한 혐오감과 불신. 모든 걸 알게 됐을 때 그녀가 떠나 버릴
지도 모른다는 두려움. 수현은 그녀가 깊숙이 들어오지 못하도
록 온몸으로 저항했다. 하지만 시간이 흐를수록 조금씩 허물어
진다. 한재인이라는 여자 앞에 서수현은 너무나도 무기력하다.
차라리 그녀가 파도처럼 밀려와 모든 걸 삼켜 버렸으면 좋겠다.
수현이 혼란스런 눈빛으로 재인을 응시하고 있을 때 그녀가 돌
아보며 말했다.

“수현 씨, 딸기 좋아해요? 우리 딸기 먹을까요?”

저 미소. 오직 자신만이 소유하고 싶은 맑은 미소. 그녀를 갖
고 싶다. 믿고 싶다. 무표정한 얼굴 속에 숨겨진 수현의 자아가
고통스럽다고 소리치고 있었다.

드디어 스케줄이 안 맞아 미뤄왔던 회식을 하는 날이다. 재인이 한턱 쏜다는 소문이 돌고 돌아 원래 맛집을 탐방 다니는 멤버 여섯 명에서 네 명이 늘어 열 명이 뭉쳤다. 1차는 해물찜으로 거나하게 배를 채우고 근처 동동주 집에서 파전과 두부김치를 놓고 왁자지껄하게 웃고 떠들며 술을 마셨다. 오랜만에 동료들과 어울리니 재인은 기분이 마구 들떠서 잘 마시지도 못하는 술을 주는 대로 다 마셨다.

"교감샘 넘 웃기지 않아요. 한 선생 볼 때마다 표정이 달라져. 우리 한 선생, 우리 한 선생. 완전히 왕비마마 모시는 거 같잖아."

박 선생이 교감을 흉내 내자 사람들이 박수를 치며 고개를 끄덕였다.

"우리 한 선생은 결혼반지하고 차 바꾼 거 빼고는 별로 변한 것도 없는데 말이지."

"그러게. 옷차림도 전이랑 비슷하구. 그 집은 계속 직장 다녀도 뭐라고 안 해? 나 같으면 그냥 집에서 놀겠구만."

"아기 소식은 없어? 남들은 아예 혼수로 해오거나 허니문 베이비까지 만드는데 뭐 하는 거야?"

선생들의 이런저런 난처한 질문에 재인은 생글생글 웃으며 넘어갔다. 선생들이 자꾸 잔을 채워주자 재인은 넙죽넙죽 받아 마시면서 슬슬 취하기 시작했다. 얼굴이 붉어지고 몸에 기운이 빠져나가 이리저리 흔들리는 재인을 보며 최인권 선생이 술잔을 뺏었다.

"한 선생, 그만 마셔요. 지금도 꽤 많이 취했는데."

"괜찮아요. 저 아직은 끄떡없어요. 울 신랑한테 전화했는데 마음껏 놀다 오라고 했어요."

"그래도 술에 약하잖아요. 동동주라 괴로울 텐데."

"최 선생, 괜찮다는데 왜 자꾸 그래. 이미 떠나간 배 안타까워 해 봐야 소용없어요."

재인을 걱정하는 최 선생을 두고 다른 선생들이 놀렸다. 최 선생이 재인을 내심 좋아하고 있었던 건 선생들끼리 다 아는 사실이었다. 최 선생은 그 말에 얼굴이 붉히면서도 걱정을 놓지 못하고 재인에게 온 잔을 자신이 대신 마셔주었다.

재인이 잠깐 화장실 간 사이에 박은영이 테이블에 있는 휴대 전화를 집어 들었다. 그녀는 통화 목록에서 울신랑이라고 쓰인 번호를 찾아 통화 버튼을 눌렀다. 옆에 앉은 최 선생이 펄쩍 뛰며 왜 그러냐고 묻자 은영이 조용히 하라는 손짓을 했다. 상대방이 전화를 받자 은영이 말했다.

"아, 안녕하세요. 저는 한 선생 직장 동료 박은영이라고 합니다. 네. 저도 말씀 많이 들었어요. 우리 한 선생이 지금 많이 취했거든요. 몸이 많이 안 좋아서 데리러 오셨으면 해서요. 네. 좀 과하게 했어요. 아, 오신다구요? 여기가 어디냐 하면은……."

은영이 전화를 끊자 인권이 걱정스럽게 물었다.

"지금 온데요? 한 선생이 뭐라고 하면 어쩌려구요."

"아니, 남편 얼굴 좀 보자는데 뭐 어때? 얼마나 잘난 인물인가 구경 좀 하자고."

그때 마침 재인이 돌아와 의자에 앉자 은영이 잔 가득 동동주를 따라주며 말했다.

"한 선생, 이거 한 잔 쭉 들이켜."

"에이, 또 줘요?"

"이거 마셔야지 더 취할 거 아냐. 얼른 취해."

"왜 자꾸 보내려고 해요?"

"내 말 들어. 곧 좋은 일 생길 테니."

재인은 헤죽 웃으며 한 잔을 단숨에 비웠다. 점점 미소가 늘어가는 걸 보니 많이 취한 것이 확실했다. 만취하면 상당히 귀여워지는 재인이니 남편이 보면 재밌어할 거다. 은영은 곧 새신랑을 보게 된다는 기대에 흐뭇해졌다.

수현은 전화를 받고 곧바로 일을 정리하고 재인이 있는 곳으로 향했다. 몸이 많이 안 좋다고 전화가 올 정도면 정말 어디가 많이 아픈가 싶어서 걱정이 됐다. 그쪽은 술집에서 자리를 옮겨 노래방으로 갔다고 했다. 복잡한 골목을 빙글빙글 돌다가 노래방을 찾자 주차장에 주차를 하고 건물 삼층으로 올라갔다. 카운터에 얘기하려고 다가가는데 귀에 익은 목소리가 흘러나오고 있었다. 수현은 어수선하게 섞인 노래 중에서 재인의 목소리가 들리는 방을 찾아갔다. 문 앞에 서자 유리 사이로 재인의 모습이 보였다. 맨발로 테이블 위에 올라가 노래를 부르는 여자. 자신의 아내가 분명했다. 재인이 빠른 댄스곡을 끝내자 사람들 사이에서 박수가 터져 나왔다. 이어서 앵콜이 나오자 재인이 마이크에다 대고 다음 곡을 외쳤다.

"자, 다음 곡은 조덕배님의 그대 내 맘에 들어오면은!"

반주가 흘러나오고 재인이 두 손으로 마이크를 꼭 잡고 노래를 불렀다.

"다가가면 뒤돌아 뛰어가고 쳐다보면 하늘만 바라보고 내 맘을 모르는지 알면서 그러는지 시간만 자꾸자꾸 흘러가네."

몸이 안 좋다는 사람이 고개를 좌우로 흔들며 흥겹게 노래 부르는 모습을 보니 수현은 어이가 없었다. 그는 들어가지 않고 팔짱을 낀 채 재인이 하는 양을 가만히 지켜보았다.

"뛰어갈 텐데 훨훨 날아갈 텐데. 그대 내 맘에 들어오면은."

노래 실력은 확실히 가수다. 무대 매너는 보수적인 남편이 보기엔 조금 불편할 정도. 모습을 보니 많이 놀아본 솜씨다.

'알고 보니 순 날라리였군.'

수현은 자신도 모르게 미소를 지었다. 노래를 부르는 그녀의 모습이 무척이나 행복해 보인다. 저 여자는 늘 저렇게 웃는 걸까. 사람들을 즐겁게 해주고 자신도 즐거워 보인다. 어쩌면 저렇게 사는 것도 행복하겠다. 한참 노래를 부르던 재인이 무심코 문 쪽으로 시선을 돌렸다가 수현을 발견했다.

"어, 울 신랑이랑 닮은 사람이다."

그녀가 마이크에다 대고 말하자 방에 있던 시선이 일제히 문 쪽으로 향했다. 수현은 그제야 문을 열고 안으로 들어서면서 인사했다.

"안녕하세요. 서수현이라고 합니다."

수현이 모두와 인사하는 사이 재인이 그를 빤히 보면서 물었다.

"수현 씨, 여긴 어떻게 알고 왔어요?"

"박 선생님이 전화 주셔서 데리러 왔어."

"정말? 정말 나 데리러 온 거예요?"

감동한 표정으로 테이블을 내려오던 재인이 비틀거리자 바로 옆에 서 있던 인권이 얼결에 손을 붙들고 부축했다. 인권 자신도 놀랐는지 수현의 눈치를 살피며 슬쩍 손을 놓았다. 수현은 드러나지 않게 인권을 노려보며 대신 아내를 부축했다.

"와, 한 선생이 미남이라고 할 때는 콩깍지 때문에 그런 줄 알았는데 정말이었네요."

"진짜 잘생기셨다."

여선생들의 감탄 어린 눈빛을 받으며 수현이 어색한 표정을 지었다.

"거봐요. 울 신랑이 제일 잘생겼다니깐."

술 취한 재인이 반쯤 혀가 풀려서 웅얼거렸다. 재인이 그의 목을 끌어안자 수현의 낯빛에 난처함이 어렸다. 그가 어쩔 줄 몰라 하는 와중에 선생들이 재인의 구두와 백을 챙겨주며 말했다.

"어서 데려가요. 한 선생이 우리 노래까지 다 부르려고 해서 불만이었으니까."

"한 선생, 어서 가서 자. 내일 골 꽤나 패일 거다."

"안 돼요. 울 신랑한테 노래 불러줘야지."

재인이 마이크를 다시 집으려고 하자 박 선생이 도로 뺏으며 말했다.

"어서 신랑이랑 집에 가. 신랑 보고 싶다고 했잖아."

"히잉, 노래 더 부르고 싶은데. 수현 씨, 나 한 곡만 더."

재인은 완전히 다리가 풀려 그의 품에 매달리다시피 했다. 이 모습을 보는 것이 마냥 즐거운 선생들이 킥킥 웃음을 흘렸다.

수현은 아내의 모습에 곤란해하면서도 참을성있게 설득했다.

"이제 그만 집에 가자. 많이 취했어."

"아니야. 안 취했어. 더 부를 수 있다구."

수현은 재인의 맨발에 구두를 신겨주려고 애썼지만 그녀가 발을 동동 구르는 바람에 포기했다. 그는 한 손에 구두와 백을 집어 들고 재인을 번쩍 들어 안았다.

"그럼, 저희는 먼저 가보겠습니다."

재인을 안은 채 꾸벅 인사를 하는 수현을 보고 모두 부러운 얼굴로 고개를 끄덕였다. 수현과 재인이 나가자마자 선생들 사이에서 감탄이 흘러나왔다.

"이야, 한 선생은 좋겠네."

"두 사람 진짜 잘 어울리죠?"

"몸이 참 실하네. 번쩍번쩍 안는 게 힘도 좋은 거 같구. 울 신랑은 신혼여행 때 한 번 안고는 다신 안을 생각 안 하더만."

박 선생의 너스레에 모두가 웃음을 터뜨렸다.

재인을 차에 간신히 태워서 안전벨트를 매준 수현은 넥타이를 느슨하게 풀며 숨을 돌렸다. 품속에서 어찌나 발버둥을 치는지 자칫 잘못하면 떨어뜨릴 뻔했다.

"한 곡 더 하고 싶은데. 수현 씨, 우리 다시 가서 노래 불러요."

"집에 가야지."

"싫어! 노래방 가!"

술 취하더니 어린애가 됐다. 보기와 달리 주사가 있군. 수현은 재인의 색다른 모습이 신선해서 미소를 머금은 채 시동을 걸었다. 가는 내내 노래방 가자고 떼를 쓰다가 노래를 부르다가 다시 떼를 쓰던 재인은 집에 거의 다 왔을 땐 완전히 곯아떨어져 있었다. 수현은 안전벨트를 풀고 머리 부딪치지 않게 조심스럽게 안아 집으로 올라왔다. 축 늘어진 몸을 침대에 내려놓으니 한숨이 절로 나왔다. 꽤 무겁고 힘들었는지 온몸이 땀에 축축이 젖었다. 수현은 침대에 앉아 재인을 물끄러미 보다가 소리 내 웃었다. 한편으론 어이가 없고 뜻밖의 모습이 귀엽다. 수현은 침대 옆에 누워 세상모르게 잠든 재인의 얼굴을 빤히 보았다. 그녀를 통해 낯선 상황에 부딪칠 때마다 활기를 느낀다. 어느 땐 그녀의 보살핌을 받고 어느 땐 그녀를 돌봐주면서 가슴이 따뜻하게 젖어든다. 사람이 산다는 건 이런 것인가. 수현은 한참 동안 재인을 보다가 잠옷으로 갈아입히려고 옷을 벗겼다. 블라우스 단추를 풀고 벗기려는데 재인이 깼는지 끄응 소리를 내며 뒤척였다.

"수현 씨."

"응."

"나 많이 취했어요."

"알아."

수현은 블라우스를 벗기고 스커트로 손을 뻗었다. 지퍼가 어디 있는지 찾지 못하다가 그녀가 몸을 뒤척이는 바람에 간신히 찾아서 내렸다.

"나 술 냄새 많이 나요?"

재인이 수현을 끌어당겨 냄새를 맡게 했다. 사실 썩 좋은 건 아니다. 동동주에 음식 냄새가 폴폴 난다. 예전의 깔끔한 수현이라면 질색을 했겠지만 이것도 나쁘진 않았다.

"술독에 빠졌다 나온 것 같아."

"그래서 나 싫어요?"

재인이 수현의 목을 끌어당기며 칭얼거렸다. 왠지 그런 그녀를 힘껏 안아주고 싶다. 숨 막힌다고 발버둥 칠 때까지 키스해주고 싶다. 하지만 수현은 애써 욕구를 억누르고 재인의 스커트를 마저 벗기며 말했다.

"아니."

하얀 슬립 차림의 재인이 배시시 웃었다. 그 모습이 유혹적이고 천진하다. 수현은 그녀의 슬립 속으로 손을 넣어 팬티스타킹을 끌어 내렸다. 손에 닿는 매끄럽고 부드러운 감촉. 손끝에 점점 감정이 실리고 몸이 뜨거워진다. 이러려고 시작한 건 아닌데 몸과 마음이 따로 논다.

"어, 수현 씨가 옷 벗긴다. 울 남편은 왕내숭이야. 안 한다고 하더니 몇 번씩 하고 막 옷 벗기구. 엉큼해."

재인은 수현의 손길을 밀치며 시트 속으로 파고들었다. 그 모습을 보고 수현의 가슴에 뜨거운 불길이 일었다. 그는 더는 자제하지 못하고 시트 속으로 숨는 재인을 끌어당겨 입을 맞췄다.

달달한 그녀의 입술 속으로 미끄러지듯 파고드는데 재인이 그의 어깨를 밀치며 침대 끝으로 도망갔다.

"왕내숭. 저리 가."

그녀가 아무리 토라진 목소리로 밀어내도 수현은 더욱 뜨거워질 뿐이다. 그는 재인의 발목을 붙들어 끌어당겼다. 술에 취해 기운이 없는 재인이 그에게 끌려오며 볼멘소리를 했다.

"흥, 매일 바쁘다고 하구. 얼굴 보기도 힘들구. 뽀뽀도 안 해 주구. 순 자기 맘대로야."

그녀가 도망칠수록 수현은 더욱 애가 탔다. 그는 재인을 안아 눕히고 자신의 몸으로 내리눌렀다. 그리고 그녀의 뺨을 감싸고 키스했다. 자꾸만 밀어내던 재인이 그제야 그를 받아들이며 목에 팔을 둘렀다. 수현은 그녀의 뜨거운 체온과 체취에 취해 매끄러운 몸을 부드럽게 쓰다듬었다. 그의 손이 가슴으로 미끄러지듯 내려오자 재인이 황급히 손을 밀쳐 내고 데구루루 굴러 침대 반대편으로 갔다.

"나 졸려요. 그만 잘래."

재인이 시트 속으로 파고들자 수현이 황급히 못 들어가게 막았다. 그는 잠시 주저하다가 간신히 말했다.

"지금 안고 싶어."

"난 싫은데? 수현 씨는 자기가 안고 싶을 때 안잖아요. 나도 싫은 날이 있어요."

"재인아."

수현이 자신도 모르게 그녀의 이름을 불렀다. 그도 재인도 내심 놀라 서로 보았다.

"칫, 그렇게 이름 부르면 약해질 줄 알고. 어서 일하러 가요. 나보다 더 좋아하는 일하러 가요."

재인은 속마음과 달리 새침한 표정으로 그를 밀었다. 수현과 실랑이를 하는 와중에 슬립이 벗겨져 한쪽 어깨가 드러났다. 그 모습이 너무나도 유혹적이어서 수현은 머리가 돌아버릴 것만 같았다.

"미안해. 내가 잘못했어."

지금 말하는 사람이 누군가 싶다. 급하니까 머릿속에 생각지도 못한 말이 막 쏟아진다.

"흥! 말로만. 나와 지낼 시간도 없으면서. 그럼 일요일에 하루 종일 나랑만 놀아줄 수 있어요?"

술 취했다는 여자가 제법이다. 지금 수현에게 다른 선택은 없었다. 그는 재인을 끌어당기며 말했다.

"그래. 그럴게."

"정말이죠? 나 술 취해도 기억은 다 해요."

"그래. 일요일에 시간 내볼게."

"약속했어요. 정말 약속한 거예요."

재인이 재차 묻자 수현이 고개를 끄덕였다. 곧 재인의 얼굴에 흐뭇한 미소가 퍼졌다. 그러고 보니 지금 모습은 술에 잔뜩 취한 모습이 아니라 제법 말짱하다.

'내가 당한 건가.'

수현은 그제야 모두 그녀의 앙큼한 속셈을 알아차렸지만 그 모습이 밉지 않았다.

"아까 했던 말 다시 해줘요. 내 이름 부른 거."

이번엔 재인이 그의 품에 안겨 팔을 둘렀다. 수현은 붉어진 얼굴로 고개를 돌렸다.

"아앙, 다시 해죠요."

재인의 애교에 수현이 간신히 중얼거렸다.

"재인아."

"아이 좋아."

재인의 미소를 보며 수현이 턱을 끌어당겨 키스했다. 그리고 그녀의 슬립을 끌어 내리고 브래지어를 벗기고 나서 보드라운 가슴을 손안에 가두었다. 그제야 만족스러운 환희가 몸에 퍼져 나갔다. 수현은 고개를 숙여 꼿꼿해지기 시작한 유두를 입속에 머금었다. 그리고 혀끝으로 유륜 주위를 원을 그리며 강하게 빨다가 부드럽게 간질이는 것을 반복했다. 마치 침대 위에서 애태운 복수라도 하듯이. 그가 선사하는 황홀한 감각에 재인의 등이 활처럼 휘며 나직한 신음이 흘러나왔다. 수현은 재인의 풍만한 가슴에서 입술로 옮겨가 달콤하고 격정적인 키스를 했다. 재인은 조금도 부끄러워하지 않고 열렬하게 그를 받아들였다. 그리고 그가 준 것 이상을 돌려주며 수현을 환희 속으로 몰아갔다. 수현은 자신의 입속으로 들어오는 혀를 감아 힘껏 빨아들이며 두 손으로 그녀의 엉덩이를 감싸 쥐었다. 그리고 잔뜩 발기해 터질 듯한 중심으로 끌어당겼다. 단단함과 뜨거움을 느꼈는지 재인이 움찔하는 것이 느껴졌다. 그 와중에 재인이 살짝 입술을 떼고 중얼거렸다.

"수현 씨도 옷 벗으면 안 돼요? 나도 보고 싶어."

재인의 요구가 너무나도 달콤해서 수현은 허락할 뻔했다. 하지만 그는 고개를 저으며 드레스 셔츠 속으로 파고들어 오는 작은 손을 막았다.

"안 돼."

"왜 안 돼요?"

"내가 불편해서 그래."

"나도 만지고 싶어. 느껴보고 싶어."

"다른 방법도 있어."

수현은 재인의 손가락 하나하나에 입 맞추고는 입속에 넣어 빨았다. 재인의 몸에 작은 소름이 번지면서 나른함과 함께 몸의 중심으로 피가 몰리는 것이 느껴졌다. 그의 뜨겁고 축축한 입속과 부드러운 입술 감촉이 몸을 집어삼킨 느낌이다. 재인은 더는 버티지 못하고 그에게 완전히 의지해 버렸다. 수현은 재인의 몸 곳곳에 뜨겁고 붉은 입술 자국을 남겨놓으며 더는 견디지 못할 때까지 마음껏 맛보았다. 그리곤 침대 옆 서랍에서 콘돔을 꺼내 단단하게 솟은 중심에 씌우고 재인의 몸속으로 깊숙이 들어갔다. 재인이 낮은 신음을 흘리며 어깨를 끌어안자 부드럽게 키스하며 아주 천천히 허리를 움직였다. 두 사람이 한 몸처럼 천천히 부드럽게, 또는 격정적으로 움직였다. 서로 눈을 보며 이 순간 느끼는 희열을 확인했다. 문득 수현의 가슴에 전에는 느껴보지 못한 뜨거운 감정이 일었다. 그는 재인의 입술에 스치듯 입을 맞추며 속삭였다.

"재인아."

"응?"

재인이 그의 뒷목을 부드럽게 쓸며 수현의 눈동자를 보았다. 그의 눈빛이 어느 때보다 따뜻했다.

"내 곁에 있어줘."

재인의 마음속에 뜨겁고 거대한 물결이 밀려왔다. 지금껏 들었던 그 어떤 말보다 떨리는 말. 이게 꿈이 아니었으면, 너무나도 간절한 바람으로 들린 환청이 아니었으면. 재인은 눈물을 글썽이며 그를 끌어당겨 입을 맞추었다. 눈가에 눈물이 맺혔다가 또르르 굴러 내렸다. 목이 메어 어떤 말도 할 수 없었다. 그저 마음을 다해 그를 받아들이고 키스할 뿐. 둘의 몸짓이, 키스가 더욱 격렬해졌다. 둘은 조금의 틈도 없이 서로를 꼭 끌어안은 채 절정을 향해갔다. 그가 무겁고 깊게 부딪혀 올수록 재인의 숨은 가빠지고 그의 옷을 붙든 손에 힘이 들어갔다. 둘은 조금도 쉬지 않고 산산조각날 것처럼 온몸으로 부딪혔다. 아픔보단 희열과 환희가 몸을 휘감았다. 부끄럼없는 들뜬 신음이 서로의 귓속으로 흘러들었다. 서로 절정에 이르렀구나 느낄 때에 수현의 몸이 뻣뻣하게 굳으며 일순간 무너졌다. 몸에 저릿저릿한 전기가 흐르고 형언할 수 없는 만족감이 차올랐다. 수현은 좀처럼 재인에게서 벗어나지 못한 채 그녀와 키스했다. 세상에 오직 둘만 있는 것 같은 느낌. 이대로 영원했으면 좋겠다.

한참 단잠을 자던 재인은 전화벨 소리에 끄응 하면서 잠에서 깨어났다. 눈을 뜨니 끔찍한 숙취와 함께 현기증이 밀려왔다.
"아아아, 머리 아퍼."
재인은 한쪽 머리를 짚으며 여전히 울리는 전화를 받기 위해 침대 옆 협탁으로 손을 뻗었다. 막 수화기를 집어 들고 귀 쪽으로 가져가던 재인은 협탁에 놓인 물 잔을 보고 고개를 갸웃했다. 그사이 수현의 목소리가 귓속으로 흘러들었다.
—깼어?
"아, 수현 씨구나. 네, 깼어요. 그런데 지금 몇 시예요?"
재인이 눈을 비비며 말했다.
—일곱 시. 학교 갈 시간이야. 일어나.
재인은 화들짝 놀라며 벽시계를 보았다. 정말 일곱 시였다.
"어머나, 정말 일곱 시네. 출근했어요?"
—지금 도착했어. 곤히 자기에 깨우지 않았어. 늦지 않게 학교 가라고 전화한 거야. 아침 꼭 먹고 가.
"알았어요. 전화해 줘서 고마워요."
재인은 얼떨떨한 얼굴로 전화를 끊었다. 머리가 깨질 듯이 아파서 생각이란 걸 제대로 할 수가 없다. 어제의 기억들이 단편적으로 떠다닌다. 노래방까지는 가물가물하고 집에 온 후는 비교적 선명하게 기억난다. 재인은 어제 자신이 술에 취해 한 행동들을 떠올리다 부끄러워서 침대에 머리를 박고 괴로운 신음을 흘렸다.

"아, 이게 무슨 창피야. 주사하는 거 다 봤잖아."

부끄러워 어쩔 줄 몰라 하는데 침실에서 나누었던 사랑이 스쳐 갔다. 그리고 그의 다정한 말도.

"내 곁에 있어줘."

더욱 얼굴이 붉어진 재인은 시트를 끌어안고 작게 환호했다.

"이거 꿈 아니지? 진짜로 들은 거지?"

기쁨을 주체할 수가 없다. 끔찍한 숙취도 못 느낄 만큼 전신에 기쁨이 번져 갔다.

"그가 내게 마음을 열기 시작했어. 날 받아들이고 있어."

재인은 침대에서 벌떡 일어나 욕실로 달려가다가 도로 침대 옆으로 왔다. 그가 떠놓고 간 물 한 잔. 분명 일어나자마자 목이 몹시 탈 것 같아 배려해 준 것이 분명했다. 재인은 물 한 잔을 달게 들이켜고는 욕실로 달려가 뜨거운 물에 샤워를 했다. 룰루랄라. 태어나 제일 기쁘고 들뜨는 아침이었다. 누구에게라도 자랑하고 싶다. 신나게 떠벌리고 싶다. 재인은 참지 못하고 출근하는 길에 대전에 있는 선주에게 전화를 걸었다.

—여보세요.

선주가 잔뜩 잠에 절은 목소리로 전화를 받았다.

"선주야, 나야!"

—어이, 별나라 공주. 꼭두새벽부터 웬일이야. 나 잠든 지 얼마 안 됐다고.

"선주야, 나 너무 행복해. 행복해서 막 날아갈 것 같아."

—이게 무슨 캥거루 뜀뛰기하다가 다리 부러지는 소리야.

"선주야, 그이가 마음을 열었어. 나보고 곁에 있어달래. 일요일에 같이 데이트하재."

—얼씨구.

"나 우리 그이가 너무 좋아. 행복해. 이렇게 행복해도 되는 건지 모르겠어."

선주가 하품을 길게 하더니 입을 쩝쩝 다시며 말했다.

—너 지금 그거 자랑하려고 죽게 일하고 들어와 잠든 친구를 깨운 거냐?

"너한테 제일 먼저 자랑하고 싶었어."

—기쁜 일에 나를 먼저 생각해 준 건 고마운 일이다만 삼 년째 솔로로 몸부림치는 친구에게 잔인하다고 생각하지 않니? 어찌 됐건 축하한다. 좋겠다, 기지배. 복두 많어.

"미안해, 잠 깨워서."

—네가 양심은 있구나.

"더 자. 나중에 통화하자."

—난 잠 다 깨워놓구 어서 자라는 인간들이 젤 싫더라. 아무튼 축하한다, 친구야. 네 목소리 정말 행복해 보여. 이제 걱정 안 해도 되겠다. 나중에 좀 더 자세히 보고하도록 해. 우선은 좀 자야겠다. 나중에 통화하자구.

선주와 통화를 끝내고서도 재인은 들뜬 마음이 가라앉질 않았다. 그렇게 하루 종일 들뜬 하루를 보낼 때였다. 오후에 큰집 진 여사에게 전화가 왔다.

"어머, 큰어머님께서 무슨 일로 거셨어요?"

—토요일에 같이 부인회 모임에 나가자고 전화했어요. 새 며느리가 들어오면 선보이는 전통이 있는데 다들 질부를 보고 싶어해서요. 아직 좀 이르다 싶긴 하지만 어차피 인사드려야 할 자리니 빨리 얼굴 익히는 것도 좋을 듯해요. 토요일 저녁 약속이 있나요?

"아니에요. 없습니다. 나갈게요."

—그럼 여섯 시까지 밀레니엄 힐튼으로 오도록 해요. 옷이랑 치장 흉잡히지 않도록 점잖게 입고 오도록 하고.

"네. 알겠습니다."

재인은 전화를 끊고 나서 방긋방긋 웃었다. 어려운 자리에 불려 나가면서도 다음날 수현과 데이트가 있다고 생각하자 여전히 기분이 좋았다. 일요일에 무얼 할까. 첫 데이트를 하는 것처럼 설렌다. 영화를 보러 갈까, 아니면 교외로 드라이브를 가자고 할까. 재인의 머릿속은 일요일 데이트로 가득 찼다. 종일 재인이 고민한 건 가까운 식물원에 들러 소풍을 하고 오는 것이었다. 학교에서 몰래몰래 인터넷을 뒤져 식물원 위치를 다운받아두고 김밥, 샌드위치 같은 피크닉 레시피를 챙겼다. 저녁에 수현에게 말하니 고개를 끄덕끄덕한다. 어서 빨리 일요일이 왔으면. 재인은 허공을 붕붕 떠다니는 것만 같았다.

11

"에잇, 촌스럽게 이게 무슨 짓이야."

공항에 들어서던 수찬은 자신의 손에 들린 장미 다발을 보며 한숨을 푹 내쉬었다. 일하느라 몸이 세 개여도 모자란데 약혼녀 마중까지 나와야 하다니. 게다가 촌스럽게 꽃다발까지 들고 기다리란다. 이 년 동안 얼굴 한번 안 보러 간 주제에 그 정도라도 하라는 것이다. 어머니 엄명 때문에 할 수 없이 나왔지만 수찬은 마냥 귀찮고 어색했다. 양가 부모님들은 젊은 남녀의 감격적인 재회를 바란 모양인지 마중 나온 이는 수찬 하나뿐이었다.

게이트 앞에서 무료하게 기다리는데 사람들이 쏟아져 나오기 시작했다. 수찬은 목을 빼고 젊은 여자들을 휘휘 둘러보았다.

시간이 꽤 흘러 승객들이 거의 다 나오고도 지나의 모습이 보이지 않자 그는 비서에게 전화를 걸어 비행기 편과 시간을 확인했다.

"맞는데 왜 안 나오는 거야? 혹시 비행기를 안 탔나?"

그때 누군가가 뒤에서 작은 목소리로 속삭였다.

"저기……."

돌아보니 낯선 여자가 서 있었다. 무슨 일이냐고 물으려던 수찬은 여자의 이목구비를 보고 얼른 입을 다물었다. 단발머리에 여고생 같던 지나는 어깨를 덮는 긴 머리에 성숙한 숙녀로 변해 있었다. 이런, 곧 결혼할 약혼녀 얼굴을 몰라보다니. 실수할 뻔했군. 수찬은 곧 어색한 표정을 지우고 활짝 웃었다.

"홍지나, 오랜만이다. 그동안 예뻐졌구나."

'이럴 땐 어떻게 해야 하지? 꼭 안아줘야 하나? 별로 친하지도 않은데 그건 오버잖아. 그렇다고 악수할 순 없고. 에라이, 모르겠다. 힘든 것도 아닌데 뜨겁게 포옹이나 한 번 하자.'

수찬은 두 팔을 벌리고 지나에게 다가갔다. 그의 갑작스러운 행동에 놀란 지나는 얼른 꽃다발을 받아 들고 돌아섰다. 그 때문에 민망해진 수찬은 멋쩍은 얼굴로 카터를 붙들었다. 그녀는 수찬이 반갑지 않은지 뚱한 표정으로 주위를 두리번거렸다. 다른 일행이 있나 찾는 모양이었다.

"짐이 생각보다 단출하네. 아주 들어온 거 아니야?"

살갑게 말을 붙이자 잠시 머뭇거리던 지나가 말했다.

"아직 정리 못했어요."

"플루트 공부는 어땠어?"

"그냥 뭐."

"어머님 말씀으론 석사 과정은 안 밟을 거라고 하던데."

지나는 입을 닫고 시선을 떨어뜨렸다. 수찬은 지나의 옆모습을 꼼꼼히 관찰하며 걸었다. 외모는 한결 어른스러워졌지만 조용하고 차분한 건 예전 모습 그대로였다. 중학교 때까지만 해도 지나는 살아 있는 인형 같았다. 무표정한 얼굴, 차분한 눈빛. 움직이긴 하지만 말이 없어서 조용히 앉아 있을 땐 존재감이 없었다. 지나는 고등학교 입학할 나이가 되자마자 곧바로 오스트리아 빈으로 유학을 갔고 졸업하고 빈 콘서바토리움에 입학했다. 그녀가 성인이 막 되었을 때 양가 부모님이 약혼 얘기를 꺼냈다. 한국에서 현금이 가장 많기로 소문난 가문의 영애. 딱히 거절할 이유가 없었기에 수찬은 부모가 하자는 대로 순순히 따랐다. 원하는 여자와 결혼하리라는 희망 따윈 처음부터 품지 않았고 동방그룹과 맺어져 얻게 될 많은 이익을 생각하면 손해 보는 장사는 아니라고 생각했다. 방학 동안 한국에 들어온 지나는 끌려오다시피 해서 약혼식장에 나타났다. 밤새 울었는지 잔뜩 충혈된 눈에 침울한 표정이 안쓰러울 지경이었다. 정신없이 약혼식을 치르고 제대로 된 이야기 한 번 나눠보지 못하고 지나는 오스트리아로 도망가 버렸다. 어른들은 아이가 아직 어려서 그러니 이해하라며 미안해했지만 수찬은 그런 지나가 이해가 됐다. 성인이 되자마자 나이 차 많이 나는 남자와 억지로 약혼이라니. 끔찍할 만하다. 어쨌든 세월은 흘렀고 이렇게 다시 만나 몇 달 후에 결혼을 앞두고 있다. 그때까지는 이 꼬맹이를 잘 구슬려서 친해놔야지 결혼 생활이 편할 텐데. 수찬은 빨간 망토를 잡아먹으려고 노리는 늑대처럼 음흉한 눈빛으로 지나를 보았다.

대한민국 재계 서열 상위 그룹에 있는 가문이 모여서 만든 모임이 있다. 수찬과 수민이 인간시장이라고 별명 지은 그 모임엔 해마다 두 번씩 파티를 열고 젊은 자식들을 내보낸다. 서로 교류하며 친목을 다지기 위해서라지만 주목적은 미혼 남녀가 괜찮은 사람이 있나 탐색해 보는 자리다. 올해는 지나의 귀국 축하 파티이며 그녀의 사교계 데뷔이기도 했다. 지나가 사람들 앞에 얼굴을 잘 드러낸 적이 없어선지 다들 꽤 기대하고 있다는 얘기가 풍문에 나돌았다.

"형, 지나 예뻐졌어?"

파티에 가기 위해 근사한 슈트를 갖춰 입은 수민이 수찬의 방에 들어서며 물었다. 막 넥타이를 매던 수찬은 거울을 보며 무심히 중얼거렸다.

"비린내는 좀 가셨다만, 내 눈엔 여전히 꼬맹이더라."

"쯧쯧, 약혼녀한테 비린내는 뭐고 꼬맹이는 뭐야?"

"보이는 게 그런걸. 뭔 놈의 약혼이 범죄를 저지르는 기분이냐. 미성년자한테 몹쓸 짓 하는 것 같아."

"아휴. 걱정된다, 걱정돼."

수민은 고개를 절레절레 흔들며 방을 나갔다. 걱정되는 건 수찬도 마찬가지다. 잘해주고 싶어도 가까이 다가설 기회가 없었다. 수찬은 수찬대로 일 때문에 눈코 뜰 새 없이 바빴고 지나도 오자마자 인사 다니느라 바쁜 모양이었다.

"오늘은 열 마디 이상 나눌 수 있으려나."

수찬은 거울 속에 비친 잘난 자신의 얼굴을 쓱 훑어보고 드레스룸을 나섰다.

고급 맨션에서 열리는 파티에 들어서자 어릴 때부터 봐온 낯익은 얼굴들이 인사를 해왔다. 수찬은 그들에게 눈인사를 하며 파티장 한가운데를 가로질렀다. 아직 안 온 모양인지 지나가 보이지 않는다. 그사이 사람들이 하나둘 말을 붙이더니 몇 명이 주위를 에워쌌다. 수찬은 그들 말에 대답하며 이따금 현관 쪽으로 시선을 돌렸다.

'도대체 언제 오는 거야? 약혼녀랑 같이 있어야 이 인간들이 귀찮게 하지 않을 텐데.'

수찬이 잠시 이층으로 올라가 소파에서 쉬고 있을 때였다.

"네 신부는 언제 오는 거야?"

익숙한 목소리에 고개를 드니 주영이 미소를 지으며 서 있었다. 주영은 사내라면 눈이 확 떠질 만큼 빼어난 미모와 화려한 배경을 가진 여자다. 한때 그녀의 솔직함과 도발적인 매력이 좋아서 연애한 적이 있었다. 결국 그 장점 때문에 헤어지긴 했지만. 수찬은 주영이 건네주는 샴페인 잔을 받으며 웃었다.

"여어, 오랜만이다. 한국엔 언제 들어온 거야?"

"일주일 됐어."

"그새 더 예뻐졌다?"

"나야 늘 아름답지. 지나는 아직이야?"

주영은 소파에 기대앉아 수찬을 지그시 바라보았다. 수찬은 그녀의 유혹적인 눈빛을 태연하게 받아넘기며 샴페인을 마셨다.

"차가 막히나. 늦네."

"그 꼬맹이랑 곧 결혼한다며. 좋겠다. 남자들이 꿈꾸는 여자잖아. 어리고 돈 많고 약간 맹하고……."

"말투가 영 삐딱하다. 질투해?"

"솔직하게 얘기하면 자존심 상해. 애만 놓고 보면 너무 평범하잖아. 난 네가 좀 더 대단한 여자랑 결혼할 줄 알았거든. 동방그룹 외동딸 아니었으면 서수찬과 결혼하긴 어려웠지."

"그래도 내 약혼녀인데 말이 심한걸."

수찬이 씁쓸하게 중얼거리자 주영이 가까이 다가와 앉으며 속삭였다.

"그 애보다는 내가 더 너한테 잘 어울리잖아. 안 그래?"

"네 말이 맞다고 하면 좀 떨어질래? 남이 보면 유부녀가 총각 희롱한다고 해."

유부녀라는 말에 주영의 눈빛이 금세 새침해졌다.

"난 아직도 너랑 보스턴에서 연애할 때가 종종 생각나. 가끔

짜릿하고 즐거웠는데 지금은 너무 지루해."

"네 남편이 들으면 많이 실망하겠다."

"너도 결혼하면 지루한 게 뭔지 뼈저리게 깨달을걸. 정략결혼이 다 그렇잖아."

수찬이 대답없이 웃기만 하자 주영이 은근한 눈빛을 던졌다.

"지루해지면 나한테 연락해. 너라면 뒤끝없이 쿨하게 즐길 수 있을 거 같아."

주영의 손이 무릎에서 허벅지로 올라오자 수찬이 웃음을 터뜨리며 손을 치웠다.

"그 짓은 최주영이랑 헤어지면서 끝낸 거 몰라? 난 이제 정신 차렸으니까 다른 사람 찾아봐."

"서수찬!"

"노려볼 거 없어. 가서 남편한테나 잘해."

수찬이 소파에서 막 일어설 때였다. 저편에 수민과 지나가 서 있는 것이 보였다. 수민은 한심하다는 얼굴로 수찬을 보았고 지나는 언제나 그렇듯 무표정한 얼굴로 서 있었다.

"왔니? 왜 이렇게 늦었어? 기다렸는데."

수찬이 다가가자 수민이 작작 좀 하라고 소리없이 입 모양으로 말했다. 수찬은 별일 아니라는 듯 어깨를 으쓱하고 지나를 보았다. 한껏 차려입고 화장까지 정성들여 한 그녀를 보니 제법 예쁘다는 생각이 들었다. 지나는 오늘도 말이 없었다. 사람들이 말을 걸면 고개를 까닥이며 간신히 인사만 했다. 만들어진 인형 같은 모습에 수찬은 한숨이 절로 흘러나왔다. 그리고 그때마다 한재인의 얼굴이 머릿속에 스쳐 갔다. 살아 있는 듯 생생하고 활기찬 분위기와 환한 미소, 명랑한 목소리. 그녀랑 있으면 마음이 편하고 즐거운데 지나와 있으면 왠지 모르게 마음이 답답하다. 수찬은 억지로 사람들 사이에 껴 있는 지나를 데리고 파티장을 나와 한적한 정원으로 향했다.

"오늘따라 사람이 많네. 다들 너 보러 왔나 봐."

"……."

"이런 자리 불편하지? 나도 그래."

"……."

지나는 아무 말 없이 정원 분수를 바라보다가 한참 만에 입을 열었다.

"왜 저랑 결혼해요?"

수찬은 지나의 말간 눈을 보며 설핏 웃었다. 언젠가는 이런 질문을 받을 줄 알았는데 막상 듣고 보니 선뜻 대답이 나오지 않았다.

"솔직한 대답을 듣고 싶어?"

수찬의 물음에 지나가 고개를 끄덕였다.

"나는 처음부터 결혼에 대한 환상 따윈 없었어. 내게 결혼은 나와 가문, 사회적 위치, 재산을 지켜주는 제도라고 할까."

수찬은 이런 멋대가리없는 말을 늘어놓는 자신이 재수없었지만 한 번은 하고 넘어가야 할 얘기 같아서 진지하게 말했다.

"양가 부모님도 노골적으로 내색은 안 하지만 같은 목적일 거야. 그래서 얘기를 들었을 때 순순히 따랐어. 최상의 결합이잖아. 우리는."

여기까지 얘기하고 나니 어린애에게 가혹했다 싶어서 수찬은 웃으며 덧붙였다.

"물론, 모두 계산 때문은 아니야. 네가 싫지 않았어. 어릴 때부터 또래 애들보다 어른스럽고 조용한 아이라서 눈여겨보고 있었거든. 난 너와 잘 지내고 싶어."

수찬이 지나의 어깨 손을 얹자 그녀가 깜짝 놀라며 물러났다. 그것을 보고 수찬의 장난기가 발동했다.

"이 정도 스킨십에 놀라면 결혼해서는 어떻게 하려고 그래? 그러고 보니 우리 첫 키스도 아직 안 해봤지?"

첫 키스라는 말에 지나의 얼굴이 딱딱하게 굳었다. 그녀가 점점 뒷걸음치자 수현이 팔을 붙들어 잡아당겼다.

"겁나는 거야? 아니면 내가 싫은 거야?"

고집스럽게 입을 꾹 다문 지나를 보고 수찬은 괜한 오기가 생겼다.

"말해봐. 날 어떻게 생각해? 왜 나와 결혼하는 거지?"

수찬은 지금 자신의 눈이 얼마나 잔인하고 차갑게 빛나는지 알지 못했다. 그 때문에 지나가 두려워한다는 것도, 터져 나오는 울음을 필사적으로 참는 것도 알지 못했다. 그의 눈에 지나는 수줍어하는 어린애로 보일 뿐이었다. 수찬은 품속에서 바동

거리는 지나의 팔을 움켜쥐고 말했다.

"네 질문에 대답해 줬으니 너도 해야지. 왜 서수찬과 결혼하는 거야?"

지나는 시선을 피하며 수찬의 손아귀에서 벗어나려고 애썼다. 그녀가 그럴수록 수찬은 더 끈질기게 붙들었다.

"놔줘요."

말은 애원조인데 쳐다보는 눈빛이 날카롭다. 수찬은 지나를 끌어당겨 허리를 감싸고 갸름한 턱을 감싸 쥐었다.

"놔주기 싫은데?"

"이거 놔요."

"난 아직도 네가 내 여자가 될 거라는 걸 실감하지 못하겠어. 그냥 여동생 같단 말이지."

수찬은 지나의 눈빛을 흥미롭게 관찰하다 갑자기 고개 숙여 입을 맞추었다. 입술만 짧게 스친 가벼운 키스였지만 지나는 깜짝 놀라며 품 안에서 파르르 떨었다. 어떤 기분이었는지 느낄 새도 없이 지나가 품에서 빠져나갔다. 그녀는 수찬을 힘껏 노려보고는 정원을 가로질러 맨션 안으로 뛰어들어 갔다.

"거참, 키스 한 번에 치한 취급이군. 그런데 약혼녀랑 키스했는데 왜 이렇게 죄책감이 드는 거야?"

수찬은 뒤통수를 긁적이며 맨션 쪽으로 걸어갔다. 바람둥이 놀이는 예전에 접고 개과천선했다고 생각했는데 그 기질이 아직 남아 있는 모양이었다. 그래도 썩 싫지는 않았으니 결혼 생활이 지겹지는 않을 것 같다. 수찬은 입가에 희미한 미소를 머금고 사람들 속에 섞였다.

✳

토요일이 오자 재인은 진 여사가 말한 대로 차분한 디자인의 샤넬 트위드 슈트를 입고 정성껏 화장을 했다. 여자들 모임이니 너무 화려하거나 수수해도 흉이 될 것 같아 한참을 골라 입은 옷이었다. 시간에 맞춰 호텔에 있는 프렌치 레스토랑 시즌스에 도착하니 지배인이 정중하게 응접실이 딸린 별실로 안내했다. 낯선 시선이 일제히 날아와 꽂히자 재인은 살짝 긴장했지만 뒤이어 진 여사가 들어오면서 모두에게 소개하자 비로소 미소를 지을 수 있었다. 워낙 한다 하는 집안의 부인들이라 각자가 가진 내공이 상당했다. 우아하고 기품있으면서도 재인을 훑는 눈매가 날카롭고 꼼꼼했다. 하지만 워낙 진 여사에게 단련이 된 터라 재인은 긴장하지 않고 식사 예절을 배운 대로 잘해냈다. 디저트를 먹던 중에 창해그룹 사모님이라는 여자가 말을 걸어왔다.

"아버님이 사업을 하신다구요?"

"네, 우주전자라는 회사를 운영하고 계십니다."

"우주전자라. 못 들어본 것 같은데?"

"작은 사업체예요. 선일전자에 부품을 납품하고 있습니다."

"아, 선일전자는 내 조카사위가 하는 건데. 그렇군요."

머리가 희끗희끗한 부인은 금세 흥미를 잃은 얼굴로 고개를 돌렸다. 재인이 실수한 게 있나 싶어 옆에 앉은 진 여사를 보자 그녀는 원래 그렇다는 듯 조용한 표정을 지었다. 그들은 재인의 아버지 일을 듣고 전부를 알아버린 양 더는 질문을 하지 않았다. 앞으로 있을 봉사 활동과 자선 바자회 이야기를 주로 했고 몇몇은 누가 주도하느냐에 대한 문제로 의견 대립을 보이기도 했다. 그렇게 지루한 식사가 끝나가고 있을 때였다. 테이블 맞은편에 앉은 비교적 젊어 보이는 부인이 재인에게 말을 건넸다.

"아 참, 얘기를 듣자 하니 결혼식날 신부가 축가를 불렀다면서요? 아주 이색적인 결혼식이었겠네요. 호호호."

"용기가 대단한가 봐요. 어떻게 그런 자리에서 노래 부를 생각을 다 했을까?"

갑자기 옆에 앉은 부인이 맞장구를 치면서 테이블이 술렁거렸다. 마치 별종 취급하듯 눈빛과 미소가 오고 갔다. 재인은 그것이 조롱이자 무시라는 것을 느꼈지만 내색하지 않았다. 살아온 환경이 다른 사람들이니 다르게 볼 수 있다. 자신이 떳떳하면 되는 거니까 그런 것쯤은 괜찮다고 재인은 마음속으로 속상함을 삭였다.

"유일그룹 혼사가 비교적 자유롭다고 들었지만 참 편견이 없는 것 같아요. 쉽지 않은 일일 텐데."

"그래도 수찬 군은 동방그룹 홍우철 회장님 외동딸이랑 약혼했잖아요. 그 집 딸이야 어머니 교육이 남달라서 바르게 커온

영애지요. 진 여사님, 지금 빈에서 유학 중이라지요?"

누군가의 물음에 진 여사가 담담한 얼굴로 대답했다.

"얼마 전에 한국에 들어왔답니다. 조용하고 얌전한 아이지요."

"인물과 품성이 빼어난 수재라면서요? 얼마나 좋으셔요. 역시 사람은 어울리는 사람끼리 만나야 해요."

그 말에 사람들의 시선이 재인에게로 향했다. 밝은 재인에게 조차 너무나도 버거운 자리. 재인은 조금이라도 빨리 이 자리를 벗어나고 싶었다.

"아 참, 신혼여행은 즐거웠어요? 일본은 온천이나 쇼핑 빼고는 흥미로운 게 없어서."

맞은편에 앉은 여자가 다시 한 번 말을 걸었다. 재인은 처음엔 자신에게 한 말인지 모르고 있다가 모두의 시선이 자기에게 머물러 있자 시선을 들었다. 재인이 무슨 말이냐는 눈빛으로 보자 그녀가 얼굴 가득 우아한 미소를 머금고 말했다.

"우리 바깥양반이 뉴 오타니 호텔에 갔다가 아침에 레스토랑에서 서 상무가 식사하는 모습을 우연히 봤대요. 막 결혼한 신혼부부라 그런지 참 정다워 보였다고 하더라구요."

순간 무거운 망치가 머리를 내려친 듯 어질어질하고 멍했다.

'저 여자가 무슨 말을 하는 거지? 나는 도쿄에 간 적이 없는데.'

재인이 선뜻 말을 꺼내지 못하는데 수다스러운 여자가 여전히 말을 이어나갔다.

"서 상무, 무뚝뚝한 사람인 줄 알았는데 참 다정해 보여서 의

외였대요. 둘이 있을 땐 자상한가 봐요?"

점점 숨 쉬는 것이 힘들다. 발끝에서부터 뻣뻣해지면서 몸이 굳어가는 것만 같다. 혼란에 사로잡힌 재인이 떨고 있을 때 테이블 아래로 진 여사가 손을 내밀어 재인의 손을 잡았다. 그녀는 겉으로 드러나지 않게 태연한 모습으로 재인의 손을 꽉 움켜쥐었다. 마치 정신 차리라는 듯 아플 정도로 세게. 재인은 그제야 정신이 나서 시선을 들었다. 그리고 억지 미소를 지며 말했다.

"네. 둘이 있을 땐 참 자상한 편이에요."

재인은 자신의 목소리가 너무나도 밝고 태연해서 서글펐다. 이게 아닌데. 그와 함께 있었던 건 내가 아닌데. 그는 일본에 있는 동안 늘 회의가 있어 바쁘다고 통화가 되지 않았다. 그런데 누구와 아침을 했다는 거지? 누굴 보고 다정하게 웃었다는 거지? 그 여자가 누구냐고 오히려 묻고 싶은데 흘러나온 말은 반대였다.

"아, 그렇군요. 서 상무가 일할 땐 뭘 하고 지냈어요?"

상대방은 잔인할 정도로 집요했다. 뭔가 알고 묻는 걸까 아니면 정말로 몰라서 그러는 걸까. 재인은 테이블 아래 진 여사의 손을 꼭 잡은 채 미소를 지었다.

"저도 일본에 흥미있는 게 별로 없어서 쇼핑 조금 하고 호텔에서 쉬었어요."

"그렇군요. 신혼여행 대신 출장을 따라가서 재미없었겠어요."

상대방은 기대했던 반응이 아니었는지 시큰둥하게 말을 끝맺었다. 재인은 자꾸 허물어지려 하는 몸을 바로 세우느라 온몸의 힘을 쥐어짰다. 그녀의 머릿속은 도쿄 호텔에서 그와 함께 지냈다는 여자, 그가 자상하게 웃어주었다는 여자를 생각하느라 엉망이 되었다.

'아니야. 아닐 거야. 그럴 리가 없어.'

재인은 입술을 벌리면 흐느낌이 새어 나올 것 같아 필사적으로 다물고 어금니에 힘을 주었다. 무너지면 안 된다. 침착하고 태연하게 행동해야 한다. 속으로 몇 번이나 중얼거렸지만 누군가가 심장을 강하게 쥐어짜는 것 같았고 세상이 무너져 내리는 것만 같았다.

'어찌해야 하지? 난 어떻게 해야 하는 거야?'

재인은 스스로 무서울 만큼 침착한 모습으로 의자에 앉아 있었지만 뼛속까지 시린 한기에 마음속으로 떨어야 했다.

길고 긴 저녁 모임이 끝나자 모두 자리에서 일어났다. 재인은 간신히 몸을 일으켜 걸음을 옮겼다. 걷는데 제 발로 걷는 것이 아니라 억지로 떠밀리는 것 같았다. 정신없이 휘적휘적 걷는데 진 여사가 뒤따라오며 조용히 말했다.

"침착하게 잘했어요."

재인은 아무런 반응도 보일 수 없었다. 지금 그녀는 제정신이 아니었다. 자신이 숨은 제대로 쉬는지 걸음은 제대로 내딛는지 알 수가 없었다. 부인 몇몇은 커피숍으로 몰려가 못다 한 수다를 떤다고 하고 일부는 집으로 향했다. 진 여사가 로비에서 부인들과 작별 인사를 하는 사이 재인은 멍하니 서 있었다. 불빛과 사람들이 잭슨 폴록의 그림처럼 어지러이 뒤섞여 현기증이 났다. 그렇게 유령처럼 홀로 선 재인을 보며 진 여사가 말했다.

"기사 불러줄 테니까 운전하지 말아요. 질부, 괜찮아요?"

재인은 대답을 할 수가 없었다. 입을 벌리면 그대로 울음이 터져 나올 것 같았다. 머릿속엔 그의 표정과 말들이 교향곡처럼 휘몰아쳤다. 다른 여자가 있었다니. 그가 정말 그런 짓을 그랬을 리 없다. 사람들이 거짓말을 한 것이다.

"이대로 가면 안 되겠네. 나랑 잠깐 커피숍에 가서 얘기 좀 해요."

진 여사가 창백하게 질려가는 그녀를 커피숍으로 이끄는데 한 부인이 와서 바자회 문제로 호텔 측과 상의할 게 있다고 했다. 진 여사는 재인을 보며 커피숍에 가 있으라고 말한 뒤 그녀를 따라 어딘가로 향했다. 재인은 멍하니 서 있다가 가까운 소파에 무너지듯 주저앉았다.

[재인아.]

그의 따뜻한 목소리가 귓속에 휘감겼다. 이제 거의 닿았다고, 마음을 열었다고 믿었다. 그런데 모두 착각이었다. 아직은 사랑해 주지 않아도 된다고, 천천히 다가가 마음을 보여주고 받아들일 준비가 되었을 때 사랑을 배워가면 된다고 생각했다. 그런데 그에게 다른 여자가 있다고 한다. 꿈에도 생각해 보지 않은 일. 몸의 신경이 조각조각 끊어지는 것만 같다. 피가 끓다 못해 허옇게 말라가는 것만 같다.

그때였다. 막 호텔 로비에 들어서던 수찬이 재인을 발견했다. 그는 넋을 놓고 있는 재인을 보고 다가왔다.

"제수씨, 여기서 뭐 해요? 얼굴빛이 안 좋아. 괜찮아요?"

재인이 좀처럼 대꾸가 없자 심상치 않음을 느낀 수찬이 어깨를 흔들었다.

"왜 이래요? 정신 차려봐요."

그제야 재인이 고개를 들었다. 수찬의 얼굴을 본 재인은 눈물을 글썽이며 목멘 소리로 중얼거렸다.

"잘못 본 거야."

재인의 눈에서 눈물이 가득 고였다가 후드득 떨어졌다. 당황한 수찬은 허리를 숙이고 재인의 얼굴을 살폈다.

"도대체 무슨 일이에요?"

걱정스럽게 묻는 수찬을 보며 재인은 너무나도 절망스런 표정을 지었다.

"다 거짓말이야. 수현 씨가 그랬을 리 없어."

힘겹게 말을 잇던 재인은 그대로 정신을 잃고 수찬의 품에 안겼다. 수찬은 깜짝 놀라며 그녀를 부축하다가 이내 안아 들고 호텔 출구로 뛰어갔다.

12

정신이 돌아오자 재인은 가만히 눈을 떴다. 희뿌연 빛이 눈을 아프게 찌른다. 빛을 보는 게 당연한 일인데 갑자기 보는 것도 숨 쉬는 것도 버겁다. 재인은 허공을 응시하다가 몸을 일으켰다. 응급실 푸른 커튼이 눈에 들어왔다. 그래, 잠깐 정신을 놓았었지. 컴퓨터를 리부팅하는 것처럼 껐다 다시 시작하면 몇 시간 전으로 돌아갈 수 있을 줄 알았는데 현실은 그대로였다. 수찬의 차를 타고 응급실에 오기까지 일이 토막토막 떠올랐다. 차에서 깨어났을 때 아주버님이 남편에게 전화하겠다는 걸 말린 것이 기억난다. 지금은 그를 보고 싶지 않다. 결혼 서약한 지 며칠도 되지 않아 다른 여자와 아무렇지도 않게 웃으면서 식사할 수 있는 남자가 무섭다.

　재인은 불과 몇 시간 만에 천국에서 지옥으로 건너온 것이 믿기지 않았다. 모두 거짓말이길 바라지만 그럴 확률은 희박하다. 그의 도쿄 출장, 뉴 오타니 호텔. 앞뒤 아귀가 들어맞는다. 친구나 회사 직원과 식사했다고 믿고 싶지만 여자를 보고 웃었다는 대목에서 재인은 무너질 수밖에 없었다. 아내에게도 웃는 모습을 잘 보여주지 않는 남자다. 특히 여자에게 방어적이고 무뚝뚝한 남자가 미소까지 보인 것은 무척이나 친밀한 관계라는 얘기다. 만약 현지 친구도, 회사 직원도 아니라면 누가 출장지까지 따라가 바쁜 와중에 같이 밥을 먹고 웃게 만들었을까. 그 여자 예쁠까? 얼마나 만난 관계일까? 둘이 잤을까? 생각이 거기까지 미치자 재인의 가슴이 또 한 번 무너졌다.

　내 남편에게 다른 여자가 있다.

　결혼식이 끝난 다음날 떠난 출장지에서 다른 여자와 웃으며 밥을 먹었다.

　머릿속에서 드라마에서나 보던 장면들이 스쳐 갔다. 드라마라면 어이없는 스토리라 욕하고 나쁜 놈, 멍청한 여자라며 비웃어줄 텐데 그럴 수가 없다. 배신한 나쁜 놈은 서수현이고 멍청히 속은 여자는 한재인, 자신이기 때문이다. 재인은 몸이 뻣뻣하고 머리가 어질어질해서 침대에 가만히 앉아 있었다. 아직도 현실 감각이 완전히 돌아오지 않아 지독한 악몽을 꾸는 것 같았다. 그때 그림자가 지더니 누군가가 커튼을 젖히고 들어왔다.

“괜찮아요?”

수찬의 말에 재인이 말없이 고개를 저었다. 절대로 괜찮지 않다. 모든 것이 말도 안 되는 오해였으면, 지독한 악몽이었으면 좋겠다.

“도대체 무슨 일이에요? 갑자기 쓰러져서 얼마나 놀랐는지 알아요? 스트레스가 심해서 잠깐 기절한 거래요. 체력이 많이 떨어져 있다니 집에 가서 푹 쉬랍니다. 일어나요. 집에 데려다 줄게요.”

“가기 싫어요.”

재인이 물기 없이 버석한 목소리로 말했다. 그런 갈라진 목소리가 자신의 것이란 게 씁쓸하다. 재인의 말에 수찬이 심각한 표정으로 말했다.

“무슨 일인데 이래요?”

재인은 재차 묻는 수찬을 외면한 채 침대에서 내려와 응급실을 나섰다. 밖에 나오니 어둠이 손톱을 세우고 왈칵 달려들었다. 재인은 갑자기 숨이 턱 막혀서 병원 현관 옆 화단에 주저앉았다. 뒤따라온 수찬이 재인을 가만히 들여다보며 말했다.

“왜 그래요? 수현이랑 싸웠어요?”

남들은 이런 걸 뒤통수 맞았다고 표현하겠지? 믿음에 대한 배신은 가장 잔인한 폭력이다. 재인은 수현이 자신을 사랑하지 않는다는 건 알고 있었다. 그건 그가 사랑하는 법을 모르기 때문이라고, 마음이 얼음장처럼 꽝꽝 얼어서라고 생각했다. 그러니 자신이 나서서 도와주면 될 거라 여겼다. 언 마음을 따뜻하게 녹여주고 관심과 사랑을 주면 변할 거라 생각했지만 이제 와 돌이켜 보니 자신이 얼마나 어리석은 사람인지 알겠다. 나를 통해 그가 달라질 거란 생각은 극단적인 나르시시즘에 불과하다. 결국 자신이 가진 사랑의 환상을 그에게 강요한 것밖에 되지 않는다.

'지금까지 난 뭘 한 거지?'

마음이 아파서 죽을 것만 같다. 눈물은 나오지 않고 대신 몸이 녹아서 주르륵 흘러내릴 것 같다. 이대로 땅속으로 꺼졌으면.

수찬은 해쓱한 재인의 얼굴을 물끄러미 보다가 답답함을 견디지 못하고 안주머니에서 담배를 꺼내 물었다. 삼십 분 동안 재인은 꼼짝하지 않고 얼이 나가 있었다. 수찬이 담배를 세 개비째 피워 물었을 때 재인이 부스스 일어났다.

"저 때문에 많이 당황하셨죠? 바쁘실 텐데 그만 가보세요."

"제수씨는요."

"저는 조금만 더 바람 쐬고 들어갈게요."

"그러지 말고 집에 들어가요. 푹 쉬어야죠. 또 기절하면 어쩌려고."

수찬이 말렸지만 재인은 말을 듣지 않았다. 반쯤 얼이 나간 모습이 금방이라도 무슨 일을 낼 것처럼 보였다. 수찬은 재인을 끌고 차로 갔다. 우선은 좀 진정시키고 집으로 데려다 주는 것이 나을 듯싶었다. 수찬은 재인을 데리고 한강 둔치로 갔다. 재인은 강변 벤치에 앉아 불빛이 일렁이는 강물을 보며 또다시 입을 꾹 닫았다. 수찬은 답답했지만 꼬치꼬치 캐묻지 않았다. 그저 수현과 관련된 일이라는 것만 느낄 뿐이다. 멀리서 재인을 지켜보던 수찬은 문득 병원에서 휴대전화를 꺼둔 것이 생각나 전원을 켰다. 그러자 기다렸다는 듯 전화벨이 울렸다. 아뿔싸, 약혼녀다. 재인 때문에 정신이 나가서 저녁 약속을 까맣게 잊고 있었다. 수찬은 잔뜩 인상을 구기며 전화를 받았다.

—저 지나예요.

"미안. 많이 기다렸니?"

—한 시간쯤. 부모님과 저녁 먹고 집에 왔어요. 아버지가 많이 걱정하셨어요.

지나는 마치 남 일처럼 무덤덤한 목소리로 말했다.

"미안하다. 급한 일이 있어서 연락할 겨를이 없었어. 죄송하다고 전화드릴게."

—네. 알았어요.

뚝 하고 전화가 끊겼다. 표현은 하지 않지만 화났는지 목소리가 어둡다. 수찬은 자신의 어린 약혼녀에게 미안했다. 연락없이 약속을 펑크 냈으니 화낼 법도 하지만 지나는 감정을 드러내지 않았다. 잔잔한 호수 같은 아이. 그 밑바닥에 무엇이 고여 있는지 알 수 없어 답답한 아이. 그래서일까. 재인에게 관심을 두게 된 것은 그녀가 자기 감정을 제대로 표현할 줄 아는 사람이기 때문이다. 화나면 화난다고, 행복하면 행복하다고 말할 줄 아는 재인과 달리 지나는 늘 자신의 감정을 숨기고 산다. 그 아이는 꼬맹이 때부터 수찬이라면 기겁을 하고 도망 다녔다. 가뜩이나 내성적인 아이가 엄한 부모님에게 눌려 사는 것이 안쓰러워 잘 해주려고 해도 기회를 주지 않았다. 약혼녀는 자길 무서워하고 그룹 후계자를 잡아 한몫 챙기려는 여자들만 꼬이고, 정작 눈길이 가는 건 사촌 동생의 아내고. 참 복잡한 인생이다. 수찬은 담배를 뻑뻑 피우며 기운없이 앉은 재인의 뒷모습을 응시했다.

·

─안 그래도 컨테이너 장비 회전율이 낮은데 동남아 항로 쪽 해운사가 운임 덤핑을 치고 있어요. 몇몇 화주들이 그쪽으로 몰려가고 있습니다. 아시아 쪽에서야 중국산 원자재 싣고 오는 컨테이너가 많지만 유럽에서 빈 배로 가면 그만큼 돈이 나가는 겁니다. 특히 유럽 쪽엔 주로 기계, 화학제품으로 수량이 많지 않잖아요.

─어떻게 해서든 유럽 쪽에서 컨테이너를 하나라도 더 채우고 실어 보내야 합니다. 우선은 요금은 동결하되 부가서비스 질을 높이는 걸로 화주들을 설득해 봐야지요.

─지난해 3·4분기 평균 운임을 20% 인상하면서 실적이 회복되었지만, 4·4분기 벙커C유 가격이 50% 상승하면서 수익성 회복이 더디게 진행되고 있어요. 하지만 벙커C유 가격이 5월을 고점으로 하락세로 전환되고 있는 데다 곧 운임 인상을 예정하

고 있어 하반기에는 컨테이너사업부의 실적 회복이 나타날 것으로 전망됩니다.

수현이 유럽 지사와 한창 전화 회의를 하는 중이었다. 비서가 급한 전화가 왔다고 알렸다.

—이태원동 큰사모님이십니다.

비서 말에 수현이 잠시 상대방에게 양해를 구하고 전화를 받았다.

"네, 큰어머님. 수현입니다."

—혹시 질부와 통화를 했나요?

평상시 그녀답지 않게 목소리에 긴장한 기색이 역력했다.

"바빠서 통화하지 못했습니다만, 무슨 일이 있나요?"

—호텔에서 갑자기 사라졌는데 휴대전화도 받지 않고 집에도 없어요.

보고 내용을 살펴보던 수현이 흠칫 놀라며 시선을 뗐다.

"갑자기 사라졌다구요?"

—오늘 모임에서 누가 서 상무 얘기를 꺼냈어요. 질부에게 일본 여행이 어땠냐고 묻더군요. 간신히 둘러대긴 했지만 그 때문에 충격을 받은 모양이에요.

수현은 잠시 입을 굳게 다문 채 말을 잇지 못했다.

—무슨 내막인지는 모르지만 질부는 나름대로 열심히 노력하고 있어요. 더는 실망시키지 않았으면 좋겠군요. 깔끔한 사람이니 현명하게 처신하리라 믿어요. 그럼 이만 끊겠어요.

전화를 끊고 나자 수현은 한동안 멍해 있다가 다시 전화를 연결했다. 회의하는 내내 머릿속이 엉망이 되어서 어떤 말도 귀에 들어오지 않는다. 서둘러 회의를 마친 그는 비서에게 퇴근하겠다고 말하고 나서 급히 청담동으로 향했다.

불 꺼진 집 안에선 아무런 기척이 없었다. 침실과 욕실을 살폈지만 아내가 들어온 흔적은 없었다. 수현은 서류 가방을 내려놓고 거실 소파에 주저앉았다.

'무슨 말을 해야 하지? 구질구질한 변명이라도 늘어놔야 하나? 아니면 이런 것까지 감수하고 왔어야 했다고 비아냥거려야 하나?'

다른 사람에게 상처 주는 일도 이젠 신물이 난다. 있는 그대로 다 보여주고 내 마음을 말하고 싶다. 하지만 아직 아니다. 아직은.

아침까지만 해도 재인의 웃는 얼굴을 보았다. 피크닉 바구니까지 사놓고 잔뜩 들떠서 절대로 약속 취소하면 안 된다고 몇 번이고 강조했다. 기대로 가득 찬 그녀의 미소가 지금 수현의 가슴을 후벼 팠다. 그녀에게 상처를 준 것이 이토록 괴로울 줄 몰랐다. 가까이 다가서지 않겠다고 다짐했는데, 내 안에 마음 같은 건 없다고 생각했는데 그것이 아니었나 보다. 그녀를 아프게 한 것이 너무나도 괴롭다. 무슨 말을 어디서부터 어떻게 시작해야 할까. 오래되고 제멋대로 엉켜 있는 이야기. 하나를 보이려면 많은 것들을 꺼내야 한다. 그러기 싫다. 그녀에게만은 모두 내보이고 싶지 않다.

"젠장."

수현은 욕설을 중얼거리며 몸을 일으켰다. 창을 열고 테라스 밖으로 나가니 도심의 불빛이 반짝이는 것이 보였다. 저 어둠 속에서 헤매고 있을 재인을 떠올리니 마음이 무겁다. 그녀가 느꼈을 감정의 깊이가 어떨지 상상이 안 된다. 어디에 있든 많이 상처 입지 않았기를. 수현은 자신이 뻔뻔하다 느끼면서도 재인을 걱정했다.

✽

지나 아버지인 홍 회장과 전화 통화를 끝낸 수찬은 여전히 맥을 놓고 앉은 재인에게 다가갔다.

"무슨 생각 해요?"

"내 머릿속에 스위치를 꺼버리고 싶다는 생각이요."

수찬은 담배를 꺼내 물려다가 빈 갑을 확인하고 한 손으로 구기며 씁쓸하게 중얼거렸다.

"많이 복잡한가 보군요."

"아무리 생각해도 답이 나오지 않아요. 내 느낌과 다른 사람의 말 중에 어떤 걸 믿어야 할까요? 만약 내가 틀린 거라면 어떻게 하죠? 혼란스러워요."

사랑에 관해서는 잘 모르지만 사는 법에 대해서는 통달했다고 생각하는 수찬이기에 자신이 가장 잘 쓰는 방법을 얘기했다.

"부딪혀야죠. 혼자 죽게 머리 싸매고 고민한다고 일이 해결되진 않아요. 가서 온몸으로 부딪혀 봐요. 답이 나올 때까지."

"두려워요."

"수현이가요?"

"아니요. 진실을 알고 망설일까 봐, 바보같이 모른 척할까 봐 겁나요. 나 그런 건 정말 싫어요."

그녀의 표정이 슬프면서도 애틋하다. 저런 표정을 짓는 여자도 있구나. 아름다워서 안타깝고 그래서 화가 난다. 서수현. 이 나쁜 새끼. 도대체 무슨 짓을 한 거야? 수찬은 내내 궁금했던 것을 물었다.

"수현이 사랑해요?"

그의 말에 재인이 고개를 돌렸다. 그녀의 고운 얼굴이 불빛에 더욱 하얗게 빛났다.

"사랑해요."

예상한 대답에 수찬의 얼굴에 쓰디쓴 미소가 스쳤다. 자신을 지탱할 수 없을 정도로 절망하면서도 그를 사랑한다고 서슴없이 말하는 그녀에게 존경심이 생긴다. 수찬은 여자에게 한 번도 사랑한다고 말해본 적이 없었다. 열정을 품기엔 그는 지나치게 차갑고 냉소적이었다.

'이 여자에게 눈길이 가는 건 내가 가지지 못한 열정을 갖고 있기 때문이야. 부럽다. 이렇게 순수하게 누군가를 사랑할 수

있다니.'

무슨 사정인지 모르지만 앞뒤 정황으로 봐선 수현에게 다른 여자가 있는 게 분명했다. 그럼에도 수현이를 사랑한다고 말하는 그 마음이 안쓰럽다. 배신감, 자신의 존재가 부정당했다는 쓰라린 패배감, 돌려받지 못한 사랑에 대한 슬픈 갈망, 자신을 잃어버릴지도 모른다는 두려움. 수찬은 재인의 마음속 상처가 눈에 보일 듯 손에 잡힐 듯 가까이 느껴졌다. 위로해 주고 싶지만 지금 그녀에게 필요한 사람은 자신이 아니라 수현이다. 수찬은 재인의 손을 잡아 일으켜 차로 끌고 갔다.

"왜, 왜 이래요?"

"수현이에게 가요. 가서 지금 한 말 해줘요."

"하, 하지만……."

"생각하지 말아요. 지금 상황에선 생각은 독이에요. 가슴으로 부딪히고 깨져 봐요. 수현이가 받아들이지 못한다면 그건 다 그놈 탓이에요. 제수씨 탓이 아니에요. 그땐 잔뜩 욕을 퍼붓고 뒤돌아서 나와요. 그놈이 제수씨를 거부한다고 해서 세상이 박살나진 않아요. 당신은 여전히 사랑받을 가치가 있는 소중한 사람이에요. 그러니까 절망하지 말고 용기를 내요."

"아주버님."

재인의 눈빛이 선명하고도 슬프게 일렁였다. 수찬은 이런 눈빛과 표정을 가진 여자를 울리는 서수현을 용서할 수 없었다. 자신이 가진 것이 얼마나 귀한 것인지 모르는 바보 같은 놈. 차라리 재인에게 보기 좋게 차였으면 좋겠다. 그러면 마음 놓고 재인을 위로해 줄 수 있을 텐데. 하지만 그것이 부질없는 바람이란 걸 수찬은 잘 알고 있었다.

그녀만큼은 자신이 사랑하는 사람과 행복했으면 좋겠다. 자신이 아는 인간들 중 정말로 사랑하는 이와 함께 사는 사람이 하나쯤은 있었으면 좋겠다. 수찬은 재인을 차에 태우고 어둠 속을 달렸다. 그녀가 진실한 사랑을 찾기를 바라면서.

재인은 밤늦도록 돌아오지 않았다. 휴대전화는 꺼져 있고 친정에는 오지 않았다 한다. 흥분을 잘하니 차 사고라도 낸 건 아닐까? 그럼 각 병원 응급실로 전화를 넣어야 하나? 수현은 재인이 잘못되는 상상만으로도 미칠 지경이었다. 그가 안절부절못하는 사이 시간은 고문처럼 느리게 흘러갔다. 그의 인내심이 한계에 다다랐을 때였다. 빌라 입구로 차 한 대가 들어왔다. 그것이 누구 차인지 단번에 알아본 수현은 제자리에 우뚝 선 채 검은 차를 노려보았다. 불안해하던 그의 표정이 싸늘히 식고 눈매가 유리 파편처럼 날카롭게 번뜩였다.

'호텔에서 사라져 서수찬에게 간 거야? 왜지? 왜! 내게 왔어야지. 내게서 해명이든 변명이든 들었어야지. 왜 나보다 먼저 서수찬을 찾아?'

허탈감과 함께 분노가 치밀고 무엇이든 손에 잡히는 대로 부숴 버리고 싶은 강렬한 충동이 일었다. 수현의 몸 안에서 질투와 분노가 격렬히 부딪히는 동안 수찬과 재인이 차에서 내렸다. 수찬이 미소를 지으며 재인에게 뭔가를 말하자 그녀가 고개를 끄덕이며 걸음을 옮겼다. 어둠에 가려서 아내의 표정은 보이지 않았다. 수현은 그들이 나눈 대화가 뭔지, 재인이 어떤 표정을 지었는지 알고 싶었다. 남편 또한 외도를 했으니 이제 죄책감 같은 건 느낄 필요가 없다고 서로 위로했을까? 이제 상관하지 않겠다고, 어차피 이 결혼은 중요하지 않았다고 말했을까? 머릿속에서 사악한 뭔가가 수현의 분노를 충동질했다. 이 어리석은 상상이 진실이라면 그녀의 목을 꺾어주고 말겠다. 수현이 거친 분노 속에 휩싸인 가운데 현관문을 열고 재인이 들어왔다. 그녀는 거실 한가운데에 우두커니 서 있는 수현을 발견하고 흠칫 놀라며 제자리에 멈춰 섰다. 재인은 금방이라도 쓰러질 것 같은 얼굴로 수현을 응시했다.

"큰어머님이 걱정된다고 전화하셨어. 나중에 전화드려."

조용한 집 안에 수현의 서늘한 목소리가 울려 퍼졌다. 재인은 여전히 문 앞에 선 채로 수현을 보았다.

"그럼 무슨 일이 있었는지 들었겠군요."

"들었어."

"사실이에요?"

그녀의 눈빛에 고통이 스쳤다. 수현에겐 그 눈빛이 가증스럽게 보였다. 내게 잘못을 추궁하고 자신은 우아하게 빠져나갈 심산인가? 속으론 잘됐다고 환호라도 하고 있나? 사실이라고 대답하면 뭐라고 할까. 죄책감 같은 건 치워 버리고 각자 내키는 사람과 즐기면서 허울뿐인 결혼 생활을 유지하자고 할까? 아니면 한몫 단단히 뜯어내고 서수찬과 몰래 만나려 들까. 마음 한쪽에선 재인이 그런 여자가 아니라고 여기면서도 질투에 눈먼 마음이 잔인한 생각들을 쏟아냈다.

"어떤 사실? 널 두고 일본에서 다른 여자와 놀아난 일을 말하는 거야? 그걸 왜 묻지? 넌 이미 사실이라고 믿고 있잖아. 그래서 이 밤까지 밖에서 헤매고 다닌 거 아니야?"

"사실이에요?"

그녀가 다시 물었다. 고통에 푹 젖은 눈빛이지만 깊숙한 곳엔 단호함이 서려 있었다. 마냥 무르지만은 않은 저 눈빛이 마음에 들었었다. 하지만 지금은 보는 것 자체가 고통이다. 머릿속에는 지금 느끼는 이 분노를 되돌려 주고픈 생각뿐. 수현은 할 수 있는 만큼 잔인해지고 싶었다.

"말하고 싶지 않아. 네가 생각하고 싶은 대로 생각해."

"수현 씨!"

그녀가 화난 얼굴로 소리쳤고 그 모습에 수현도 화가 났다.

"그런 표정 짓지 마! 그런 말을 들었을 땐 제일 먼저 남편에게 찾아오는 것이 순서 아닌가? 다른 남자에게서 위로받은 다음에 찾아와 해명을 요구하는 게 웃기다고 생각하지 않아? 왜 알고 싶지? 오히려 홀가분하지 않아? 내게서 빠져나갈 핑곗거리가 생겼잖아!"

"무슨 말을 하는 거예요? 아주버님과 날 두고 하는 말이에
요?"

수현이 피식 웃음을 흘렸다.

"뻔뻔하군. 너희는 아주버님, 제수씨라고 부르면서 연애하나
보지? 이 시간까지 뭐 한 거야? 호텔이라도 다녀왔나?"

재인은 충격으로 멍하니 섰다가 입술을 꾹 다물고 거실로 걸
어왔다. 표정은 따귀라도 한 대 갈길 듯했지만 필사적으로 참는
게 눈에 보였다.

"왜 이렇게 잔인해요? 나를 몰라요? 못 믿겠어요? 난 당신을
믿었어요. 아직 사랑은 아니더라도 언젠간 마음을 열 거라고 생
각했어요. 같이 살면서 느낀 당신은 무뚝뚝하지만 섬세하고 자
상한 남자였어요. 우리 서로 다가가고 있었잖아요. 내가 잘못
안 거예요?"

"네 착각이야. 나는 널 믿지 않아!"

재인이 놀란 얼굴로 급하게 숨을 들이마셨다. 상처받은 얼굴
이다. 상처 입은 사람은 그녀인데 왜 내 마음이 쓰릴까. 수현은
아픈 만큼 싸늘하게 말했다.

"이 결혼은 아버지와 네가 연출한 연극에 지나지 않아. 나는
대본대로 움직이는 배우일 뿐이라고."

"거짓말!"

너무나도 절망적인 목소리로 재인이 소리쳤다.

"당신 지금 거짓말하고 있어요."

"정신 차리고 현실을 봐. 난 너와 아버지 장단에 적당히 속아 준 것뿐이야. 처음부터 믿음 같은 건 없었어."

"믿고 싶지 않았겠죠! 태어나 누굴 믿어본 적은 있어요? 사랑해 본 적은요? 진실해 본 적은 있어요?"

"그러고 싶지 않았고 그럴 필요도 없었어!"

"그랬겠죠. 자기 안에 갇혀 있으면 상처받지 않을 테니까. 당신은 비겁해요."

"이제야 속마음이 나오는군. 그래, 마음대로 비난해 봐."

수현이 싸늘하게 비웃었다.

"그렇게 혼자 갇혀 있으니 편해요? 행복한가요? 아니잖아요. 외롭고 고통스럽잖아요. 누가 도와줬으면 바라잖아요. 그런데 상처받을까 봐 두려워서 용기 낼 수가 없는 거잖아요."

"나에 대해서 아는 척하지 마."

"당신에 대해 다 알진 못해도 도움이 필요하다는 건 알아요. 당신은 자신을 탓하고 아버지를 탓하고 이젠 나를 탓해요. 세상 누구도 믿지 않아요. 그게 얼마나 큰 문제인지 알아요? 한 번이라도 마음을 열어봐요. 도와달라고 해봐요."

"도움 따윈 필요없다고 했잖아!"

집 안에 수현의 목소리가 쩌렁쩌렁 울렸다. 그의 거친 숨소리를 들으며 재인은 두 눈을 질끈 감고 숨을 골랐다. 수현은 그런 재인을 노려보다 돌아섰다. 그가 폭발하지 않기 위해 감정을 다스리는 동안 침묵이 이어졌다. 시간이 지나 흘러나온 그의 목소리는 가슴이 먹먹하도록 무겁게 가라앉아 있었다.

"그냥 눈에 보이고 귀에 들리는 대로 믿어. 그게 나야. 깊이 알려고 들지 말고 욕하고 침 뱉고 돌아서. 왜 그러질 못하는 거야?"

"사랑하니까. 사랑할 수밖에 없으니까."

재인의 슬픈 목소리가 그의 마음을 휘저었다. 재인은 그에게 다가와 등에 손을 가만히 댔다. 그녀의 손이 닿은 자리가 불로 지지는 듯 뜨거웠다.

"정말 나 혼자만 이런 거예요? 우리에게 믿음이나 진실은 없어요? 제발 외면 말고, 상처 주려 말고, 있는 그대로 보여줘요. 부탁이에요."

재인의 절실한 목소리가 수현의 마음을 휘저었다. 수현은 살면서 단 한 번도 마음을 드러낸 적이 없었다. 괴로울수록 숨겼고 분노와 울분이 치밀어도 속없는 척 외면하며 마음속으로 이를 갈았다. 무너지지 않기 위한 자신만의 방법이었고 살려면 그래야만 했다. 그러면서 자연 감정이 말라가고 표현하는 방법도 잊어버렸다. 그런데 마음을 보여달라고? 수현은 자신 안에 그런 것이 있는지조차 의심스러웠다. 그때 재인이 수현과 시선을 맞추며 말했다.

"수현 씨, 제발 진실을 말해줘요."

그녀는 늘 모두 아는 듯한 눈빛으로 말한다. 물기 어린 따스한 눈으로 괜찮다고, 네 탓이 아니라고 말한다. 그동안 얼마나

마음 아팠냐고, 다 이해한다고 말한다. 그때마다 조금씩 허물어
지는 마음의 벽. 그녀를 믿고 싶다.

'정신 차려! 나조차 믿을 수 없는데 누굴 믿는단 거야? 진실?
그따위 걸 말해주면 달라질 것 같아?'

재인을 외면하고 돌아서야 한다고 머릿속이 명령하는데 몸이
움직여지지 않았다. 의지와 다른 목소리가 안에서 꿈틀댄다.

'네 미소와 천진한 웃음소리를 듣고 싶어. 널 안고 싶어. 누가
널 여자로 보는 걸 참을 수가 없어. 오직 내 여자였으면 좋겠어.
나만 볼 수 있었으면 좋겠어.'

언제든 그녀를 떠나보낼 수 있을 거로 생각했다. 그녀가 떠나
도 달라지는 건 없다고 생각했다. 이대로 입을 닫아버리면 재인
은 떠날 것이다. 막상 그녀가 떠날지도 모른다고 생각하자 두려
움이 엄습해 왔다.

'떠나지 마. 날 이 지옥에서 구해줘. 네가 필요해.'

수현은 절박했지만 무슨 말을 해야 할지 알 수가 없었다. 어
디서부터 시작해야 하는 걸까. 떠올리고 싶지 않은 과거. 생각
만 해도 몸이 떨린다. 머릿속이 터질 것 같은 그때, 수현의 입에
서 갑작스레 말이 쏟아지기 시작했다.

"네가 갑자기 호텔에서 사라졌다는 전화를 받았어. 사고라도
난 게 아닐까 걱정이 돼서 미칠 것 같았다고. 자정이 다 돼서 서
수찬과 왔을 때 내가 무슨 생각을 했을 것 같아? 너만 배신감을
느낀 게 아냐. 그에게 가기보다 나에게 먼저 왔어야지. 너야말

로 날 감정없는 물건 취급하고 있어.”

어둡던 재인의 얼굴이 빛나기 시작했다. 그녀는 수현과 시선을 맞추며 또박또박 말했다.

“당신이 오해한 거예요. 그럴 만한 사정이 있었어요. 곧바로 당신에게 가지 못한 건 생각할 시간이 필요했기 때문이에요.”

“나를 믿었다면서.”

“다른 여자와 있었다는 사실에 화가 났어요. 너무나 혼란스러웠고 생각이 필요했어요. 아주버님과 같이 있는 걸 보고 오해할 거란 생각은 못했어요. 내 생각이 짧았어요. 미안해요. 하지만 이해해 줘요. 누구라도 그런 얘기를 들으면 감당하기 어려울 거예요. 난 정말 상상도 못한 얘기였고 받아들일 수가 없었어요.”

둘 사이에 아프고 혼란스러운 눈빛이 오고 갔다. 수현은 입을 다물었다가 힘겹게 열었다.

“네가 생각하는 그런 관계가 아니야.”

재인은 목을 조르는 손길에서 갑자기 해방된 듯했다.

“그럼 그 여자는 누구예요?”

“말해줄 수 없어.”

“수현 씨!”

“난 지금도 벅차. 누군가와 같이 사는 것을 받아들이는 것만도 힘에 부친다고. 게다가 난 내 감정을 표현할 줄 몰라. 그런 내가 지난 세월 동안 벌어졌던 많은 일에 대해서 아무런 고통 없이 말할 수 있을 거라 생각해? 나에게도 시간이 필요해.”

"당신은 아무것도 보여주지 않으면서 믿고 기다리라고요? 언제까지요?"

"억지로 보일 수 있는 것이 아니야. 그리 쉬웠다면 이렇게 살지도 않았어."

수현은 재인의 어깨에 손을 얹었다. 그는 가슴에 맺힌 말을 어떻게 끄집어내야 할지 몰라 괴로웠다.

"결혼하면서 네게 충실하겠다고 약속했고 지금껏 깨지 않았어. 이건 분명히 맹세할 수 있어."

어깨를 붙든 수현의 손에 힘이 들어가는 것이 느껴졌다. 재인은 다부진 눈으로 그를 똑바로 보았다.

"그런 말로는 부족해요. 당신이 그 여자에 대해 끝까지 말해줄 수 없다면 우리 결혼은 유지될 수 없어요."

재인이 그를 지나쳐 현관으로 향하자 수현이 붙들었다.

"널 속이지 않았다고 했잖아!"

"그러면 누군지 왜 말하지 못해요? 진실이 없으면 사랑도 없어요. 아무리 내가 바보라도 신뢰할 수 없는 사람에게 매달리진 않아요."

손을 뿌리치고 집을 나가려는 재인을 돌려세운 수현이 그녀를 벽에 밀치고 품에 가두었다. 그의 눈빛이 갈등으로 어둡게 일렁였다.

"가지 마."

명령도 애원도 아닌 무채색 목소리.

“비켜요.”

재인은 그의 눈을 똑바로 볼 수 없어 외면하며 품에서 벗어나려고 힘껏 밀쳤다. 하지만 수현은 꿈쩍도 하지 않고 그녀를 단단히 옭아맸다.

“가지 마.”

“누군지 말해요.”

승강이를 벌이는 동안 몸이 포개지고 거칠게 내뱉는 숨결이 닿을 만큼 얼굴이 가까이 다가왔다.

“널 원해. 다른 여자는 관심없어.”

“진실이 듣고 싶어요.”

“지금 진실을 말하잖아! 널 원해. 내게 다른 여자는 없어.”

수현이 고개 숙여 키스하려고 하자 재인이 싸늘히 고개를 돌렸다. 수현은 그녀의 허리를 한쪽 팔로 안고 다른 손으로 뒷목을 감쌌다.

“너도 알잖아. 예전의 나라면 이 상황에선 절대로 붙잡지 않았을 거야. 하지만 난 널 원해. 보내고 싶지 않아. 이 마음 먼저 믿어주면 안 돼? 아직 난 준비가 안 됐다고.”

재인은 시선을 들어 그를 보았다. 그토록 원했던 말을 들었는데 슬픔이 밀려온다. 단지 자신을 놓치지 않으려고 거짓으로 꾸며낸 말일까 봐 겁이 난다. 그때 그가 흘러내린 머리칼을 쓸어 넘기며 뺨을 감쌌고 고개 숙여 키스했다. 재인은 키스에서 벗어나려고 안간힘을 썼지만 그의 손길이 놔주지 않았다.

“한재인, 내게 시간을 줘.”

귓바퀴에 닿는 그의 뜨거운 숨에 온몸에 소름이 돋았다. 그를 밀어내는 손힘이 점점 빠져나가고 혼란 때문에 숨이 막힐 것만 같았다. 재인은 원망 어린 눈으로 수현을 보았다. 마음이 자꾸만 그를 믿으라고 한다. 지금 느끼는 이 감정이 진실이라고 말한다.

'나도 믿고 싶어. 하지만 믿었다가 나중에 더 크게 상처받을까 봐 겁이 나.'

재인의 눈에서 뜨거운 눈물이 흘러내렸다. 눈물이 지나간 자리마다 그의 입술이 닿았다가 떨어졌다.

“날 믿어봐.”

그의 속삭임에 재인의 입술에서 흐느낌이 새어 나왔다. 나쁜 사람. 죽고 싶을 만큼 괴롭게 하고 이리 다가오면 어쩌라는 건가. 수현은 서럽게 우는 재인을 안아 침실로 데려갔다. 그는 재인의 겉옷을 조심스럽게 벗기고 나서 침대 시트 속으로 밀어 넣고는 옆에서 꼭 안아주었다. 울음이 잦아들 때쯤 재인이 입을 열었다.

“나 너무 오래 기다리게 하지 말아요.”

수현은 재인의 어깨를 끌어안고 고개를 끄덕였다.

“부디 내가 주는 기회를 저버리지 말아요.”

“고맙다.”

그의 말에 재인은 조용히 눈을 감았다. 혼자 더 많이 사랑해서 용서하는 게 아니다. 못 이기는 척 억지로 속아주는 것도 아니다. 스스로 그를 선택했으니 선택에 책임지고 싶다. 그가 마음을 열기 시작한 만큼 희망이 있다. 그 희망이 부디 헛되지 않아야 할 텐데.

새벽에 간신히 잠든 재인은 아침이 되어도 일어나지 못했다. 몸에 열이 펄펄 끓어 눈도 제대로 못 뜨고 끙끙 앓았다. 어제 마음고생이 너무 심해서인지 몸살이 난 것이다. 수현이 아무리 병원에 가보자고 해도 재인은 말을 듣지 않았다. 결국 일하는 아주머니에게 부탁해 죽을 쑤어 먹이고 약국에서 지어온 약을 먹였지만 별다른 차도가 없었다. 이를 보다 못한 수현은 잠원동에 전화를 걸었다.

—아니, 서 서방이 웬일인가.

수현의 목소리를 듣고 장모는 무척이나 반가워했다.

"안녕하셨어요. 건강하시죠?"

—그럼, 우리야 잘 지내지. 무슨 일로 전화했는가?

"안사람이 많이 아파서요. 병원 가자고 해도 통 말을 안 듣고 죽도 먹질 않아요. 그래서 좋아하는 음식이라도 먹여보려고 하는데 무얼 좋아하는지 몰라서요."

—아이고, 일 년에 두어 번은 크게 앓는 아인데 어째 한동안 잠잠하다고 했지. 재인이는 아프면 꼭 복숭아 통조림을 먹는다네. 그거랑 뜨끈한 국물을 먹이게. 파는 곰국은 입에 안 맞을 텐데.

전화 음성 너머로 장인이 뭐라 뭐라 하는 소리가 들렸다.

―맞다, 집에 곰국 만들어서 얼려놓은 게 있는데 그걸 먹이면 좋겠구먼. 우리가 가봐도 되겠는가?

수현이 흔쾌히 오시라고 하자 그녀의 목소리에 기쁜 기색이 가득했다.

―알았네. 그럼 우리가 장 봐서 가도록 하지. 조금만 기다리게.

전화를 끊은 지 두 시간이 지나 장인과 장모가 왔다. 내외는 수현이 전화해 준 것을 무척이나 고마워하며 사위가 딸을 챙겨준다는 생각에 흐뭇해하는 눈치였다. 재인은 부모를 보자 어린애처럼 칭얼거리며 품에 안겼다. 그녀는 어머니가 끓여준 곰국에 밥을 말아 먹고 복숭아 통조림 한 캔을 혼자 다 먹어치운 다음 약 기운에 취해 다시 잠들었다.

아까는 죽도 못 뜰 정도로 다 죽어가던 사람이 어머니가 해온 곰국을 맛있게 먹고 응석까지 부리는 모습을 보니 보기 좋다. 결혼까지 한 자식이 아프다는데 주저없이 달려와 먹을 걸 입에 넣어주며 토닥여 주고, 그런 부모에게 다섯 살 어린애처럼 안기는 모습이 수현에겐 무척이나 낯설고 부러웠다. 누구를 부러워해 보는 건 정말 오랜만이다. 초등학교 시절, 운동회 때 가족끼리 도시락 먹는 모습이 부러웠었다. 비 오는 날 엄마가 우산을 가지고 학교 정문 앞에 마중 나온 아이들이 부러워 몰래 운 적도 있었다. 언제나 수현을 기다리는 건 비서가 보낸 검은 차였다. 차 안 가죽 시트의 서늘함이 소름 돋아 몸을 움츠리고 집까지 가곤 했다. 따뜻한 온기가 필요했다. 서로 쓰다듬어 주고 살을 비비는 부드러운 접촉이 간절했다. 그렇게 따뜻한 체온과 손길에 굶주린 채로 지금까지 살아왔다. 재인을 처음 안았을 때 그 부드러움과 뜨거움에 놀라며 미친 듯이 그녀를 탐닉한 것도 그 때문일 것이다. 그녀가 거품처럼 사라져 버릴 것 같아 마음이 불안했었다. 자신처럼 메마르고 거친 황무지에 누구도 오래 머물 수 없을 거라 생각했다. 하지만 재인은 여전히 옆에 있다. 손만 뻗으면 닿을 수 있는 곳에서. 그녀를 간절히 원하면서도 왜 마음 놓고 다가설 수가 없는 걸까. 스스로 만든 지옥 속에 자신을 처넣고 상처 주며 살아왔다. 구차하게 변명을 하자면 다르게 사는 법을 모르기 때문이다. 어떻게 하면 저렇게 사람 냄새 나게 살 수 있는 걸까. 수현은 그들과 함께 있어도 섞이지 못하고 혼자만 겉도는 기분이었다.

"먹기 싫다고 해도 들고 먹이게. 몸이 축났을 땐 잘 먹어야 금방 털고 일어나는 법이야."

냉장고에 곰국과 장 봐온 과일들을 정리해 넣으며 장모가 말했다.

"걱정 끼쳐 죄송합니다."

"아니네. 오히려 핑계 삼아 딸내미랑 자네도 보고 우리가 호강하지. 우리 재인이 잘 보살펴 주게."

장인 장모가 신신당부하고 돌아가고 수현은 침대 옆에서 잠든 재인을 지켜보았다. 오후 들어 열이 떨어지기 시작했다. 그녀가 아픈 게 다 자신 탓이라 생각하니 마음이 무겁다. 한잠 푹

자고 일어난 재인은 침대 머리맡에 있는 수현을 보고 기운없는 목소리로 말했다.

"계속 옆에 있었던 거예요?"

수현이 고개를 끄덕였다.

"이제 괜찮아?"

"살 만해요. 엄마 아빠는 가셨어요?"

"응. 배웅해 드렸어."

"신경 써줘서 고마워요."

어제 그 일이 있고도 고맙다고 말하는 여자. 어제 일 때문에 이렇게 아픈 건데 뭐가 고맙다는 건지. 수현은 측은한 눈으로 재인의 해쓱한 얼굴을 살폈다.

"내가 밉지 않아?"

"당연히 밉죠, 그럼 고울 줄 알았어요? 앞으로 계속 구박할 거예요. 마음이 다 풀릴 때까지."

말은 퉁명스러워도 눈빛만큼은 부드럽고 촉촉했다. 그녀의 다친 마음을 어떻게 위로해 줘야 할까. 수현은 큰 빚을 진 느낌이었다.

"얼마든지 구박해. 다 들어줄 테니."

"정말로요?"

"응."

"그럼 당신 마음이 아프잖아요. 그건 싫어요."

열어놓은 창으로 햇빛이 들어와 재인을 비췄다. 그녀를 감싼 환한 빛이 수현의 가슴에 젖어들었다. 무척이나 따뜻하고 포근했다. 모든 아픔이 다 나을 것처럼.

"난 모든 것이 서툴러. 그러니 네가 가르쳐 줘. 노력할게."

수현의 말에 재인의 눈이 반짝였다.

"난 노력한다는 말이 참 좋아요. 기뻐요. 그런 마음을 먹어줘서."

"아프지 마."

"아프다는 건 내가 살아 있는 증거래요. 우리는 살아 있어요. 살아 있어서 사랑도 하고 아프기도 한 거예요."

아픔은 살아 있는 증거라는 말. 수현에겐 상당한 사치로 들렸다. 진짜 고통을 아는 사람은 그렇게 낭만적으로 해석하지 않는다. 고통은 살려는 의지를 꺾고 사람을 황폐하게 만든다. 독처럼 사람을 중독시켜 무디게 만들었다가 어느 순간 산다는 것이 얼마나 끔찍한 일인지 깨닫게 하고 죽음으로 내몬다. 수현은 살기 위해 모든 감각을 닫고 머릿속에 고통이라는 단어를 지워 버렸다. 영혼과 고통을 분리시키니 세상 사는 것이 한결 수월해졌다. 손톱 밑에 가시가 박혀도 아픔을 느끼지 못하고 표현할 수도 없게 되었다. 또한 상대방이 느끼는 고통에 무관심하게 되었다. 양심, 동정 같은 건 오래전에 색이 바래고 살려는 탐욕스러운 집착만이 남았다. 그렇게 눈 뜬 시체처럼 살고 있을 때 홀연히 재인이 다가왔다. 갑자기 모든 감각이 되살아나며 고통이 찾아왔다. 수현은 재인이 고통에 신음하는 자신을 볼까 봐 두려웠다. 약한 자신을 받아들이지 못할까 봐, 그래서 떠나 버릴까 봐 두려웠다. 이제 더는 혼자이고 싶지 않다. 그녀가 떠나고 그로 인해 무너진다면 다신 자신을 추스를 수 없을 것이다. 수현은 다시 일어서지 못하는 것보다 그녀를 잃는 것이 가장 두려웠다. 그의 인생에서 재인은 어느덧 큰 자리를 차지하고 있었다.

새벽부터 비가 내리기 시작했다. 재인은 학교 개교기념일이라 하루 종일 쉴 수 있다고 좋아했다. 아픈 와중에 학교에 가지 않아서 그나마 다행이었다.

수현이 출근해서 얼마 지나지 않아서였다. 띠링 소리와 함께 문자 메시지가 왔다.

[오늘 일곱 시까지 집에 와요. 지켜보겠음. ㅡ_ㅡ+]

확인해 보니 재인의 문자였다. 휴대전화를 산 이후 문자란 걸 보내본 적이 없는 수현은 간신히 더듬거리면서 문자를 보냈다.

[갑자기 왜?]
[노력한다면서! 뻥인감? 버럭! ㅇ()ㅂ〈〉ㅇ]

그녀의 메시지에 적잖이 당황한 수현은 익숙지 않은 손놀림으로 힘겹게 문자를 보냈다.

[최대한 빨리 가지.]
[날아오세요. ^————————^]

재인의 문자 메시지에 수현은 피식 웃고 말았다. 아이들을 가르쳐서 그런지 하는 짓도 어린애다. 그나저나 이런 건 어디서 배운 걸까? 수현은 부드러운 눈빛으로 문자를 물끄러미 보다가 회의실로 가려고 자리에서 일어났다. 수현은 이상하게도 온종일 재인이 보낸 메시지가 생각났다. 빨리 가야 할 것 같은 조급함과 왠지 모르게 들떠서 일에 집중이 되지 않았다. 저녁에 경영기획팀에서 추진한 프로젝트가 끝나 회식이 있는데 잠깐 얼굴만 보이고 집에 가면 여덟 시쯤 될 것이다.

'한 시간 정도야 괜찮겠지.'

수현은 안절부절못하는 자신이 무척이나 덜떨어져 보였지만 그래도 기분은 나쁘지 않았다. 퇴근 후 여의도 근처 삼겹살집에 들러 인사만 하고 가려고 했는데 결국 발목을 잡히고 말았다. 연배가 위인 부하 직원들이 붙들고 술을 따라주는데 아내가 기다리니 가야 한다고 말할 수 없었다. 그러지 않아도 회장 아들, 젊고 까다로운 상사라고 찍혀 있는데 회식 자리에서도 대면하게 굴면 분위기가 이상해질 것 같아서 결국 주저앉았다. 그들은 아예 작정한 듯 의뭉스럽게 웃으며 술을 따라주었고 수현은 빈속에 소주 다섯 잔을 마시고 나서야 집안에 일이 있다는 핑계를 대고 간신히 빠져나올 수 있었다. 기사가 모는 차를 타고 오는데 취기가 확 오른다. 원래 술을 잘하는 편이 아닌 데다 빈속에 마셨더니 더했다. 창밖을 보니 도심의 불빛이 빠르게 스치는 것이 보였다.

[날아오세요.]

글자가 재인의 목소리를 빌어 머릿속에 붕붕 떠다녔다. 술 때문에 몽롱한 가운데 재인의 모습과 불빛이 물감처럼 뭉개지며 검은 캔버스 위를 흘렀다. 물감을 찍어 그녀의 긴 목과 동그란 가슴, 팔과 다리를 그려보았다. 그녀를 그리고 또 그릴수록 영혼이 가벼워지는 기분이다. 그녀의 말대로 수현은 어둠 속을 날아 재인에게 날아가고 있었다.

집에 도착하니 아홉 시를 조금 넘긴 시각이었다. 현관을 들어서는 수현을 보고 재인이 입을 내밀며 불평을 터뜨렸다.

"왜 이렇게 늦었어요? 이게 최대한 빨리 온 거예요?"

"회식이 있었는데 빠져나오기가 힘들었어."

수현 옆으로 다가온 재인이 코를 벌름거리며 냄새를 킁킁 맡았다.

"술 마셨어요?"

"조금."

"저녁은?"

"아직."

"수현 씨랑 같이 먹으려고 나도 쫄쫄 굶었단 말이에요. 어서 손 씻고 와요. 파전이랑 순두부찌개 해놨어요."

　재인의 성화에 수현은 얼른 손을 씻고 주방으로 갔다. 재인이 냄새가 제법 그럴 듯한 파전과 순두부찌개를 식탁에 올려놓고 자랑스러운 표정으로 앉아 있었다. 보글보글 끓는 찌개와 윤기가 흐르는 콩밥, 기름 냄새가 고소한 파전을 보니 갑자기 허기가 진다. 수현은 재인이 맞은편에 앉기가 무섭게 수저를 들어 찌개 맛을 보았다. 약간 짜긴 하지만 썩 괜찮다.

　"어때요?"

　"맛있어."

　"내가 안 해서 그렇지 마음먹으면 잘한다니까요."

　"몸은 어때?"

　"종일 기운이 없었는데 저녁부터는 괜찮아졌어요. 잘 먹어서 그런가 봐요."

　수현은 재인이 앞에서 종알종알 떠드는 동안 열심히 밥을 먹었다. 평소답지 않게 시원시원하게 잘 먹어서 재인은 신기하고 흐뭇했다.

　"늦긴 했지만 그래도 같이 저녁 먹으니까 좋네. 매일 같이 먹을 순 없겠지만 일주일에 두 번은 이렇게 둘이서 밥 먹어요."

　수현이 고개를 끄덕이자 재인이 싱긋 웃어 보였다. 저녁을 먹자 수현이 설거지하겠다고 나섰다. 아프니까 이것저것 신경 써 주는 게 많아서 재인은 종종 아파야겠다고 생각했다.

　수현이 설거지하는 동안 재인은 거실 소파에 앉아 사과를 돌돌 돌려가며 깎았다. 수현은 수건에 젖은 손을 닦으며 그녀가 사과 깎는 모습을 지켜보았다. 너무나도 현실적인 광경이어서 낯설다. 내 공간 안에 있는 것 같지 않다. 그는 거실 벽에 기대어 재인을 물끄러미 지켜보았다. 고개를 살짝 숙였을 때 드러난 뒷목과 틀어 올려 핀으로 고정한 머리에서 흘러나온 머리카락 몇 가닥. 하얗고 긴 손가락과 집중할 때 살짝 벌어지는 붉은 입술이 도드라져 보였다. 카메라가 여배우의 얼굴을 클로즈업하듯 그녀의 세세한 모습이 망막 깊숙이 파고든다. 그 생경하고 뚜렷한 색깔과 질감이 수현의 가슴을 적셨다.

"왜 그렇게 봐요? 이리 와서 앉아요."

재인의 말에 수현이 시선을 들었다. 그녀가 흥미로운 듯 눈을 빛내며 보고 있었다. 수현이 말없이 응시하자 재인이 여전히 사과를 깎으며 물었다.

"내가 그렇게 예뻐요?"

"응."

"거봐, 나한테 반했을 줄 알았어. 아닌 척 시치미를 떼더니."

재인은 농담처럼 웃었다. 하지만 수현의 눈빛은 무척이나 진지했다.

"너무 무리하지 마. 힘들어해도 돼. 아무 일도 없었던 것처럼 하면 더 힘들잖아."

"내가 힘들어하는 것처럼 보여요?"

"나라면 얼굴 마주하고 웃지 못할 거야."

"당신이랑 나랑은 달라요."

"뭐가?"

"살아온 삶도 다르고, 가치관도 다르고, 성격도 다르잖아요. 결혼하기 전에 아버지가 그러셨어요. 원만한 결혼 생활을 하려면 서로 전혀 다른 사람이라는 걸 인정해야 한다고. 내 생각, 내 생활 방식을 강요하면서부터 싸움이 시작된대요. 맞는 말씀인 것 같아요. 난 당신을 존중해요. 믿어보기로 했어요. 한번 믿기로 했으면 믿고, 기다리기로 했으면 털어버려야죠. 내가 괴로워하고 당신을 괴롭힌다고 당장 어떻게 되는 건 아니잖아요."

"쉽지 않은 일이야."

"그래서 노력 중이에요. 처음 당신이 얼마나 차갑고 무뚝뚝한 사람이었는지 알아요? 그런데 점점 변해갔어요. 난 그 변화를 알기 때문에 믿겠다고 한 거예요. 우리가 처음 만났을 때 당신이 날 위해 달려와 주고 같이 저녁을 먹고 대신 설거지를 해주고 이렇게 얘기하는 건 꿈도 못 꿨었잖아요. 난 더 나아질 거라고 믿어요."

재인은 수현에게 다가가 입술에 가볍게 입맞춤을 했다. 그리고 그와 시선을 맞추며 편안하게 웃었다.

'지금부터 하면 돼. 이렇게 다가가면 돼.'

재인의 마음에 희망이 어린 새싹처럼 무럭무럭 자라났다.

13

삼 일쯤 지나자 재인은 감기 몸살이 완전히 나았다. 수현은 재인의 몸이 회복될 때까지 아침저녁으로 기사를 보내 출퇴근을 시켜주었다. 사실 그가 데려다 주길 바랐지만 바쁘니까 신경 써주는 것으로 만족하기로 했다. 며칠 후가 추석 명절이고 곧바로 중간고사라 정신없이 바빠졌다. 게다가 담임 반 아이가 말썽을 피워서 재인은 더욱 힘이 부쳤다. 여름방학이 끝난 직후부터 반 분위기가 조금 이상하다 싶었는데 그 아이 주동으로 어렸을 때 소아마비를 앓아 몸이 불편한 아이를 왕따시켰다는 것이다. 반 아이에게 얘기를 들은 재인은 아이를 상담실로 불러 그런 일이 얼마나 고통스러운 일인지 가르쳐 주고 지속적으로 관심을 갖고 상담했다. 곧 학부모에게서 왜 자신의 아이를 문제아 취급하냐며 항의가 들어왔고 얼마 지나지 않아 엄마들 사이에 심상치 않은 소문이 돌아 결국 재인의 귀에까지 흘러들었다. 재인이 돈만 보고 결혼을 했느니, 노골적으로 명품만 밝힌다느니, 곧 그만둘 거라는 얘기였다. 누구에게서 흘러나왔는지 대충 감이 와서 재인은 잔뜩 의기소침해졌다. 학부모 사이에 평이 좋아서 신빙성없이 떠돌다 잊힐 얘기였지만 자식의 허물을 고치기보다 오히려 다른 사람을 험담하고 몰아세우려고 드는 현실이 서글 펐다. 교사도 사람인지라 이런 일을 겪을 때마다 의욕이 줄어드는 건 어쩔 수 없다.

학교 수업이 끝나갈 즈음, 수현에게서 전화가 왔다. 그가 먼저 전화 거는 일이 드문지라 재인은 조금 놀라며 전화를 받았다.

"웬일이에요? 무슨 일 있어요?"

긴장한 재인과 달리 수현은 차분한 웃음기를 머금은 채 말했다.

─시간 맞춰 차가 갈 거야. 괜찮은 레스토랑 예약해 두었어. 같이 저녁 먹고 가보고 싶은 곳이 있어.

언제 침울해 있었냐는 듯 재인의 얼굴에 환한 꽃이 피었다.

"정말요? 어디 갈 건데요?"

─영화도 못 봤어? 그런 건 원래 안 가르쳐 주는 거야. 차 타고 회사까지 와주겠어? 삼십 분 정도만 기다려 주면 끝날 거야.

"알았어요. 기다릴게요."

재인은 전화를 끊으면서 잔뜩 들뜨고 말았다. 이건 분명히 데이트 신청이다. 지난번 못한 데이트를 하려는 건가? 하루 동안 축 처진 어깨가 펴지며 금세 기운이 났다. 재인은 수업과 아이들 청소 감독을 끝내고서 급히 화장실로 가 스타킹 올이 나간 곳이 있나 확인하고 화장을 고치고 립스틱을 덧발랐다. 이런 일이 있으면 미리 언질을 줄 것이지. 평소대로 수수하게 입은 것이 자꾸 신경 쓰인다.

"뭐, 갑자기 생긴 일이니 어쩔 수 없지. 얼굴로 밀고 나가는 거야. 워낙 바탕이 좋잖아. 크크크."

거울을 보며 웃는 재인을 보고 화장실에 들어오던 여선생이 눈을 동그랗게 뜨고 본다. 재인은 민망해져서 얼굴을 붉히며 황급히 화장실을 빠져나왔다. 푼수 소리 듣더라도 좋은 걸 어쩌랴. 재인은 교문으로 발을 옮기며 연신 방싯거렸다.

회사 앞 카페에서 삼십 분 정도 기다리자 수현이 왔다. 그가 바로 나가자고 해서 따라나서며 재인이 물었다.

"수현 씨, 웬일로 이런 기특한 생각을 다 했데요? 아유, 예뻐라."

그가 걸음을 멈추고 재인을 빤히 보았다. 너무 애들처럼 대했나? 재인은 혀를 쏙 내밀고 헤실거렸다.

"그렇게 좋아?"

"그럼요. 우리 데이트한 거 몇 번 안 되잖아요. 못해본 게 너무 많아요."

수현은 별다른 말 없이 재인의 어깨를 토닥이며 아래층으로 내려갔다. 그는 기사를 퇴근시키고 직접 차를 운전해 미리 예약해 둔 프렌치 레스토랑으로 갔다. 조용한 별실에 자리를 잡자 지배인이 와서 인사를 하고 주문에 들어갔다. 쉐프 테이스팅 코스로 주문하고 지배인이 물러가자 재인이 참지 못하고 계속 물었다.

"우리 저녁 먹고 영화 보러 가는 거예요?"

"아니."

"그럼 공연 보러 가요?"

"아니."

"그럼 드라이브?"

"얘기 안 해준다니까. 그만 물어봐."

"궁금하단 말이에요. 못 참겠어요."

"아무리 그래도 안 가르쳐 줘."

"잔인해!"

"내가 그쪽엔 일가견이 있지."

"점점 능청이 느는 것 같아요."

재인이 뽀로통하게 입을 내밀자 수현은 소리없이 웃으며 고개를 저었다. 곧 식사 전에 식욕을 돋우는 간단한 요리인 아뮤즈 부쉬가 나왔다. 백발의 핸섬한 쉐프가 직접 나와 캐비어, 푸아그라 테린, 로즈메리 꿀을 넣은 생 염소치즈 크루스타드를 어

눌한 한국말로 천천히 설명해 주자 재인은 미소를 머금은 채 조
심스럽게 맛보며 즐거워했다. 그리고 특별히 내온 달콤하고 상
큼한 애피타이저를 맛보며 재인이 거듭 감탄하자 쉐프가 얼굴
까지 붉히며 좋아했다. 식사는 즐겁게 이어졌다. 늘 그렇듯 가
장 말을 많이 하는 이는 재인이지만 수현도 이따금 말을 받아주
며 종종 웃었다. 디저트로 자몽과 파인애플 셔벳과 초콜릿 케이
크, 발사믹 아이스크림으로 개운하고 상큼하게 마무리하자 드
디어 자리에서 일어날 수 있었다. 레스토랑을 나와 차에 타자
수현은 도심 어딘가로 향했다. 재인은 창밖을 유심히 바라보며
그가 이끄는 곳이 어딘지 추리해 보았다. 한참을 가다가 익숙한
동네가 나온다 싶어 주위를 두리번거리던 재인은 멀리 학교 건
물이 보이자 깜짝 놀라며 수현을 보았다.

"지금 우리 고등학교 가는 거예요?"

"응."

"정말? 세상에!"

재인은 입을 벌린 채 말을 잇지 못했다. 2학년 때 전학한 뒤
로 처음 와보는 학교. 지방에 이사 갔다가 서울에 다시 왔었어
도 찾아올 일이 없었다. 그러니까 팔 년 만인가. 재인은 교정에
들어설 때부터 설레서 가슴이 콩콩 뛰었다. 당시 짝사랑했던 사
람과 부부가 돼서 온 것이 기분이 이상했다.

"아, 수현 씨. 나 가슴이 막 떨려요."

재인은 잔뜩 들떠서 중얼거렸다. 수현은 그저 조용한 미소를

짓고 있을 뿐이다. 수현이 미리 경비실에 얘기를 해놓은 터라 별다른 제지 없이 안으로 들어갈 수 있었다. 야간 자율 학습이 끝나서 학교는 텅 비어 조용했다. 재인은 차에서 내려 어두운 운동장과 건물, 그 사이사이 밝혀놓은 불빛을 가만히 바라보았다. 새로운 건물이 보이긴 하지만 전체적인 느낌은 예전과 비슷했다. 운동장 끄트머리에 있는 큰 플라타너스, 잘 가꾼 교정, 교무실이 있는 중앙 교사와 그 옆 느티나무, 그리고 벤치. 눈에 익은 풍경과 함께 추억의 냄새가 되살아났다. 가슴이 따뜻해지면서 아늑한 기분이 든다.

"아, 저기가 1학년 때 교실이에요."

재인이 이층 건물 중앙을 가리키며 말했다.

"우리 반 복도에서 건너편 3학년 교실을 보곤 했어요. 혹시나 수현 씨 얼굴 볼 수 있을까하고. 쉬는 시간마다 살다시피 해서 친구가 놀리곤 했어요."

어둠에 묻힌 복도가 일순간 환해지며 창가에서 턱을 괴고 3학년 교실을 바라보는 앳된 소녀가 나타났다. 그녀는 초롱초롱한 눈으로 반대편을 응시했다. 해맑은 눈동자엔 수현을 향한 동경과 미래에 대한 꿈으로 가득했다.

"들어가 보자."

수현은 그리운 듯 그윽한 눈빛으로 이층을 올려다보는 재인을 이끌고 건물 안으로 향했다.

"들어가도 돼요? 혼나는 거 아니에요?"

재인이 목소리를 낮춰 소곤거리자 수현이 말했다.

"미리 얘기해 뒀으니 걱정하지 마."

재인은 자신을 위해 이런 준비를 해준 수현이 고마워서 가슴이 뭉클했다. 둘은 재인의 1학년 때 교실과 수현의 3학년 교실을 차례로 가보았다. 교실 안은 열쇠로 잠겨서 들어갈 수 없어서 창을 통해 안을 들여다보았는데 책상과 의자, 칠판을 보고 있자니 꼭 그 시절로 돌아간 것 같았다.

"고등학교를 졸업하고 몇 년간 그 아이가 생각났어."

창밖을 내다보던 재인이 수현의 말에 돌아보았다. 그의 옆모습이 우수에 젖어 있었다.

"늘 내 곁을 맴돌면서도 가까이 오지 못하던 그 아이. 나와 달리 친구가 많고 잘 웃고 미소가 예뻤어. 복도나 교정을 걸을 때 나도 모르게 주위를 보곤 했어. 그 아이가 나를 보고 있지 않을까 신경이 쓰였었지. 그 아일 밀어내지만 않았어도 그토록 외롭지 않았을 텐데. 나를 상처 입히는 짓도 하지 않았을 테고."

"날 알았어요?"

"어떻게 모를 수가 있어. 늘 느낄 수 있었는걸. 하지만 내 마음의 고통이 커서 다른 이를 받아들일 여유가 없었어. 그때 우리가 서로 좋아했더라면 인생이 달라졌을까?"

어쩌면 그랬을지도. 재인은 그의 삶을 생각하니 가슴이 아팠다. 졸업식장에서 벌어졌던 그 일들이 다시 한 번 떠올라 눈시울이 뜨거워졌다. 고독해서 그랬던 걸까? 견딜 수 없이 외로워서 죽고 싶었던 걸까?

"나도 살아오는 내내 당신이 마음에 걸렸어요."

재인은 수현에게 다가서며 말했다.

"왜?"

"당신 아픔을 덜어주지 못해서."

"죄책감인가?"

"죄책감과 그리움. 당신을 다시 만났을 때 그토록 깊이 빠질 수 있었던 건 그 때문인 거 같아요. 다신 후회하며 살고 싶지 않았어요."

재인은 수현에게 다가가 그의 가슴에 이마를 대고 기댔다. 수현은 재인을 안아 등을 어루만지며 속삭였다.

"음악실에 가자."

수현이 손을 잡고 이끌자 재인은 그의 따뜻한 손을 꼭 잡은 채 기쁘게 따라갔다. 그는 경비에게서 열쇠를 받아 음악실까지 데려다 준 다음 자판기에서 음료수를 뽑아 오겠다며 나갔다. 재인은 불 켜진 음악실을 둘러보며 그의 첼로 연주를 들었던 때를 떠올렸다. 한참 기억을 더듬는데 문을 열고 수현이 들어왔다. 그는 어깨에 큼직한 첼로 케이스를 메고 있었다.

"수현 씨……."

재인이 놀라 말문을 열지 못하는 가운데 그가 케이스를 열고 첼로를 꺼냈다.

"어머니가 첼리스트셨어. 어릴 때부터 어머니 연주를 들으면서 컸지. 일곱 살 때 처음 첼로 연주를 했어. 고등학교 입학할 때까지 첼리스트가 되고 싶었지만 아버지가 원치 않으셨지. 결국 1학년 때 꿈을 접었어. 집에선 절대로 첼로를 잡을 수 없었고 음악 선생님께 첼로를 맡겨놓고 하루에 한 번 수업이 끝나면 음악실에서 연주하는 것으로 만족해야 했지. 그것도 3학년 때 들켜 버려서 못하게 됐지만. 네 앞에서 한 연주가 마지막이었어."

그가 의자에 앉아 재인도 의자에 앉아 숨죽인 채 지켜보았다.

"그 후론 다신 첼로를 잡지 않았어. 며칠 전에야 연주를 해봤는데 엉망이더군. 실력이 형편없어도 이해해 줘."

수현은 악보를 보면대 위에 올려놓고 몇 장 넘겨서 바하의 아리오소(arioso)를 펼쳤다. 활을 잡은 그는 재인과 시선을 맞추며 희미한 미소를 지어 보였다. 그리곤 악보에 시선을 둔 채로 연주를 시작했다. 부드럽고 깊고 애잔한 선율이 조용한 공간에 울려 퍼졌다. 오래전 비 오는 날 연주했던 보칼리즈가 가슴을 차갑게 적시는 섬세한 슬픔이라면 아리오소는 흘러간 시간을 부드럽게 어루만지는 애틋함이었다.

재인은 그의 아름다운 선율을 들으며 가만히 눈을 감아보았다. 다시 옛날로 돌아가 설레는 마음으로 그를 느꼈다. 가슴속으로 파고드는 선율처럼 수현이 깊숙이 들어왔다. 재인에게 찬란하고 아름다웠던 시절이 그에겐 고독과 아픔으로 얼룩진 시간이었다. 그땐 어렸고 서로 잘 몰랐으며 용기가 없었다. 하지만 이제는 다가갈 수 있는 용기가 있다. 삶은 계속 앞으로 나가며 크고 작은 기적을 만들어낸다. 그래서 살아간다는 건 기쁨이다. 그의 첼로 선율이 재인을 따뜻하게 감쌌다. 가을 하늘처럼 맑고 시린 눈부심이 마음을 뒤덮었다.

곡이 끝나자 잠시 침묵이 감돌았다. 수현은 악보에서 시선을 떼고 얼굴을 붉히며 재인을 보았다. 재인은 어느덧 눈물이 그렁그렁해져서 훌쩍이고 있었다. 그녀는 볼에 흐르는 눈물을 닦을 생각도 못하고 힘껏 손뼉을 쳤다. 그 옛날 치지 못한 몫까지 합한 힘찬 박수였다.

"내가 들은 가장 아름다운 첼로 곡이에요."

감동하는 재인을 보며 수현이 다가와 흐르는 눈물을 가만히 닦아주었다.

"네게서 그 말을 듣고 싶었어."

둘은 눈높이를 맞춘 채 한동안 서로 보았다. 굳이 말하지 않아도 상대방의 마음을 느낄 수 있었다.

"너는 아무것도 아닌 나를 좋은 사람으로 느끼게 해줘. 나도 행복할 수 있을 거란 희망을 갖게 해. 고마워. 나도 널 위해서 무언가가 되어볼게."

둘은 미소를 머금었다. 오랜 시간을 지나 이제야 열리기 시작하는 문. 어떠한 두려움이나 고통없이 순수한 마음. 재인은 그 마음이 고맙고 눈물겹도록 행복했다.

*

학교 수업이 끝나 책상을 정리하는데 옆자리 박 선생이 재인을 불렀다.

"한 선생, 저녁에 바빠?"

"아니요. 별다른 일 없어요. 왜요?"

"나랑 놀러 가자."

"어디로요?"

"신촌. 간만에 취미 생활 좀 해보자고."

"또 점 봐요?"

점을 보는 건 은영의 사는 낙이었다. 가끔은 취미를 넘어서 중독 증세를 보이긴 하지만 그렇다고 돈을 쏟아 부어가며 굿까지 하는 건 아니고 용하다는 철학인을 찾아다니는 순례 수준이었다.

"특이한 곳을 찾아냈지 뭐야. 젊은 애들 사이에서 유행한다는 데 가보고 싶어서. 오늘 신랑 늦게 들어와?"

"네. 저녁 약속 있대요."

"잘됐네. 맛있는 거 사줄 테니 가자."

재인은 박 선생에게 끌려서 신촌으로 향했다. 번화가 한가운데에 점집이 있다는 것이 희한하다 생각했는데 오층짜리 빌딩 지하에 정말로 점집이 있었다.

당신의 배우자와 미래를 보여 드립니다. 수정점水晶占.

"뭐예요, 이게."

재인은 지하로 내려가는 계단 입구에서 웃음을 터뜨렸다. 은영은 깔깔깔 웃는 재인을 보며 심각한 표정으로 말했다.

"웃지 마. 이래 봬도 용하다고 소문난 데야. 일주일 전에 예약해 놨다고."

"애들 장난도 아니고 수정점이 뭐예요? 만화에 나오는 것처럼 수정 구슬 가지고 하는 건가? 독특하긴 하네."

"다 시대에 따라 변하는 거지 뭐. 아무튼 자기 것도 예약해 뒀으니까 꼭 봐. 보고 온 아파트 아줌마들이 그러는데 미래는 모르겠지만 과거는 기막히게 맞힌다네."

재인은 까르르 웃으며 푸른 카펫이 깔린 지하 층계를 걸어 내려갔다. 문을 여니 음침한 실내에 촛불이 켜져 있고 벽엔 주문처럼 흘려 쓴 글자들과 원 안에 별 모양이 있는 그림이 그려져 있었다. 독특한 실내 장식이 마냥 신기한 재인은 호기심 어린 눈으로 주위를 두리번거렸다. 대기실 의자엔 여대생으로 보이는 젊은 아가씨들이 지루한 표정으로 기다리고 있었다. 아마도 예약 없이 와서 마냥 기다리는 모양이었다. 카운터 접수원과 예약을 확인하고 돌아온 은영이 재인과 같이 소파에 앉으며 소곤거렸다.

"십 분 정도만 기다리면 된데. 나 다음엔 자기 차례야."

"혼자 들어가요?"

“그럼. 내 미래를 남에게 보여줄 순 없지.”

“진짜 믿는 건 아니죠?”

“나는 세상엔 영혼도 있고 설명할 수 없는 신비한 힘도 있다고 믿는 사람이야.”

“과학 샘이잖아요.”

“과학은 내 직업이고. 점은 삶의 이정표지.”

“순 엉터리.”

재인은 웃으면서 못 말린다는 듯 고개를 저었다. 십 분 후 은영이 들어가고 이십 분쯤 지나서 나왔다. 진지한 표정으로 나온 은영이 할 말이 많은 얼굴을 했지만 접수원이 얼른 들어가라고 성화를 하는 통에 재인은 떠밀리듯 안으로 들어갔다. 방 안으로 들어가자 밖의 인테리어와 크게 다르지 않은 묘한 분위기의 실내가 눈에 들어왔다. 방 한가운데에 둥근 테이블이 있고 그 위에 육각주 모양의 투명한 수정이 있었다. 커다란 육각주 수정안에는 그물처럼 얽히고설킨 안개가 휘감겨 있는 게 보였는데 뭔가 신비한 느낌이 흘러나오고 있었다.

“수정 각 면마다 다른 환상이 나타난답니다. 그 속에 당신의 미래가 있지요.”

푸른 커튼을 젖히고 삼십대 중반쯤 되어 보이는 여자가 나타났다. 뜻밖에 젊고 생기 넘치는 여자여서 재인은 조금 마음이 놓였다.

“의자에 편히 앉아요.”

재인은 그녀가 가리키는 의자에 앉았다. 왠지 모르게 긴장이 된다.

"결혼했군요."

재인의 놀라는 표정에 그녀가 심드렁한 표정으로 말했다.

"결혼반지 보고 알았어요."

재인은 웃음이 나올 뻔한 걸 참고 고개를 끄덕였다.

"무엇에 대해 알고 싶나요?"

"결혼 생활에 대해서요. 아기는 언제쯤 갖게 되는지 궁금해요."

여자는 수정 앞에 앉아 두 손을 수정 앞에 가져다 대고 지그시 눈을 감았다. 입술을 살짝 달싹이며 무언가를 중얼거리는 듯했지만 너무 작아 알아들을 순 없었다. 정신을 집중하던 그녀는 눈을 가만히 뜨고 수정을 들여다보았다. 그녀의 평온했던 표정에 조금씩 감정이 드러나기 시작했다. 곧 눈에 띄게 눈빛이 슬퍼지면서 가라앉은 목소리가 흘러나왔다.

"당신 남편이 보여요. 잘생겼군요. 그런데 슬퍼 보여요. 아픔이 많은 사람이에요."

재인은 내심 놀라며 그녀의 표정과 말소리에 귀를 기울였다. 여자는 약간 혼란스러운 얼굴로 수정을 들여다보았다.

"어두워요. 깊은 바닷속 같아요. 음……."

그녀는 말을 잇지 못하고 눈을 지그시 감았다가 떴다.

"아이가 있어요. 아주 귀여운 아이군요. 행복해하는 당신이 보여요. 아, 아니에요. 당신은 고통스러워해요. 많이 울고 있어요. 그도 괴로워해요. 그리고……."

여자의 미간에 깊은 주름이 졌다. 그녀는 말을 잇지 못하고 숨을 골랐다. 그리곤 수정 가까이 대고 있던 손을 거두고 재인을 보았다. 그녀는 애써 침착한 모습을 보였지만 혼란스럽고 어두운 눈빛이 감정을 말해주고 있었다.

"안 좋은 점괘군요. 여기까지 보는 것이 좋겠어요. 좋은 얘기 해주지 못해서 미안해요. 접수원한테 말해놓을 테니 나가면서 환불받으세요."

그녀가 자리에서 일어나자 재인은 말도 안 된다는 표정으로 여자를 보았다.

"왜요, 뭐가 보이는데요?"

여자가 동정 어린 눈빛으로 재인을 보았다.

"지금 본 것은 미래의 극히 일부분일 뿐, 전부는 아니에요. 당신은 강한 사람이니까 이겨낼 수 있어요. 그걸 잊지 말아요."

그녀가 커튼 뒤로 사라지려고 하자 재인이 황급히 막아서며 말했다.

"잠깐만요. 우리가 불행해지나요? 왜요? 무슨 일 때문에요?"

"자신과 남편을 믿어요. 내가 해줄 수 있는 말은 여기까지입니다."

그녀가 안으로 들어가 버리자 재인은 반쯤 넋이 나간 얼굴로 의자에 주저앉았다. 은영은 문을 열고 나온 재인의 창백한 얼굴에 깜짝 놀라며 접수원이 환불해 주는 것을 보고 무슨 일이냐고 거듭 물었다. 재인은 아무 말도 할 수 없었다.

"무슨 말을 했는지 모르지만 걱정하지 마. 이런 거 다 미신이지 뭐. 나한테 해준 얘기도 거의 안 맞더라고. 그냥 재미삼아 봤다고 생각해. 아, 괜히 한 선생 끌고 와서 심란하게 만들었네. 하여튼 내가 주책이다, 주책."

재인은 자책하는 박 선생을 위해 애써 웃어주었지만 마음이 밝지 않았다. 엉터리 점쟁이 말 따윈 잊어버리자 하면서도 여자가 해준 말이 잠들기 전까지 귓가를 맴돌았다. 싱거운 얘기라고 가볍게 웃어넘기려 해도 슬픈 표정과 목소리가 잊히지 않았다.

수정점을 보고 온 지 이틀이 지나도록 재인은 마음이 어둡고 무거웠다. 미신이라 생각하면서도 왜 그리 개운치가 않은 건지 괜히 보러 갔다고 몇 번이나 후회했다. 간신히 마음을 추스르고 학교 일에 전념하려 노력하는데 시아버지로부터 전화가 왔다. 그의 싸늘하고 경직된 목소리를 듣는 순간 재인은 알 수 없는 불안이 마침내 현실로 드러난 것 같아서 긴장됐다.

—얼굴 좀 보자. 여의도 일식집에 예약을 해두었으니 시간 맞춰 오도록 해라.

서 회장은 자신의 말만 하고 전화를 끊었다. 몹시 화난 음성이다. 문득 시아버지가 도쿄 출장에서 있었던 일을 알게 된 건 아닐까 하는 생각이 스쳤다. 이렇게 화를 낼 만한 일은 그것밖엔 없기 때문이다. 거기까지 생각이 미치자 심장이 덜컥 내려앉았다. 시아버지가 알아선 절대로 안 된다. 지금도 자식에게 냉랭한 분인데 그 일을 알게 되는 날엔 부자 관계가 더 살벌해질 것이다. 그래도 캐물으시면 뭐라고 말해야 하지? 재인은 안 그래도 심란한데 고민하느라 머리가 더욱 지끈거렸다.

재인은 저녁 무렵 여의도로 가는 내내 마음이 어두웠다. 막상 시아버지 얼굴을 대하니 불안한 예감이 맞았다는 생각에 눈앞이 캄캄했다. 그는 몹시 언짢은 얼굴로 의자에 앉아 있었다. 결혼 전 부드러운 눈빛과는 정반대로 매섭고 날카로운 눈이다. 이토록 차가운 분이셨나. 그에게서 흘러나오는 냉기에 팔뚝에 소름이 돋을 정도였다.

“얘기는 식사 끝나고 하고 우선 저녁부터 들자.”

재인은 그의 서늘한 시선을 받으며 밥이 넘어갈 것 같지 않았지만 그래도 억지로 먹는 시늉을 했다. 한마디도 나누지 않은 채 저녁을 거의 다 먹었을 때였다. 물 한 모금을 마시고 난 후서 회장이 재인을 물끄러미 응시했다.

“너희, 각방을 쓴다 들었다.”

생각지 않은 말에 재인이 깜짝 놀라며 시선을 들었다. 그녀의 당황한 반응은 그게 사실임을 고스란히 보여준 거나 다름없었다. 용준은 한층 가라앉은 표정으로 말했다.

“너희 집 가정부가 최 실장에게 얘기했다더라. 설마했는데 네 반응을 보니 사실이었구나.”

"아버님, 그건……."

"너는 이 결혼을 무엇으로 본 게냐. 누구 마음대로 각방이야!"

용준이 갑자기 언성을 높이자 화들짝 놀란 재인이 입을 다물었다.

"결혼엔 각자 의무와 책임이 있다. 너는 아내로서 의무와 책임은 버려두고 가진 것만 즐기며 살 작정이었던 게야?"

재인은 당황해 쉽게 입을 열 수가 없었다. 결혼 전과 완전히 바뀐 모습이 무서워서 속이 덜덜 떨렸다.

"아버님, 그건 그이와 제가 서로 익숙하지 않아서 시간을 두고 천천히……."

"수현이가 그러자고 했어도 네가 말렸어야지. 그게 아내로서 맞는 자세다. 그런데 각방이라니."

그는 분노에 찬 눈빛으로 말을 잇지 못했다.

"결혼한 지 몇 주가 지나도록 소식이 없어서 이상하다 했다. 아직 임신 소식은 없고? 잠자리는 꾸준히 하는 거냐?"

재인의 얼굴이 빨갛게 달아올랐다. 기가 막혀 입을 떼지 못하는데 그가 눈을 가늘게 뜨며 말했다.

"어서 임신해 아이를 낳아라. 아들이면 더욱 좋고. 사람을 시켜 너희 집 손님방에 있는 가구들을 전부 뺐다. 오늘부터 수현이와 한방, 한 침대를 써라. 싫다고 밀어내도 잘 구슬리도록 해. 안기는 여자를 마다할 사내는 없으니까."

아무리 시아버지라도 이럴 순 없다.

"아버님, 그건 저희 문제입니다."

"어디서 말대답이야! 너는 내가 들여온 며느리다. 내 말에 복종해."

어쩌면 결혼 전과 이리도 다르단 말인가. 용준은 재인의 창백한 얼굴을 보며 마지못해 매서운 눈빛을 거두었다.

"집에 가면 최 비서가 지어온 한약이 있을 게다. 아이 잘 들어서는 보약이다. 가정부 통해 매일 확인할 테니 꼬박꼬박 챙겨 먹도록 해라."

달래는 말투지만 재인의 귀에는 강압적인 명령으로 들렸다. 용준은 곧 다른 약속이 있다며 자리를 떴다. 혼자 남은 재인은 여전히 반쯤 넋이 나간 채로 별실 한가운데에 서 있었다. 한 대 맞은 것처럼 멍한 머리가 수습되질 않았다. 어떻게 이럴 수가 있을까. 마치 아이를 위해 데려온 씨받이 취급이다. 맙소사, 씨받이라니. 재인은 자신을 나무라며 얼른 머릿속 단어를 지웠다. 끔찍한 소리. 그럴 리가 없잖아. 하지만 인격을 완전히 무시한 그의 행동과 말이 자꾸만 나쁜 생각을 불러왔다.

'결혼한 아들과 며느리가 각방을 쓰니까 걱정되고 화가 나서 하신 말씀일 거야. 그래, 그럴 거야.'

재인은 자신을 설득하려고 노력했다. 하지만 이해할 수 없는 행동과 말을 생각하면 숨이 답답하고 가슴이 두근거렸다. 늪에 빠진 기분이다. 무언가가 발목을 잡아채 끌어 내리는 것처럼 아찔하다. 막막한 심정으로 집에 돌아오니 가정부는 가고 없었다. 그녀가 시아버지가 심어놓은 스파이였다니. 어이없어 한숨만 나왔다. 재인은 소화제부터 찾아 먹고 손님방으로 갔다. 손님방엔 가구 하나 없이 텅 비어 있었다. 서글픈 기분으로 주방에 가니 테이블 위에 한약 상자가 보였다. 다시 긴 한숨이 나왔다.

수현이 집에 돌아왔을 때 재인은 임신 얘기는 빼고 사정을 설명했다. 임신 얘기까진 차마 할 수가 없었다. 수현은 텅 빈 손님방을 보며 쓸쓸하게 중얼거렸다.

"신경 써서 정리했는데도 그리됐군."

그는 이미 이럴 줄 알았다는 듯 무표정한 얼굴로 말했다. 그는 늘 이렇게 감시당하고 간섭받으며 살았을까? 그래서 이토록 무덤덤한 걸까? 재인은 부자가 어디서 틀어졌는지, 어떻게 살아왔는지 짐작도 할 수 없었다. 그에 관해 모르는 것이 너무나도 많다.

"많이 화내셨지? 괜찮아?"

"조금 혼났어요. 신혼부부가 각방이라니, 걱정하셨을 거예요."

수현은 무슨 생각을 하는지 좀처럼 말이 없었다. 그가 어두운 얼굴로 생각에 잠길 때마다 재인은 마음이 불안했다. 어딘가 볼 수 없는 먼 곳으로 떠날 것만 같다.

'가지 말아요. 나와 함께 있어요.'

재인은 그를 물끄러미 바라보다 손을 잡아끌었다. 그는 안심

하라는 듯 머리를 쓰다듬었다. 잠자리에 들 시간이 되자 잠옷을 입은 수현이 침실로 왔다. 그는 어색하게 서서 침대와 재인을 보았다. 그의 긴장된 모습을 보니 재인도 덩달아 어색했다.

"내가 자봤는데 침대가 푹신하고 좋아요. 잠이 잘 올 거예요."

재인은 침실 불을 끄고 스탠드 불빛을 낮추고서 침대에 누워 이불을 가슴께까지 덮었다. 가만히 서 있는 그를 보니 다른 방으로 가버릴 것 같아 마음이 조마조마했다. 하지만 그는 다른 방으로 가지 않고 재인이 누워 있는 침대 안으로 들어왔다. 침대 옆에 그가 누워 있으니 마음이 꽉 차는 것처럼 아늑하고 포근했다. 이제 더는 넓은 침대에서 혼자 자지 않아도 된다고 생각하니 마음이 놓인다. 그녀는 엉터리 점쟁이와 시아버지 목소리 따윈 기억 저편으로 밀어버렸다.

"나 팔베개해 줄래요? 드라마 볼 때 남편이 팔베개해 주는 게 제일 부러웠어요."

어색한 분위기를 깨기 위해서 재인이 먼저 말을 꺼냈다. 수현은 대답없이 재인을 끌어당겨 팔베개를 해주었다. 그의 품에 안기자 재인이 흐뭇하게 웃으며 말했다.

"아, 이런 기분이구나. 이런 건 줄 알았으면 내가 먼저 시아버지께 일러서 침대를 치우는 건데."

그 말에 수현이 처음으로 웃었다.

"처음엔 좀 불편하겠지만 시간이 지나면 괜찮아질 거예요. 코

곤다거나, 이를 간다거나, 방귀를 뀐다고 해도 모르는 척해줄게요. 그러니까 부끄러워하지 말고 자요."

재인은 수현의 품에 안겨 행복한 기분으로 잠들었다. 다음날 알람 시계 소리를 듣고 아침에 자고 일어났을 때 그는 이미 일어나 러닝머신을 뛰고 있었다. 재인은 그를 위해 아침을 준비하고 당근 주스를 만들었다. 샤워를 끝내고 주방으로 온 그의 얼굴이 다른 날보다 부쩍 까칠했다. 간밤에 제대로 자지 못한 모양이었다.

'저런, 많이 불편했구나.'

재인은 괜히 미안한 마음이 들었다. 그 다음날에도 수현은 좀처럼 잠들지 못하고 뒤척였다. 그것을 신경 쓰다 재인도 잠을 못 자서 둘 다 얼굴빛이 좋지 않고 눈이 퀭했다.

삼 일째 밤이었다. 전날 잠을 못 잔 탓에 재인은 일찍 곯아떨어졌다. 수현은 회사에서 가지고 온 일감이 있어 일하다가 늦게 침대로 들어왔다. 재인은 잠결에도 그가 있는 쪽으로 돌아누우며 품속에 파고들었다. 그렇게 다시 잠들어 한참을 잤을 때였다. 어떤 소리가 재인을 깨웠다. 누군가가 소리치는 것 같기도 하고 흐느끼는 듯도 했다. 재인은 떠지지 않는 눈을 간신히 뜨고 몸을 일으켰다. 옆자리가 비어 있다. 그는 어디 간 거지? 그때 날카로운 비명이 침실에 울려 퍼졌다.

"아아악!"

재인은 깜짝 놀라며 소리가 들리는 쪽으로 고개를 돌렸다. 어두운 방 한구석에 누군가가 있는 것이 보였다. 재인은 황급히 스탠드를 켰다. 그녀는 자신이 보는 것을 믿을 수가 없었다. 수현이 아무렇게나 벗어놓은 옷처럼 방 한구석에 처박혀 떨고 있었다. 몸을 동그랗게 말고 온통 땀에 젖어서 신음하는 그를 보고 재인이 단숨에 달려갔다.

"수현 씨, 괜찮아요?"

재인이 그를 붙잡자 수현이 깜짝 놀라며 그녀를 밀쳤다. 그는 바닥에 이마가 닿도록 웅크리며 온몸으로 떨었다.

"제, 제 탓이에요. 제가 잘못했어요. 다시는 안 그럴게요."

재인은 왈칵 겁이 났다. 수현 씨가 왜 이러는 거지? 재인은 그를 일으키고 땀에 흠뻑 젖어 헝클어진 머리카락을 쓸어 넘겼다.

"수현 씨, 나예요. 재인이에요. 눈 좀 떠봐요. 악몽이에요. 지금 악몽을 꾸는 거예요."

공포에 하얗게 질린 얼굴, 초점 없는 눈동자가 허공을 정신없이 더듬으며 불안해하고 있었다. 끔찍이 고통스러운 눈빛. 그는 정신을 차리지 못하고 신음했다. 재인은 그의 정신이 돌아올 때까지 계속 흔들며 외쳤다.

"수현 씨, 나 여기 있어요. 수현 씨……."

수현을 끌어안고 울먹이던 재인은 말려 올라간 잠옷 때문에 드러난 그의 등을 보았다. 넓은 등에 빼곡한 상처 자국. 오래된

흉터였다. 채찍에 맞은 것처럼 길게 찢어진 자국이 어수선하게
흩어져 있었다. 그 흉터를 손가락으로 쓸어본 재인은 가슴이 무
너졌다. 목에 무언가가 걸려 울음도 나오지 않았다. 모든 원인
이 이것인가. 그의 고통이 이 때문이었나. 그때 재인의 품속에
서 수현이 고개를 들었다. 재인은 수현의 몸에 있는 무수한 흉
터에서 그의 눈으로 시선을 옮겼다.

　순간 숨이 콱 막혔다. 고통에 떠는 눈동자가 재인을 노려보고
있었다. 분노와 상처에 휩싸인 채 원망으로 가득한 눈빛. 수현
은 바닥에 손을 짚은 채 재인의 품에서 물러났다. 그의 얼굴이
아주 천천히, 처참하게 구겨지기 시작했다.

『그 대 를　꿈 꾸 다』 2 권 으 로 …